I0694428

JUDITH JAMES

La cortesana del Rey

Editado por Harlequin Ibérica.
Una división de HarperCollins Ibérica, S.A.
Núñez de Balboa, 56
28001 Madrid

© 2011 Judith James. Todos los derechos reservados.
LA CORTESANA DEL REY, N° 12 - 1.6.12
Título original: The King's Courtesan
Publicada originalmente por HQN™

I.S.B.N.: 978-84-9010-913-7
Depósito legal: M-12879-2012

AGRADECIMIENTOS

Gracias a mi editora, Ann Leslie Tuttle, por haberme traído la calma durante la tormenta (literalmente) y por haber sido lo suficientemente flexible como para concederme el tiempo que necesitaba para hacer lo que tenía que hacer. Sin ella habría estado perdida.

Gracias también a Bob, por ayudarme a navegar por cumbres y valles, y por pensar en tomar y enviarme una foto especial. Eso fue algo dulce y tierno.

Y a mis maravillosas amigas Anne, Bev, Cheryl y Nick, gracias por vuestra paciencia y apoyo cuando desaparecí dentro de mi cueva para pasar meses escribiendo.

En último lugar, aunque no por ello menos importante, gracias a mis maravillosos lectores y lectoras. Vuestro apoyo y vuestros ánimos hacen que todo esto haya merecido la pena.

Este libro es para mi madre, que se enfrenta a los desafíos de la vida con valentía, elegancia y humor, por muy difíciles que sean, y todavía saca tiempo para montar en helicóptero. Y para mi padre, que vive la vida en su plenitud, disfrutando de cada momento de esos viajes. Cuando sea mayor, quiero ser como ellos.

Prólogo

Londres, 1651

El día en que la vida de Hope Matthew cambió para siempre amaneció claro y helado. Se despertó, abrazada a su gatita, tendida en un catre en la buhardilla de un edificio de cuatro plantas, de inclinado tejado a dos aguas. Su hogar, una estructura formada por tres casas comunicadas, que parecían balancearse como borrachas sobre la calle en cuesta, se encontraba en el centro de una maraña de pasajes y callejones, algunos con la anchura justa para permitir el paso de dos viandantes a la vez. La mordedura metálica del invierno se sentía en el aire y la escarcha espolvoreaba los tejados, dando a la ciudad un resplandor mágico, de cuento infantil, como hecha de alabastro y diamantes.

Se imaginó que era una princesa, encerrada en lo alto de una torre, esperando que un guapo caballero la rescatara después de haberse enfrentado a mil peligros, para llevársela lejos de allí.

Las campanas habían empezado a sonar bastante antes del amanecer, rompiendo el lúgubre silencio generalmente reservado a los panaderos que empezaban la jornada y a los serenos que terminaban la suya. La ciudad se desperezaba, soñolienta, y podía oírse ya un rumor en las calles. Los ejércitos del Lord Protector habían sido avistados; tras sus recientes victorias en Irlanda y Escocia, regresaban a casa, expulsado ya el joven Carlos Estuardo de las costas inglesas. Pese a los edictos del Protector contra el juego, las fiestas y la bebida, los soldados hacían lo que siempre habían hecho. Mientras la buena gente de Londres, privada de espectáculo alguno desde la decapitación de su antiguo rey, madrugaba para asegurarse un buen puesto desde donde contemplar el inminente desfile, cada tendero, bodeguero, tabernero y mujerzuela se preparaba para lo que se presentaba como una muy lucrativa jornada.

Drury Lane, al este de Covent Garden, era uno de los barrios más coloridos de Londres incluso en aquellos tiempos grises y apagados. Llamativos carteles colgaban de cada casa y negocio. La propia casa de Hope exhibía un orgulloso gallo de pelea, pavoneándose delante de una rubia sirena de ojos azules y labios de un rojo carmesí. Su madre solía jactarse de que La Feliz Meretriz aparecía en la famosa guía *La mujer vagante*, en la que, como propietaria que era de la misma, figuraba como una de las más famosas alcahuetas de la ciudad. Ese era uno de los establecimientos que contaba con sacar beneficio ese día, y Hope sabía que debía escapar inmediatamente si no quería verse atrapada haciendo recados, barriendo y fregando suelos, y perderse así del todo el espectáculo.

Se deslizó escaleras abajo y salió a un callejón, donde se incorporó a una risueña banda de pilluelos que la saludaron como a una de los suyos. El sol se había alzado ya, la multitud se adensaba y el grupo se abrió camino esquivando hábilmente carros y furiosos comerciantes, mientras se llenaban los bolsillos con las frutas y galletas que lograban sisar. Hope perdió a sus compañeros cuando se acercaba al centro de la ciudad, disuelta su relajada hermandad al preocuparse cada uno de buscar una posición privilegiada desde la que contemplar el espectáculo.

El regular y lejano estruendo de los tambores se acercaba por momentos y Hope daba un salto tras otro, intentando ver algo con tanta gente como tenía delante. Descubriendo un balcón que colgaba bajo, se abrió paso entre la riada de gente y se aupó como pudo, pateando y forcejeando, hasta que consiguió agarrarse a una viga con las dos manos. Ignorando las protestas de sus ya acalambrados ocupantes, se instaló para poder contemplar la calle desde su privilegiada posición.

Primero apareció un gran ejército de piqueros de rostro triste y brillantes corazas, cascos redondos y abrigos de gamuza, marchando en estricta formación: sus armas relucían al sol y el aire parecía vibrar con las pisadas de sus botas. Siguió luego el propio Cromwell a la cabeza de sus «ironsides», su famosa compañía de jinetes, pero el espectáculo careció en su conjunto del color y la pompa, de las sonrisas y los saludos, de la soberbia elegancia de un desfile real. Fueron pasando las filas de soldados sin nada que pudiera distinguir a unos de otros. Los vítores con que fueron saludados fueron más protocolarios que espontáneos. Evidentemente se trataba sobre todo de un despliegue de fortaleza y poder, de velada amenaza y crudo recordatorio, pero en aquellos días las demostraciones públicas eran demasiado escasas y la gente prefería cualquier espectáculo a ninguno.

Hope estaba empezando ya a preguntarse si la excursión había merecido la pena cuando un caballo negro llamó su atención. No paraba de brincar y hacer cabriolas, inquieto, alzando la cabeza y desplazándose de lado, rompiendo la que habría sido perfecta formación. Y, sin embargo, su jinete no parecía inclinado a refrenarlo. Al contrario que sus compañeros, que mantenían la vista al frente, parecía contemplar a la multitud con interés. Alto y de hombros anchos, no llevaba uniforme y parecía más un caballero realista que un puritano. Hope pensó que debía de tratarse de un alto oficial, y de buena cuna además: el corazón se le aceleró con entusiasmo infantil. De lejos parecía joven y guapo, muy parecido al galante caballero con el que solía soñar despierta. Resultaba difícil verlo bien, sin embargo, dado que su sombrero de ala ancha, calado hasta las cejas, ensombrecía sus rasgos.

Picado su interés, se estiró todo lo que pudo, intentando ver mejor, cuando una súbita refriega justo a su espalda le hizo perder el equilibrio y caer a la calle. Se incorporó un segundo antes de que una pezuña le aplastara los dedos, solo para verse empujada contra los cuartos traseros de un asustado caballo. Cuando la bestia se apartó, entre los juramentos de su jinete, tropezó y por poco volvió a caer. Esquivó los caballos como pudo, con sus zuecos de madera resbalando en el empedrado, intentando no perder el equilibrio mientras era zarandeada de una bestia a otra. Estaba cada vez más aterrada cuando alguien gruñó algo y le dio un cachete; otro le propinó una patada en la espalda, ordenándole que se apartara. Todos los días moría gente en Londres pisoteada o aplastada, y si se volvía a caer...

De repente, una mano fuerte la agarró de la espalda del vestido para levantarla en el aire con la misma facilidad que si hubiera sido una niña pequeña. Su salvador la depositó sobre su regazo y la sujetó con un brazo, sin que le importara mancharse de barro sus finas ropas.

—Mis disculpas, milady, por lo brusco de mis modales y la pérdida de vuestros zapatos, pero parecíais en inminente peligro de perecer pisoteada.

¡Era él! El hombre que había estado contemplando apenas unos momentos antes. El hombre de sus sueños. Era real. Había acudido en su rescate. Nunca antes se había quedado sin palabras antes. Justo en aquel momento, cuando ansiaba desesperadamente decir algo ingenioso, encantador, memorable, se le trabó la lengua.

—Yo... yo... yo...

—Tranquila, muchacha. Respira profundo y no te preocupes. Te has llevado un buen susto y necesitas tiempo para recuperarte.

Casi gimió de frustración. ¡La había tomado por una estúpida asustadiza!

—Estás temblando. Pégate a mí para entrar en calor.

Tenía frío y había estado a punto de morir. Se apoyó en

él, abrazándolo de la cintura y disfrutando de la sensación de comodidad y bienestar; de la fortaleza que podía sentir en sus brazos y de su pecho, así como del firme latido de su corazón, tan cerca del suyo. Pudo escuchar, cuando él procedió a envolverla en su capa, la ovación que se alzó de la multitud. Hasta ese momento había creído que su apuro había pasado desapercibido, o que en todo caso no había importado a nadie. Se equivocaba. Con expresión radiante saludó a la multitud, que expresó su aprobación con un rugido. Su compañero rio por lo bajo.

—Creo que hemos proporcionado algo de diversión a lo que debería haber sido una aburrida mañana. Me temo que tendrás que cabalgar conmigo durante el resto del camino. No hay lugar donde pueda bajarte con un mínimo de seguridad hasta que lleguemos a las puertas de palacio. ¿Consientes?

Hope asintió con la cabeza, tímida por primera vez en su vida.

—¡Excelente! Estás a salvo, muchacha. Y estás en el mejor palco de todo el desfile. Descansa y disfruta de la vista.

Se sintió como una verdadera princesa en sus brazos y, por muy improbable que resultara, decidió que él era su príncipe. ¿Por qué si no se habían cruzado sus caminos? ¿Y por qué si no se había fijado ella misma en su persona, antes de que la rescatara? ¿Qué otra explicación había para que se hubiera caído justo delante de su caballo, y para que él la hubiera salvado cuando nadie más se había dignado hacerlo? No importaba que no encontrara nada que decir en aquel momento, porque el destino los había emparejado, y él estaba destinado a ser suyo.

Aunque, a esas alturas, todavía no había podido ver bien su aspecto. Llevaba el sombrero calado hasta las cejas, ocultándole el rostro. Parecía joven. Y guapo a juzgar por su fuerte barbilla, su boca firme y su blanca sonrisa; pero seguía sin poder verle los ojos.

Cuando llegaron al patio que se extendía frente a las

puertas de palacio, el caballero utilizó su montura como ariete para abrirse paso entre la multitud, y crear un pequeño claro en un rincón junto al muro. Desmontó primero y la bajó de la silla como si fuera una pluma. Sonriendo, le limpió una mancha de hollín de la punta de la nariz.

Hope se ruborizó de vergüenza, pero él le lanzó una sonrisa cargada de cariño y diversión.

—Cuesta verte la cara, muchacha, debajo de toda esta mugre —le limpió otro rastro de suciedad de la mejilla, con un dedo—. Pero si eres la mitad de bella que bellos son tus ojos, tienes que ser una auténtica beldad —le tomó la mano y le hizo una reverencia, como si fuera una gran dama, antes de depositar media corona en su palma—. Para que repongáis vuestros zapatos, milady.

—Gracias, milord. Por haberme salvado la vida —fueron las únicas palabras que se le ocurrieron. Su corazón latía con tanta fuerza que se maravilló de que él no pudiera escucharlo.

—No soy ningún lord, muchacha. Solo soy un humilde soldado que, de regreso a casa, ha tropezado con una pequeña hada; supongo que esas cosas suelen dar suerte. Cuídate mucho, niña mía, y deséame lo mejor.

Se lo quedó mirando mientras volvía a montar y se alejaba. No le había visto los ojos, no conocía su nombre, pero sabía que era suyo y que volverían a encontrarse. Alcanzó a verlo por última vez justo antes de que traspusiera las puertas del castillo. Como si hubiera percibido su mirada, se volvió y la saludó con la mano.

Empezó a caminar de regreso a casa con los pies helados, una sonrisa que sabía que tardaría mucho tiempo en desaparecer y la sensación de estar caminando en el aire. Cuando no se ponía a tatarear, estallaba en risas o empezaba una canción. A mitad de camino, se encontró con dos de las damas de su madre acompañadas de un fornido portero. Corrieron hacia ella, sin aliento; se habían pasado toda la mañana buscándola. Su madre la necesitaba de inmediato.

El burdel hervía ya de bullicio y actividad. Se oía un rumor de risas y canciones, aunque las risotadas eran casi gritos y los cantos los entonaban borrachos. Olía a ternera en salsa, a brandy y a cerveza; a perfume rancio y a sexo. En las escaleras, un murmullo de sedas y enaguas acompañaba las ideas y venidas de las damas, a través del secreto pasaje reservado para los clientes que preferían pasar desapercibidos. Bien vestidos caballeros y mujeres medio desnudas vagaban por los pasillos.

Varias de aquellas damas residentes eran amigas suyas. Las damas de su madre solían contarle historias mientras le enseñaban a fabricar perfumes con aceites y flores, así como a pintarse la cara y arreglarse el pelo. Hope no estaba especialmente interesada en recibir aquellas lecciones, pero muchas eran chicas de campo y a ella le encantaba escuchar las historias que hablaban de príncipes y princesas, de magos que concedían deseos y de incautas niñas que se perdían en el bosque.

«Y ahora yo tengo una historia propia», pensó.

Con los años, le habían contado muchas otras cosas. Cosas sobre los hombres, aunque su madre siempre había tenido buen cuidado de mantenerla alejada de los clientes. De cómo consolarlos, de cómo excitarlos, de cómo darles placer. De cómo usar un tapón de cera de abeja o una esponja forrada de seda para evitar tener un bebé, o una funda para protegerse de un hombre que padeciera algún mal. Entre su abierta conversación y lo que ella misma había contemplado por las rendijas de las puertas, escenas con toda clase de caballeros desnudos, desde jóvenes rijosos hasta vehementes soldados, grandes señores incluidos, ni necesitaba ni deseaba saber más. «Eso no es amor», se recordó. Amor era lo que ella quería.

Y ese día había encontrado a su verdadero amor.

Sabía que su madre no lo aprobaría. Desde muy ponto, su madre había intentado inculcarle lo importante que era ser prudente y precavida. Era así como ella había salido adelante y abandonado las filas de rameras y mujerzuelas que merodeaban por las calles de Londres, trabajando en oscuros callejones y a la intemperie, para convertirse en una próspera mujer de negocios. «Pero yo no tengo que ser como ella. Ni quiero ni lo seré».

Se apresuró a subir a su habitación, donde la encontró esperándola con una cálida sonrisa y una taza de chocolate caliente. La miró desconfiada, abrazada a su gatita. Su madre no era mujer dada a los gestos amables, ni al desvelo maternal.

—Bueno, por fin has venido, cariño... Y justo a tiempo. Hoy es un día muy especial para ti; te lo puedo asegurar.

Hope parpadeó, confusa.

—¿Qué quieres decir? No entiendo.

—Has crecido entre estas paredes, niña mía. Tienes que comprenderlo. Hoy empezarás a asumir tus deberes como mujer. Durante todos estos años has tenido un tejado sobre tu cabeza y también comida más que suficiente para alimentarte. Eso es mucho más de lo podría tener cualquier pobrecita niña de Londres. Pero tú ya *eres* una mujer. El mes pasado empezaste con tus periodos. Tu más preciada posesión, aparte de tu belleza, es tu virgo. Una joya: eso es lo que es. Algo de enorme valor que una mujer solo puede regalar una vez, pese a lo que ciertas fulanas puedan hacer o decir. Pero todo ello necesita de su adecuada gestión, al igual que un matrimonio bien arreglado. ¡Pero no pongas esa cara de sorpresa, niña mía!

Efectivamente, Hope la estaba mirando asombrada. La mujer estiró una mano de ganchudos dedos para palmearle un hombro, en un torpe y poco convincente gesto de preocupación maternal.

—Tú eres una meretriz, querida. Naciste para serlo. Será mejor que te acostumbres a la idea, porque nunca podrás ser otra cosa. No eres de buena cuna, no tienes propiedades; careces de posibilidad alguna de desposarte con un hombre decente. Una chica como tú jamás se casará: ¿quién habría de quererte? Tu padre era un bastardo que no servía para nada. Pero posees una rara belleza, con ese cabello tan negro y esos ojos tan bellos. Y tienes encanto, y rápido ingenio. Virtudes todas ellas que no merece una esposa, que no las necesita para atrapar a un hombre, siempre y cuando tenga dinero, además de que tampoco le está permitido usarlas una vez casada. Una propiedad: eso es lo que es una esposa. Yegua y esclava.

Hope estaba demasiado consternada para pronunciar palabra. Era la más larga conversación que había tenido nunca con aquella desconocida que era su madre, y bastante lejos de la incómoda declaración de cariño que había temido y anhelado al mismo tiempo. Parpadeó para contener las lágrimas, sintiéndose la mayor estúpida del mundo. «No me crió para protegerme, sino para esperar a conseguir un mayor beneficio», pensó. Quería sentir desprecio y odio, pero el dolor que le laceraba el alma era demasiado intenso. «Debí haberlo sabido. Debí haberlo sabido».

Su madre le acarició el cabello mientras hablaba, indiferente a su respingo de rechazo. «¿Es así como recluta a las chicas nuevas? ¿Acariciándolas y mimándolas como si fueran inocentes palomas? ¿Eso es lo que soy para ella?».

–¡Y ahora mira, fíjate en este precioso vestido que milord te ha enviado!

La prenda, con su enagua de satén y sus mangas tejidas con hilo de plata, habría parecido un vestido nupcial de no haber sido por el pronunciado e indecente escote. Hope sabía lo que eso quería decir. No habría príncipe para ella. No tendría elección. Ni final feliz.

–¿Qué milord? –su voz apenas era un susurro.

–Dejemos que sea una sorpresa. Eso dará mayor autenticidad al encuentro –interpretando su silencio como aceptación, su madre se frotó las manos y asintió con expresión enérgica–. ¡Buena chica! La expectación va en aumento, niña mía. Esta noche habrá subasta y tú serás el trofeo. Nada tienes que temer. Ya has visto demasiadas para saberlo, y solo los mejores caballeros tomarán parte. Recuerda todo lo que te han contado las otras chicas y utilízalo bien. Sacarás una buena suma, querida: la mitad para ti y la mitad para la casa. Tendrás un gran comienzo en la vida. Ninguna hija mía será una ramera vulgar y corriente. Eres una chica encantadora. Vivaz e ingeniosa también. Llegarás más alto de lo que yo me atreví a soñar jamás.

Algo debió de ver su madre en ella: un fulgor en sus ojos, o el gesto rebelde con que alzó el mentón, porque al marcharse cerró la puerta con llave y apostó un portero en el corredor.

La bañaron y perfumaron, y cepillaron y alisaron después su rebelde melena hasta que se derramó como una oscura cascada de seda hasta su cintura. La llevaron luego a una sala forrada de madera donde su madre y dos de sus «damas de honor» la esperaban para atenderla, tal que si fuera una novia. Había al menos cinco caballeros presentes, aunque lo único que pudo ver fue sus botas: no se atrevía a levantar la mirada del suelo, rezando para que desaparecieran todos de una vez. Imaginando que si cerraba los ojos y volvía a abrirlos al cabo de un momento, aquel día tornaría a comenzar de una manera diferente.

Pero eso no sucedió, y quedó de pie toda muda y ruborizada mientras los caballeros bromeaban y murmuraban, esperando a que comenzara la puja. No había duda alguna, sin embargo, sobre el resultado: sir Charles Edgemont se quedaría con ella. Al fin y al cabo, él había proporcionado el vestido. De todas formas, su madre sabía que una subasta siempre terminaba elevando el precio que pensaba pagar de principio por su «dote», y se había negado a ahorrarle aquella humillación a su hija cuando varios centenares de libras podían estar en juego.

Dos de las damas la despojaron del corpiño y de la falda cuando ya había empezado la puja, que parecía calentarse por momentos. Y allí quedó Hope, en ropa interior, temblando y con el rostro bañado en lágrimas.

Inflamado por aquella visión y decidido a que ningún otro hombre viera desnuda a la que estaba destinada a ser suya, Edgemont se levantó y pujó dos mil libras, levantando las protestas de los otros caballeros pero zanjando eficazmente la subasta. Hope lo miró entonces, por debajo de sus pestañas. Tenía el pelo espeso y oscuro, salpicado aquí y allá de gris. Sus ojos eran fríos, su rostro duro, su mandíbula cuadrada.

Furioso por haberse visto burlado cuando había esperado una negociación privada, pero demasiado orgulloso para retirarse delante de sus amigos, sir Charles la agarró bruscamente de la muñeca y tiró de ella hacia la puerta. Solo se detuvo el tiempo suficiente para arrojar una pesada bolsa sobre la mesa.

—Con esto tendrá que bastaros por ahora, señora. No había esperado que el precio subiera tanto. Mi criado os traerá mañana el resto.

—¡Por supuesto, milord! Todo Londres os tiene reputado como hombre que paga sus deudas. Esperaré a que os dignéis hacerlo. Mientras tanto, llevaos a la chica y disfrutadla.

Resultaba evidente que la puja había subido mucho más de lo que su madre había esperado, y la vista de su mal disimulada sonrisa y el crudo brillo de avaricia de sus ojos casi le provocaron a Hope una arcada. En lugar de ello, sin embargo, posó una delicada mano sobre el pecho de sir Charles y se apoyó en él, estremecida. Vio que fruncía los labios con un gesto de disgusto, aunque tuvo el detalle de quitarse su chaqueta para echársela sobre los hombros.

Hope habló entonces por primera vez desde que entró en la habitación:

—Solo deberéis darle la mitad de la suma, milord. El resto me lo prometió a mí.

—Eres tan astuta y avariciosa como tu madre, niña —gruñó—. Si todavía eres virgen, yo soy el arzobispo de Canterbury. De todas maneras, me ocuparé de que el dinero gastado en ti valga la pena.

–Por supuesto, Excelencia –repuso, haciendo una cortesía.

En medio de las escandalizadas protestas de su madre y de las risas de los demás caballeros, el sombrío sir Charles reprimió una reacia risita mientras la sacaba de la habitación, hacia el coche que esperaba.

El día en que encontró a su verdadero amor fue el día en que su madre la vendió. El día en que perdió toda esperanza de volver a reunirse con él. El día en que su infancia terminó de golpe. Nunca volvió a hablar con su madre y dejó de creer para siempre en los cuentos de final feliz. Su madre la había bautizado con el nombre de Hope: esperanza. Le parecía una broma cruel, pero hizo lo único que podía hacer. Se aferró a aquel nombre como un talismán. Hizo todo lo necesario para mantener viva su esperanza. El día en que traspuso el umbral de la casa de su madre, dejó de soñar en lo que nunca podría ser y empezó a planificar lo que sí *podría*. Lo único que no pudo evitar fue hacerse cierta pregunta: ¿que clase de madre ponía precio a la inocencia y vendía a su propia hija como esclava? Aquello seguía teniendo la capacidad de dejarla sin aliento.

No obstante, lo que comenzó como una cruel traición y percibió como el fin del mundo fue el comienzo de un viaje que la convertiría en una mujer elegante y bien educada. Una notable bailarina con algunos conocimientos de la lengua francesa y la atención de un monarca. «Qué dramáticos y cortos de miras somos todos de niños», llegó a pensar más de una vez. Si bien renunció a sus fantasías de verdaderos amores e imaginarios príncipes, terminó por encontrar uno de verdad, con todos sus fallos e imperfecciones. Solo de cuando en cuando el corazón le sorprendía deseando algo más, alguien más. Alguien que solamente ella conocía.

Capítulo 1

Cressly Manor, Nottinghamshire, 1662

Dobló corriendo una esquina, con sus perseguidores pisándole los talones. Estaba oscuro, el cielo era un impenetrable manto que ahogaba las negras ruinas de la ciudad asolada por el fuego. Focos de furiosas llamas lamían aún el cielo. La calle estaba cubierta de cadáveres. Aquellos que habían sobrevivido al infierno y escapado a la espada se escondían en sótanos, pozos y zanjas, sigilosos y temblando, esperando a que pasara la tormenta de hombres armados.

Corrió hacia el centro de la ciudad y se escabulló por un recóndito callejón. No había luna ni más luz que el rojizo resplandor de una antorcha. El camino no llevaba a ninguna parte excepto a un muro demasiado alto para escalarlo. Estaba atrapado.

Irguiéndose, se volvió para enfrentarse a sus perseguidores. Los hombres se detuvieron, súbitamente recelosos: algo que vieron en su rostro, en su postura, convirtió su expectación en confusión y miedo. Solo entonces soltó un gruñido feroz, triunfante. Aquel era el momento para el que tanto se había entrenado, que tanto había esperado: para el que había vivido. Los hombres empezaron a retroceder, atropellándose; todos menos su jefe, que parecía extrañamente perplejo. Lo habían comprendido demasiado tarde. La presa no era él, sino ellos.

Habría podido disparar sus pistolas aprovechando aquel momento de consternada sorpresa, pero aquella no era una acción de guerra. Una acción semejante requería intimidad. Era un asunto personal. Con un fulgor en los ojos y en la larga hoja que desenfundó, atacó con un salvaje ímpetu efecto del odio y del ansia de venganza que había acumulado durante años. Uno de los hombres resultó degollado antes de que tuviera tiempo de sacar su arma. Otro intentó disparar su pistola para terminar cayendo de espaldas, lívido de asombro.

Su jefe, un hombre atractivo de pelo gris, no se había movido de su sitio. Lo esperaba, presta la espada, mirándolo con más curiosidad que miedo.

—Nos hemos encontrado antes. ¿De qué te conozco?

—Cressly —siseó, y se abalanzó sobre él, lanzándolo con fuerza contra la pared. Lo inmovilizó por la garganta con un brazo mientras hundía su largo espadón en el costado desprotegido de su coraza, atravesando la gruesa ropa de cuero, la piel, la carne, el hueso.

Los ojos del hombre revelaron una expresión de espanto y sorpresa, pero no se conformó con eso. Apoyándose en él, giró con saña la empuñadura de la espalda de un lado a otro, sin que le molestaran sus chillidos de agonía.

—Fue en Cressly de Nottinghamshire donde nos encontramos, lord Stanley —gruñó contra su mejilla—. Mi nombre es Robert Nichols y así es como deseo que me recordéis. Su nombre era Caroline... y esto —dijo mientras giraba de nuevo la espada— es por ella.

Lo vio entonces: el sobresaltado brillo de reconocimiento en sus ojos. Giró por última vez la hoja y tiró hacia arriba, levantándolo casi en vilo antes de sacarla rápidamente y retroceder un paso. El cuerpo ya sin vida resbaló entonces todo a lo largo de la pared para reunirse con la basura que cubría el pavimento ensangrentado.

Se sintió extrañamente vacío, sin experimentar satisfacción alguna. Sin entusiasmo ni sensación de debida retribu-

ción, o justicia ejecutada. Pero Stanley era solo el primero. Quedaban todavía tres más. Quizá entonces pudiera sentirse en paz.

Contempló su obra, con rostro impasible, antes volverse para mirar una forma acurrucada que gimoteaba en una esquina. A lo lejos, las fuerzas del príncipe Rupert seguían trabajando duro, aniquilando a aquellos que habían huido demasiado tarde, que se habían entretenido demasiado, o que no habían encontrado un agujero lo suficientemente profundo para esconderse. La noche resonaba con un esporádico fuego de mosquete, chillidos de terror, risas de borracho y los desesperados gritos de «sauve qui peut». El rumor de los cañones reverberaba en toda la ciudad, lo cual resultaba extraño ahora que las murallas habían sido perforadas y la batalla había tocado a su fin, para dar paso al saqueo. Giró la cabeza a un lado y otro, escrutando los alrededores. En alguna parte, insoportablemente lejos, lloraba una niña...

Robert Nichols se despertó con un sobresalto, el corazón latiendo a toda velocidad y el cuerpo bañado en un sudor frío. Un trueno rugió en la distancia. Repiqueteaba en las ventanas una lluvia firme. Gruñó. Otra maldita tormenta. Llevaban semanas asolando el condado. El río no tardaría en desbordarse.

Persistían los vestigios de su sueño, lo cual no era de extrañar. Había tenido el mismo una y otra vez, con los años. Lo perseguía como un zumbido constante. Bolton. La primera masacre de la guerra civil, cuando él apenas contaba diecisiete años. Tres cuartas partes de la ciudad asesinada, por orden del príncipe Rupert y del conde de Derby, al servicio de la causa realista. Desde entonces, había sido testigo de numerosas atrocidades por ambos bandos. El Lord Protector había sido también un hombre despiadado.

Rodó fuera de la cama y se puso una bata, con los nervios todavía crispados. Resonaba aún el sollozo de la niña, mezclado con el lastimero suspiro del viento. *Caroline.* No lo abandonaba nunca. ¿Y por qué habría de hacerlo? ¿Acaso no había sido ese también su hogar? ¿No tenía derecho a exigir retribución? ¿Y quién podía vengarla sino él? Bolton le había dado la oportunidad de despachar a James Stanley, el primero de sus asesinos. George Stanhope le había seguido después, degollado en otro sangriento encuentro, aunque había estado a punto de perderlo a manos de un piquero de Yorkshire durante la pelea.

Chisholm había sido más difícil. Era un alto oficial, un antiguo realista que había mudado de bando con el sanguinario celo de los conversos. A esas alturas ya solamente quedaba uno. Pero Caroline debía de estar impaciente; al fin y al cabo, llevaba más de diez años esperando.

Se sirvió un vaso de whisky, bebida a la que se había aficionado durante la campaña de Irlanda. El sueño lo había abandonado y se sentía tan desvelado como si acabara de dejar el campo de batalla. Suponía que, de algún modo, lo había hecho.

En su tierna juventud, la vida no había podido ser más sencilla. Había creído en la familia, en el rey y en su país. Había creído en sí mismo. Una cosa solo podía ser verdadera o falsa. Un hombre honraba siempre su palabra, protegía al débil y defendía a su soberano y su solar patrio, pero la muerte de Caro lo había cambiado todo. Cuando la política y la religión desgarraron su país en dos, la guerra significó un desahogo para su furia y su dolor, que no tuvieron otra manera de expresarse. La guerra civil se convirtió en personal, y él utilizó el campo de batalla para concentrar su rabia y ejecutar su venganza.

El general Walters, su comandante y mentor en cuestión de política y de guerra, sustituyó al padre que llegó a culparlo de la muerte de su hermana, y la idea de una república en la que todos los hombres fueran iguales ante la ley le permitió fingir que luchaba por un bien mayor, aliviando de paso su culpa y su dolor. Extrañamente, la guerra, al menos en un principio, le proporcionó paz.

Pero diez años de feroces combates le habían enseñado los horrores que los hombres solían justificar en nombre de ese bien mayor. Había sido testigo de inefables crueldades y se había visto impotente para evitarlas. Había hecho cosas que antaño había creído impensables. Rodeado por ideólogos y hombres de sangre fría, había descubierto que él no era ni lo uno ni lo otro, y que las únicas cosas que podía controlar eran sus propios actos y los de su pequeña compañía de hombres.

Había empezado a dudar incluso de que eso pudiera ser cierto cuando sorprendió a algunos de ellos asaltando a Elizabeth Walter. Habían estado persiguiendo a William de Veres, caballero realista que había ejercido de salteador de caminos y de espía para el rey Estuardo, a la sazón exilado. Las campañas irlandesas habían dejado por entonces tan malogrado su sentido del honor que lo único que le había importado en aquel momento había sido proteger a la hija de un antiguo amigo. Se impuso a sí mismo la obligación de ayudarla, y al menos durante un tiempo había vuelto a sentirse limpio, redimido. Aquellos que lo conocían lo tenían por un hombre frío, capaz y recto como una flecha. Ninguno tenía idea alguna de las oscuras fuerzas que lo desgarraban por dentro. Muy temprano había aprendido a guardar sus secretos y sus pensamientos para sí mismo.

Pero ahora las guerras habían terminado y la monarquía había sido restaurada. Todo quedaba perdonado. Ya nadie se proclamaba partidario de la Corona o del Parlamento: eran todos ingleses. Estaba listo para retirarse a la madura edad de treinta y cinco años e instalarse en la tranquila vida de un caballero rural. Confiando en llevar al menos el simulacro de una vida normal y corriente, y quizás también conseguir un poco de paz para su espíritu.

Y sin embargo todavía le quedaba algo por hacer: aún no se había ganado ese derecho. «Queda uno». La pasión lo había abandonado, pero el sentido del deber no. Sin embargo, encontrar y matar a un hombre en el campo de batalla era una cosa, y otra muy distinta acabar con alguien que había huido del país para pasar los diez últimos años en el exilio. Además, ni siquiera estaba seguro de tener el estómago suficiente para hacerlo.

«Por Caroline lo harás. Estás obligado», se recordó.

Atravesó una estancia tras otra, con sus pasos resonando como un maldito fantasma. *Cressly*. En aquella casa solariega habían sonado antaño risas infantiles. Había corrido con su hermana por aquellos pasillos. A veces se imaginaba que aún podía escucharla. Su risa de felicidad y el rumor de sus pasos a la carrera. Eso fue antes de que un grupo de realistas borrachos aparecieran para perpetrar una carnicería. Lo que lo perseguía ahora era un lejano y ronco griterío, el fuego de artillería y el fragor de otros pasos, los de pesadas botas de soldado: vestigios lúgubres de sus pesadillas. Cressly era lo único que le había quedado. «Te fallé entonces, Caroline. Pero no volveré a hacerlo. No he olvidado. Te prometo que me las pagará».

Arrojó al suelo el resto de su bebida, sorprendido de encontrarse en su biblioteca. El resplandor de los relámpagos iluminaba la sala con fogonazos plateados, bañando los muebles, la biblioteca y las filas de libros con tonos grisáceos. Fogonazos capaces de convertir lo que antaño había sido seguro y familiar en un paisaje torvo y extraño. Su propia imagen destelló de pronto frente a él, reflejada en el cristal de la ventana. Su pelo color arena parecía blanco, sus ojos negros y vacíos, como los del fantasma que sus sirvientes creían haber visto pasearse por Cressly alguna noche. «¡Dios, si hasta me doy miedo a mí mismo!».

Lanzó un leño al fuego y lo empujó con la punta de la bota, esperando a que las brasas se avivaran antes de servirse otro whisky y sentarse en el cómodo sillón. El fuego le proporcionó luz suficiente para leer. Revisó con desgana la correspondencia, pero su interés se despertó al acercarse a la base del montón. Había dos cartas, ambas llamativas tanto por la calidad del papel como por sus adornados lacres.

Una estaba firmada con una elegante caligrafía, mientras que la otra ostentaba el sello real. Su mano vaciló un momento antes de tomar la primera. Era de Elizabeth Walters.

Elizabeth. La hija de Hugh. Muchas habían sido las ocasiones en que la había contemplado y admirado de lejos, discretamente, cuando había ido a visitar a su padre. Una cara seria, de niña tímida, siempre sola. Se había propuesto por aquel entonces distraerla, darle conversación y obsequiarla con pequeños presentes. Su padre no lo había desaprobado y él había tenido un gran placer en verla sonreír. Incluso se había reído el día que la montó en su caballo. Se había ofrecido a casarse con ella después de que Cromwell se hubiera incautado de sus tierras, en deferencia a su padre. Pero ella lo había rechazado, escogiendo en su lugar la compañía de un reputado granuja y libertino, y siguiéndolo incluso cuando tuvo la mala suerte de ser desterrado de Inglaterra.

Por lo demás, no le extrañaba que Elizabeth lo hubiera rechazado. Estaba vacío por dentro. Toda pasión había desaparecido. No tenía duda de que la joven debía de haber percibido todo lo que arrastraba por dentro: la violencia, la frialdad, la oscuridad. Había tenido razón en rechazarlo, al contrario que él al pedir su mano.

Se preguntó por tanto por qué le escribiría ahora. ¿Acaso su amor la había abandonado? ¿Necesitaría de su auxilio? ¿La ayudaría él, si ese era el caso? «Sí, es lo que prometí». Espoleado su interés, curioso por saber lo que quería y lo que había sido de su vida, rompió el sello.

Según decía, se encontraba sana y feliz, y le deseaba a él lo mismo. Quería que fuera, de hecho, uno de los primeros en conocer la noticia. Apenas habían pasado dos meses desde que se desposó con William de Veres en discreta ceremonia en una pequeña capilla de Maidstone, con solamente sus criados como testigos. Lo habían juzgado lo más prudente, dada la delicada situación de su marido respecto al rey. Esa situación había mejorado mientras tanto, sin embargo, y Elizabeth tenía ahora buenas razones para esperar poder contar muy pronto con la libertad necesaria para viajar. Decía que pensaba a menudo en su buen amigo y salvador, y confiaba en que pudieran visitarlo en Cressly en un breve plazo.

Le sorprendió que se le hubiera ocurrido escribirle, aunque parecía tenerlo por amigo, tal y como se reflejaba en su carta. Pero lo que más lo desconcertó fue la leve punzada de dolor que le provocó la noticia. Juguteó luego distraído con la misiva restante, deslizando el pulgar por el sello real, perplejo por lo que pudiera contener. Él era un caballero de campo, un baronet de categoría menor, nada que ver con los aristócratas que eran llamados a la corte. La vida militar le había enseñado a recelar de las sorpresas: rara vez terminaban derivando en algo bueno. Rompió el sello. Pese a sus precauciones, nada habría podido prepararlo para lo que se encontró:

Al capitán sir Robert Nichols, baronet.

No obstante la general amnistía ofrecida por Su Graciosa Majestad Carlos II a aquellos que tomaron las armas contra su padre y él mismo, recién ha llegado a nuestro conocimiento que la ayuda y consuelo que ofrecisteis al traidor Oliver Cromwell y otros enemigos de la Corona fueron de naturaleza más grave de lo que originalmente sabíamos. En consecuencia, tanto vuestro título como vuestras propiedades, incluida la finca y casa solariega conocida como Cressly, pasan a ser incautados por la Corona. Dentro del espíritu de reconciliación que presidió dicha primera amnistía, quedáis autorizado a conservar vuestro rango y cuantos dineros se deriven del mismo, así como vuestras posesiones personales de valor sentimental, incluidos caballo y armas, siempre que no excedan de la suma de dos mil libras. Contáis por la presente con un mes para ejecutar esta decisión, si no queréis caer en desgracia ante el Rey y la Corona.

Firmado el tercer día de abril del año 1662, por el can-

ciller Hyde, conde de Clarendon, en nombre de Su Majestad Carlos II, Rey de Inglaterra, Irlanda, Escocia y Francia.

Fue como si la tierra hubiera cedido bajo sus pies. Se esforzó por reprimir un vertiginoso ataque de ira y una escalofriante sensación de soledad y desesperación. Sabía exactamente lo que había sucedido. Se encontraba en el lado equivocado de la historia, y los mismos hechos que había creído podrían protegerlo... estaban a punto de costarle el hogar de Caroline.

Arrojó la carta del canciller al fuego, para quedarse mirando cómo se retorcían y chamuscaban sus bordes. Las llamas alcanzaron la cera y un momento después el papel estalló en una flor de fuego y se desintegró. Así, de golpe. «Como Cressly. No quedará nada». Afuera, la tormenta continuaba desahogando su rabia. Se quedó donde estaba, frío e inmóvil, hasta el amanecer.

Capítulo 2

Palacio de Whitehall, Londres

Varias decenas de kilómetros al sur, en una lujosa cámara con vistas al Támesis, un repentino relámpago despertó a Hope Mathews de su inquieto sueño. Apartó la colcha bordada con hilos de oro y se sentó en el lecho, con el corazón acelerado, para mirar por el ventanal abierto. El aire tenía un sabor metálico, y un ronco rumor sonaba a lo lejos, acercándose desde el este.

Se le erizó el vello de los brazos y su respiración se aceleró de entusiasmo. Desde que tenía memoria, adoraba las tormentas.

Miró a su amante regio, que dormía plácidamente a su lado. Todavía le sorprendía que el monarca hubiera llegado tan lejos como para hospedarla en su palacio. Viendo su rostro sosegado, una profunda tristeza le desgarró el corazón. Pese a su inveterada promiscuidad, resultaba imposible no caer bajo su hechizo. Era su tercer protector, pero el primero que le había inspirado algún sentimiento auténtico. Estaba medio enamorada de él, lo que sabía era algo tan estúpido como prohibido, y sabía también que él no estaba enamorado de ella. Eso le dolía, pero la vida estaba cargada de dolor, y heridas había sufrido muchas. El camino que la había llevado hasta la cama de un rey había sido duro, sembrado de desengaños y amargas traiciones, esperanzas frustradas y peligros, y fuera cual fuera el sentimiento que le profesara a Carlos, no era lo que más importaba en aquellos momentos.

Ya no era tan ingenua como para soñar con galantes caballeros o como para confiar en algo tan veleidoso e insustancial como el amor, pero la seguridad, la independencia, la libertad... todo eso sí que podía estar a su alcance. El rey se casaría pronto. Su nueva reina arribaría a las costas inglesas cualquier día.

Su mundo y el suyo estaban a punto de cambiar. Ella tenía ropas finas y ricas joyas, un carruaje, sirvientes y un hermoso hogar en Pall Mall. El problema era que nada de todo aquello era oficial y que muy poco era de su propiedad. Sus gastos los pagaba el dinero del rey. Ella no tenía suite en palacio, pese a las muchas horas que pasaba vagando por sus estancias; no tenía tierras ni títulos, y tanto su hermoso hogar como sus sirvientes eran prestados.

Lo cierto era que entraba por las escaleras que daban al río cuando era reclamada, para, al final de sus visitas, marcharse a casa de la misma manera. Por mucho que la tratara como amiga y confidente en privado, su ínfima categoría decretaba que en público fuera siempre tratada no como una amante, sino como una meretriz. De la misma manera, lo que tan fácilmente le había sido ofrecido podía serle retirado de la misma forma.

Tardó un momento en darse cuenta de que todo se hallaba en completo silencio. «La calma que precede a la tormenta», pensó. Un silencioso relámpago iluminó el horizonte y un perro ladró a lo lejos. Recogió la amplia y elegante bata que estaba a los pies de la cama. Envuelta en sus pliegues, arrastrando la cola por el suelo, se acercó al ventanal. La lluvia empezó a caer con súbito siseo, cayendo en espectaculares cortinas que barrieron el Támesis, acompañada de relámpagos que encendían el cielo y bañaban su rostro y la habitación de una luz fantasmal. Feliz como una chiquilla, con los ojos brillando de entusiasmo, abrió los brazos a la espera del fragor del trueno. El viento azotó su melena suelta y la bata de seda ondeó como una bandera bordada en azul y oro.

Se imaginó que era una criatura mágica, quizá una diosa, dueña de una arcana fuerza: alguien que podía convocar la lluvia con una orden, así como controlar la intensidad y dirección del viento con un gesto de su brazo. Un gesto que podía también variar sin esfuerzo el curso de su propia vida e influir sobre las decisiones de un rey. Tal vez fuera ese el motivo por el cual acogía con tanto alborozo las tormentas. Porque siempre se estaba rehaciendo a sí misma. Siempre desesperada por volver a nacer como alguien nuevo...

–¡Por el amor de Dios, mujer! ¿Qué locura se ha apoderado de ti ahora? Te creo capaz de recorrer entero mi palacio abriendo cada ventana a tu paso. Se acerca una tormenta. Vuelve a la cama antes de que nos inundemos.

Pasó en un instante de poderosa deidad a ínfima mortal. «Pero no soy tan ínfima», se dijo: «soy una cortesana real. Y algo de poder tengo». Aunque se volvió para mirarlo, no mostró indicio alguno de obedecer. El rey apartó las sábanas, presentándose en toda su gloriosa desnudez. Sus labios dibujaron una leve sonrisa, y Hope enredó un mechón de cabello en un dedo con gesto distraído mientras recorría su cuerpo con mirada descarada. «Hay cosas mucho peores que ser una amante de Carlos Estuardo».

Desorbitó los ojos de pronto y fingió una horrorizada expresión cuando vio que se levantaba del lecho para caminar resueltamente hacia ella.

–¡Hasta me robas la ropa! ¿Y además te sonríes? Tendré que meterte en vereda... –gruñendo, fue a agarrarla, y ella soltó un grito y lo esquivó para refugiarse al otro lado de la cama, ágil y rápida como un gato.

Pero se le enredaron los pies con la cola de la bata y tropezó. Estaba a punto de caer cuando el rey la agarró de las solapas y la sujetó a tiempo. Una súbita ráfaga de aire barrió la habitación avivando el fuego de la chimenea, que proyectó enloquecidas sombras en los paneles de madera de las paredes. Carlos la atrajo bruscamente hacia sí.

Hope le propinó un codazo en las costillas, arrancándole un gruñido, e intentó liberarse; sabía que no era hombre que valorara las conquistas fáciles. El rey rio contra sus labios, retrocediendo con ella hasta la ventana con intención de cerrarla.

—No, Carlos, no —murmuró—. Déjala abierta. Por favor. Adoro las tormentas.

—Ah, claro. Ya me acuerdo. Naciste en medio de una tempestad mientras tu destartalada casa temblaba como un penol al viento. Por eso pías y gorjeas de deleite: debes de ser una Electra disfrazada. La que convoca las nubes de tormenta que vienen del mar.

—¿De veras? ¿Existe realmente una diosa de las tormentas?

—¡Por supuesto que sí! ¿Acaso no tengo yo ahora mismo una entre mis brazos? —giró con ella hasta marearla, para detenerse al pie de la cama—. ¿Te das cuenta de lo todopoderoso que soy? He capturado una tormenta. Dios mío, eres digno manjar de un rey —la dejó caer sobre una maraña de sábanas y almohadas de todos los tonos y colores antes de tumbarse a su lado—. ¿Qué voy a hacer contigo, Hope Mathews?

—Eso —procuró reunir el coraje necesario—, ¿qué vas a hacer conmigo, Charlie?

—Bueno... se me ocurren varias ideas.

Le delineó con los dedos el contorno de un seno, pero ella se los apartó de un manotazo.

—Tú eres un rey, y yo una muchacha de Drury Lane. Evidentemente no estamos hechos el uno para el otro.

—Absurdo. Estamos bien juntos y nos comprendemos muy bien —repuso, acomodándose a su lado—. Ambos somos supervivientes. De hecho, somos tan parecidos como los guisantes de una misma vaina, Hope Mathews. Intrusos que han luchado para abrirse paso. Estamos en un palacio, pero no pertenecemos a él.

–Y sin embargo tu padre era rey y mi madre una alcahueta a remojo en brandy. En eso, al menos, te supero.

Carlos se echó a reír, deleitado.

–Creo que habría preferido que mi madre hubiera sido
como la tuya. Era una mujer fría y airada: cada palabra o
pensamiento suyo estaban perfectamente controlados. En
eso se parecía mucho a lady Castlemaine. Creo que amaba a
mi padre, aunque no tanto como a Dios. Después de su asesinato se hizo monja, ya sabes. Y él fue para mí un padras-
tro igual de frío y exigente con el que nunca tuve que ver
nada. A excepción, como Edipo, de la obligación de ente-
rrarlo.

–¿Edipo?

–Eres una meretriz deliciosamente ingenua e inocente.
Medio ángel, diría yo. No me hagas caso. Cuéntame qué
clase de oscuras preocupaciones te acosan.

–Yo...

–¿Sí?

Se estremeció. Los inquietos dedos del rey habían reto-
mado su exploración, para delinearle delicadamente la cla-
vícula.

–No es nada que no pueda esperar a otra ocasión.

–Llevas un mes entero queriendo decirme algo, Hope.
¿No crees que ya has esperado suficiente? –le acarició una
mejilla con los nudillos.

Hope aspiró profundamente.

–Tu... tu reina pronto arribará a Inglaterra. Estará en
Londres dentro de un mes.

El rey interrumpió su caricia. Llevaba semanas esperando a que sacara el asunto a colación. Barbara, lady Castlemaine, ya había planteado sus exigencias: sería nombrada
dama de honor de su reina portuguesa. La idea le ponía enfermo, pero lo mismo podía decirse de la perspectiva de una
guerra abierta con su siempre estridente *maîtresse-en-titre*,
su amante oficial. Además, Catalina de Braganza había sido
criada y educada para asumir los deberes y expectativas de

la esposa de un rey. Estaba seguro de que se adaptaría bien a la situación.

Se preguntó qué sería lo que esperaba Hope. ¿Un título? ¿Joyas? ¿Un reconocido puesto en la corte? Eso sería absolutamente inapropiado y una afrenta para su nueva reina. Barbara era un verdadero dolor de cabeza, pero al menos era condesa. De ninguna manera podría restregar por la cara de la nueva reina a una golfilla ricamente ataviada como Hope, por muy encantadora que fuera. Pero tampoco estaba dispuesto a separarse de ella por el momento. Aquella exuberante belleza morena de impresionante mirada había sido un hallazgo inesperado que con el tiempo, en vez de aburrirlo, había llegado a gustarle cada vez más. Seductora, inteligente y conmovedoramente idealista pese a su oscuro pasado, había sido justo el bálsamo que había necesitado para soportar tanto los pesados asuntos de Estado como a su temperamental amante oficial. Por no hablar del inesperado vacío que había dejado en su vida la partida de Elizabeth Walters y del tan entretenido como ingrato William de Veres.

Le dio un tierno golpecito en la punta de la nariz y se la besó.

—No hay necesidad de que te preocupes por asuntos de estado, querida mía. Ten fe. Te prometo que no tendrás nada que temer. Yo siempre miraré por que estés bien atendida.

Hope torció el gesto en protesta y, a riesgo de contrariarlo, insistió:

—A tu nueva esposa no le gustará verme en la corte. Y nada más lejos de mis deseos que hacerla enfadar.

El rey le alzó la barbilla, obligándola a que lo mirara directamente a los ojos.

—Te he dicho que no tienes nada de lo que preocuparte. Tu única preocupación debería ser complacerme —su sonrisa era cariñosa, pero en su voz había una frialdad nueva, que no había existido antes.

—Charlie, si no me he marchado para cuando llegue, no

tardará en echarme. No soy dama que pueda lucirse en la corte. No tengo marido que me proporcione siquiera un asomo de respetabilidad. Me tomará por una vulgar mujerzuela y se sentirá gravemente ofendida.

—¡Silencio, amor mío! —su expresión de disgusto se trocó en una sonrisa triste—. Tú eres una gran muchacha. Un ser excepcional.

—Tengo razón, Carlos. Tú sabes que no puedo quedarme.

—No sé nada de eso. Soy yo quien manda y no aceptaré órdenes ni de ministros ni de amantes. Ni de mi esposa tampoco. Tú nunca has pedido nada para ti misma, Hope. Según tú, ¿qué debería hacer? ¿Despacharte de vuelta a las barriadas en Londres? ¿Casarte con algún gordo comerciante? ¿O devolverte al teatro a vender naranjas o cualquier otra cosa que tengas a bien ofrecer a cada joven galante que aparezca por la ciudad?

Hope reprimió una airada respuesta. ¿Pensaba acaso que esas eran sus únicas opciones? Había ahorrado dinero y acumulado joyas. No tenía el vicio del juego y no era derrochadora. Llevaba algún tiempo preparándose para que llegara un día como aquel.

—Quizá tú podrías ayudarme a encontrar una modesta propiedad. Una casa en la ciudad o una casita de campo a donde pudiera retirarme discretamente de la corte.

Le estaba proponiendo una solución fácil, un alivio para su dilema. Su futuro estaba en sus manos. Una sola palabra suya significaría su independencia y su libertad. Un solo gesto podría hacer realidad todos sus sueños.

—De modo que... el precio que me pides por deshacerme de ti es modesto. Me pregunto cuál sería el que tendría que pagar... para conseguir que te quedaras.

Hope lo abofeteó entonces: su palma le dejó una huella roja en la mejilla. Pero el rey le agarró de la muñeca y se la retuvo con fuerza, evitando que volviera a golpearlo.

—No utilices esas mañas de Barbara conmigo. Con ello solo consigues envilecerte.

–Tú *eras* el único hombre que nunca me hizo sentirme como una furcia.

–Y tú eras la única mujer que nunca puso un precio a su... amistad. Tal parece que ambos estamos decepcionados.

Hope liberó su mano y se sentó en la cama.

–Lo siento. No debía haberte pegado –le dijo, triste.

–Yo no debí haberte ofendido –le tomó el brazo, delicadamente esa vez, y se inclinó para besar la dolorida muñeca–. Maldición, estás fría como un cadáver. Si no me dejas cerrar esa condenada ventana, permíteme al menos hacerte entrar en calor bajo las mantas.

Hope se dejó arropar y ambos se envolvieron bajo las gruesas mantas. Carlos rara vez se mostraba cruel, y sus estallidos de furia eran tan extraños como fugaces. Pero le dolía que la comparara con la voraz y avariciosa Barbara Palmer.

–Yo no estaba poniendo precio a mi amistad. Yo...

–Sé perfectamente lo que estabas haciendo, querida. No te sientas ofendida: todo el mundo lo hace. Tú eres más sutil que la mayoría. Quieres que te convenza de que te quedes. Que te prometa... ¿qué? Preferiría que me lo dijeras sin más.

–No entiendes nada.

–¿Qué es lo que no entiendo?

–Muy pronto toda esta situación estará fuera de mi control. Vendrá tu nueva esposa. A lady Palmer la tolerará porque no le quedará otro remedio. Ella pertenece a la corte y está casada. Pero a mí no me tolerará. Yo seré la víctima que tú tendrás que sacrificar para darle gusto en algo. Seré puesta en vergüenza y expulsada ante toda la corte. Eso sería una crueldad, Carlos.

–¿Me consideras tan cruel como para abandonarte?

–Tú nunca has abandonado a tus hijos, Carlos. Pero yo no te he dado ninguno. No sería la primera cortesana que se convirtiera en una molestia. Y yo no deseo en absoluto ofender a tu esposa. Ella no me ha hecho ningún mal. Si yo fuera ella, no me agradaría encontrar a mi nuevo marido rodeado de su harén.

–Te lo repito: ¿qué es lo que quieres?

Hope se giró para mirarlo.

–Quiero que me dejes marchar bajo mis propias condiciones. Antes de que ella llegue. Permíteme que abandone la corte, Carlos. No te pido más que tu autorización para marcharme. No carezco de bienes. Poseo algunas joyas y ahorros. Me gustaría vivir tranquila y discretamente lejos de Londres. Si solicito tu ayuda es porque una mujer como yo, sin hermano, padre o marido, difícilmente podría firmar un contrato que le permitiera adquirir una propiedad. Había esperado que tú pudieras hacer de valedor mío, pero si el pensamiento te ofende, ya me las arreglaré yo sola.

Sin saber por qué, Hope había acabado discutiendo con el hombre que controlaba su destino. El dolor y la furia la habían vuelto imprudente.

–¿Es que no puedes al menos garantizarme una honrosa retirada? No te pido más.

Lo sintió tensarse, y pensó de repente que no debía arriesgarse a perder la benevolencia del rey en tan crítica situación: no era la ocasión más adecuada para revelar sus sentimientos. Era otra lección aprendida. De modo que procuró tragarse su furia.

–Olvida lo que he dicho, Carlos –dijo con voz contrita–. Soy una estúpida. Estoy asustada, pero sé que todo saldrá bien si tú así me lo aseguras. Y quizá también esté un poco celosa. Todo esto me está desquiciando.

Aplacado, el rey le palmeó cariñoso una mano.

–Tienes que confiar en mí, Hope. Ya verás cómo todo se arreglará.

Más allá de los privados confines de las cortinas cerradas de su lecho, el aroma del café y el leve ruido de la vajilla llegaron hasta él. El rey de Inglaterra abrió los ojos y se desperezó. La rendija de sol que se proyectaba en las cortinas incrustadas de pedrería le confirmó que había dormido demasiado. Si no quería verse avasallado por sus funcionarios antes de que hubiera logrado llegar a las cuadras para su paseo matutino a caballo, necesitaría abandonar pronto la habitación. Aunque bien podría permitirse antes unos instantes de holganza.

Se tendió de costado, y estiró una mano buscando el delicioso calor de la mujer que dormía junto a él... solo para descubrir un espacio vacío bajo la montaña de almohadas. «¡La muy impertinente!», exclamó para sus adentros. Lo había abandonado sin pedirle permiso.

No tenía por costumbre discutir con una mujer. Había maneras mucho mejores de conversar, y Hope era la más cautivadora que había conocido nunca. Rio por lo bajo cuando recordó su primer encuentro. Su espontaneidad, su simpatía y su ingenio habían logrado llamar su atención, y era un manjar tan apetitoso... Pequeña y delicada como una ninfa, su belleza exuberante, su voz levemente ronca, su seductora sonrisa y sus inteligentes ojos se bastaban y sobraban para ponerlo constantemente al borde de la excitación. Además, podía hablar, bromear y divertirse como un hombre, y cualquiera se sentía cómodo en su compañía. En verdad resultaba asombroso que alguien con un espíritu tan fresco hubiera salido indemne de las oscuras entrañas de Londres.

Sabía que ella se tenía por una mujer cansada y endurecida por la vida. Pero él era un estudioso de la naturaleza humana, un maestro a la hora de observar e interpretar a los demás.

Había tenido que sobrevivir. Las cosas que hacía la gente cuando creía que nadie la estaba observando eran precisamente las más reveladoras. La mayoría intrigaban para conseguir una posición de ventaja y conspiraban contra aquellos que podrían estorbar su progreso, pero Hope, en cambio... Era bondadosa, una virtud que solía perderse a los pocos meses de estancia en la corte, y también una debilidad codiciada por gentes con pocos escrúpulos.

Sabía que solía regalar ropa, dinero y buena parte de los regalos que él le ofrecía a mendigos y mujerzuelas, a cualquiera que tuviera una triste historia que contarle. Poseía su propio sentido del honor. La tenía por una mujer leal, una virtud que encontraba tan divertida como conmovedora, y ostentaba además un espíritu batallador, que la impulsaba a reaccionar a las burlas y desaires de muchos de sus cortesanos con gesto altivo e incisivas réplicas. La encontraba, en suma, absolutamente encantadora.

«Es mi amante desde hace casi un año y mi admiración por ella no ha cesado de crecer», reflexionó. La manera en que había bailado la noche anterior ante la tormenta, con los brazos bien abiertos, desnuda bajo la ondeante bata, mezcla de niña inocente y todopoderosa seductora... ¿Qué más podría querer un hombre de una mujer? Pero ahora que *ella* quería algo... no era en absoluto lo que había esperado. Porque tal parecía que quería deshacerse de él: un último giro de acontecimientos absolutamente inquietante. Primero se veía rechazado por Elizabeth Walters en favor del bribón de William, y ahora lo desdeñaba la propia Hope. Un hombre de menor valía que él habría tenido buenas razones para cuestionar su propia destreza y habilidades.

Sonrió cuando recordó la noche que Elizabeth había pasado en su cama charlando, y el beso que él le había dado en los jardines de palacio... para resoplar disgustado solo de pensar en De Veres. La muchacha había puesto los ojos en él, y el segundo más famoso libertino de la corte se había enamorado como un ciervo abatido por la propia Diana cazadora. Bueno, pues que les aprovechara a ambos, lo que no quitaba para que la corte se hubiera tornado de lo más aburrida sin ellos. Sus diálogos y cortejos, representados en el escenario de Whitehall ante la mirada de todo Londres, habían constituido un delicioso entretenimiento. «Mejor que una comedia teatral», pensó. Había llegado, pues, el momento de llamarlos de vuelta a la corte.

En cuanto a su diosa de las tormentas... ella tenía razón, por supuesto. Ni siquiera él podría mantener a una mujer soltera de clase baja y reputación altamente cuestionable en palacio. Una cosa era hacerlo en la corte como monarca soltero, y otra muy diferente como rey desposado. Los portugueses eran gente altiva. Harían la vista gorda con una amante de la talla de Barbara, pero permitir que una golfilla de baja estofa compitiera con su reina sería un insulto que no podrían ignorar.

Pero si eso era así... ¿por qué le había molestado tanto su petición? Bajo las presentes circunstancias era una medida conveniente, considerada incluso, y perfectamente razonable. ¿Sería el hecho de que ella se hubiera adelantado a pedírselo, antes de que lo hubiera hecho él, lo que le había herido tanto? ¿O que pareciera perfectamente dispuesta, incluso deseosa de dar el paso y perderlo de vista? «¡Ingrata muchacha!», exclamó para sus adentros.

«Pero confío en poder retenerla un tiempo más. Además... ella no es consciente de lo que pide. Necesita un hombre que se ocupe de su persona. Si yo la ayudara a salir de palacio, estaría completamente indefensa ante mis cortesanos. Una plebeya sin marido. Sería como un suculento cordero en medio de una manada de lobos».

Una plebeya sin marido. Ese era el problema... y al mismo tiempo la solución. Una solución tan sencilla como airosa. La niña necesitaba un marido adecuado. Un caballero noble, pero no tan encumbrado como para que se negara a desposarse con una plebeya. Alguien indulgente y agradecido, que se diera cuenta rápidamente de la joya que le era entregada. Un caballero de campo sería ideal. Convenientemente recompensado para que guardara la necesaria discreción cada vez que su dama fuera reclamada de nuevo en la corte.

El periodo que Hope pasara en el campo lo aprovecharía

él para arreglar la situación entre Catalina y Barbara, y le permitiría de paso reflexionar sobre la mejor manera de atender sus intereses. Luego, cual ave fénix, la muchacha retornaría reconvertida en una dama noble y casada. Lo único que necesitaba era encontrar al hombre adecuado.

Capítulo 3

Condado de Maidstone, Kent

Elizabeth de Veres giraba sobre sí misma cada vez más rápido, con los brazos extendidos, mientras el límpido cielo azul, el plateado riachuelo de primavera y la verdosa bóveda de árboles se confundían en un remolino de colores. Cuando terminó cayendo al suelo entre risas, enredada en sus faldas, su marido se apresuró a estrecharla en sus brazos por detrás, amortiguando el impacto.

–*La desgracia posee numerosas mansiones*, Lizzy. Lleva cuidado –citó William, como tenía por costumbre.

Elizabeth se echó a reír y buscó su mano, que encontró y apretó con fuerza contra su seno. El sol le calentaba la cara y, mientras el cielo seguía girando sobre su cabeza, se imaginó que podía sentir el lento movimiento de la tierra bajo su cuerpo. Cerró los ojos y escuchó: el rumor de las hojas bailando a la brisa de la tarde; el murmullo del agua resbalando lánguidamente por las lisas piedras; los leves trinos e insistentes llamadas de cortejo de invisibles pájaros. Y, por debajo de todo, el firme latido del corazón de su esposo y el reconfortante movimiento de su respiración.

–Me siento como si estuviera volando.

–Tendré que anclarte bien a tierra, entonces –la sujetó con fuerza de la cintura–, para que no te me escapes volando.

–Deberías probarlo, Will. Es muy divertido.

–Lo probé en mi juventud –se inclinó para mordisquearle una oreja–, contigo, si mal no recuerdo... El mismo paso tambaleante. La misma sensación de que, en cualquier instante, mis pies iban a abandonar el suelo, que es supongo a lo que te refieres con el verbo «volar»... y también una tan desafortunada como desagradable urgencia de vomitar.

–¡Aj! Debo de haberme casado con el poeta menos romántico de toda Inglaterra.

–¿Eso crees? –la besó en el pelo–. Yo estoy convencido de poder enseñarte otras maneras de volar –liberando su mano, deslizó los dejos bajo el borde de su corpiño suave pero insistentemente, hasta que alcanzó la curva exterior de un seno. Dejó allí la mano por unos instantes, acariciando la delicada piel, antes de bajarle hábilmente el hombro del vestido.

–William. Estamos a plena luz del día... ¿Y si viene alguien? –susurró con un tono urgente mezclado de excitación y un punto de alarma.

–Te advertí que te mantendría muy ocupada si te casabas conmigo.

Efectivamente, así había sido. Desde el destierro que sufrió Will de la corte por el escandaloso poema que había clavado en las puertas de palacio, nunca había sido más feliz. Vivía en su propio mundo encantado, allí, en Kent, junto a su pequeña familia de sirvientes. Samuel se ocupaba de los campos y del más que digno jardín. Thomas había aprendido a hacer cuentas, había sido ascendido a mayordomo y se había casado con Jeanine, mientras que Mary y Marjorie gobernaban la casa y la cocina a la vez que vendían pan y pasteles en el mercado semanal del pueblo. La actividad literaria de Will nunca había sido tan fecunda y provechosa. Habían reformado la casa de arriba abajo, para convertirla en un jubiloso hogar donde los tristes recuerdos habían dejado de acosarlos. Él seguía deseándola y ella lo complacía, para satisfacerse y darse mutuamente placer fuera y dentro de casa, de día o de noche...

Acogió su caricia con un leve suspiro mientras él trazaba un ardiente sendero de besos desde su hombro hasta su cuello. Poco después bajaba la mano para acariciarle la cintura y descender por su muslo para apoderarse de la falda y levantársela poco a poco.

–¿Te he dicho alguna vez lo hermosa que eres, y alabado tus virtudes? ¿Lo fino de tus tobillos, la perfecta forma de tus pantorrillas? ¿Tus senos orgullosamente erguidos? –su cálida voz, tan cerca de su oreja, le provocó un delicioso estremecimiento.

Sus manos acariciaron la piel desnuda bajo sus faldas, con su palma caliente contra su muslo, y ella se abandonó a su experto contacto con otro leve suspiro. Cambió él de posición para colocarse encima y reclamó su boca en un sensual beso, tentándola y acariciándola con la lengua, provocándola a que la abriera. Lo hizo con un gemido, mientras los diestros dedos de William ascendían cada vez más, buscando el tierno lugar donde se juntaban sus muslos...

–Dios santo, Lizzy, soy tan afortunado de tener...

–¡Gracias al cielo que os he encontrado, milord!

La sobresaltada exclamación de Elizabeth quedó ahogada por el juramento de William en el preciso instante en que un colorado y jadeante Thomas penetraba penosamente, medio en cuclillas, por una estrecha abertura en el seto. Retirando apresuradamente la mano y cubriéndola con su cuerpo, arregló y alisó el corpiño y las faldas de su esposa antes de incorporarse de un salto y encararse con su mayordomo.

–¡Por la sangre de Cristo, Tom! Gozar de un mínimo de intimidad en mi propia finca... ¿es acaso pedir demasiado? Ni que estuviera ardiendo la casa, o el propio Señor se hubiera presentado a buscarme...

Thomas se sacudió la hojarasca de su abrigo y de su cabello mientras se esforzaba por asumir una digna actitud.

–Os suplico perdón, milord, milady, si he interrumpido alguna conversación privada. La casa *no* está en llamas, pero el señor nuestro rey *sí* que se ha presentado, por así decirlo. Su mensajero está aquí e insiste con urgencia en hablar con vos en persona y...

—El rey no es el Señor Todopoderoso, Tom. ¿Alguna vez me has visto correr a su presencia a un simple chasquido de sus dedos?

—Nunca... amo William —respondió Tom con un cansado suspiro.

—Bien —le dio una palmada en la espalda, al tiempo que se inclinaba de modo que solo él pudiera escucharlo—. Pocos son los que tendrían una justa razón para subir esta colina, Tom. Has irrumpido en un refugio privado, que milady y yo compartimos desde hace años. A no ser que alguien nos ataque, o nos aceche un inminente peligro, nunca más vuelvas a molestarnos cuando nos encontremos aquí. Sé que podré confiar en ti para que nos guardes el secreto.

—Os lo guardaré con mi vida, milord.

—¡Excelente! Vete entonces. Procura que nuestro visitante se sienta cómodo y dile que nos reuniremos con él a su debido tiempo.

—Oh, William... ¿crees que nos habrá visto? —inquirió Elizabeth en un susurro sin aliento, una vez que el mayordomo se hubo marchado—. ¿Qué habrá pensado de nosotros?

—¿No te excita eso? Te brillan los ojos y tus mejillas están rojas como manzanas. El efecto resulta muy favorecedor.

—He pasado mucha vergüenza —replicó ella.

—¿De veras? —inquirió, juguetón.

Volvió a tenderse a su lado, con la cabeza apoyada sobre un brazo, y empezó a acariciar con una brizna de hierba los perfectos y deliciosos montículos que asomaban por encima del borde de su escote. Súbitamente inspirado, citó un famoso poema:

Llena estaba Chloris de inocentes pensamientos

bajo los sauces tendida
cuando el dulce Amor le llevó un apuesto zagal
para distraerse y pasar el tiempo:
Ruborizose ella ante semejante encuentro
amonestó al amoroso amante;
Se levantaba ya, presta a marcharse
cuando el mozo la tumbó de nuevo.
Una súbita pasión se apoderó de su corazón
desmintiendo su desdén.
Pulso en cada miembro de su cuerpo halló,
y amor latiendo en cada vena.

Rozó con las puntas de los dedos la sensible piel de la cara interior de su brazo, y su estremecimiento no fue ya de pudor, ni de frío.

—Supongo que Tom ha debido de ver cosas peores, después de haber vivido contigo en Londres…

—Silencio, querida; preferiría no recordarlo —con el pulgar le entreabrió los labios—. Las únicas remembranzas amables que tengo son de ti.

—Pero Londres ha venido hasta nosotros, Will. ¿Qué crees que querrá Carlos?

Él gruñó, exasperado.

—Imagino que Su Majestad se aburrirá, pobrecito él, como siempre le ocurre. Nos llamará de regreso a la corte. Querrá saber si el gorrioncillo que eras se ha convertido en regordeta perdiz, ahora que estás casada. Y querrá saber también si yo todavía soy capaz de morder y tú de resistírtele. Nos invitará para que asistamos a su boda.

Elizabeth cambió de postura, apoyando la cabeza sobre su pecho y escuchando el firme latido de su corazón.

—He sido tan sumamente dichosa durante este último año, Will... Si es eso lo que él quiere, ¿hay alguna manera de que podamos negarnos?

—Yo no tengo grandes deseos de volver a la corte, amor mío. El aire del campo me sienta bien y aquí tengo todo lo que necesito –sonrió mientras le acariciaba el cabello–. Puedo inventarme alguna que otra excusa. Charlie no suele guardar rencor a nadie: eso supondría demasiado trabajo y es demasiado perezoso. Le escribiremos dándole las gracias y le enviaremos un bonito regalo. Una bonita yegua para sus cuadras de purasangres. Y si aún así sigue presionando, uno de nosotros tendrá que caer gravemente enfermo.

–Haz lo que consideres mejor, William. Tú lo conoces mejor que yo. ¿Pero no deberíamos escuchar el mensaje antes de fabricar una respuesta?

–¡Niña insolente! –recogió las medias de donde antes las había arrojado y empezó a bajar por el sendero que corría paralelo al riachuelo, con ellas colgadas al hombro como si fueran una bufanda.

–¡William de Veres, devuélveme mis medias! –descalza, Elizabeth se apresuró a perseguirlo.

Efectivamente, Carlos los había convocado a la corte para que asistieran a su inminente boda. Era tanto una orden como una invitación. El altivo mensajero, ataviado con su librea real, estaba acostumbrado a la lisonja y a la deferencia. No lo estaba por tanto a que le hicieran esperar, especialmente por un caballero de campo que vestía como un granjero, con su escandalosa esposa, que además se había presentado descalza.

–Os lo repito, señor. Soy el representante de Su Majestad y me habéis tenido medio día esperando. Requiero una respuesta, y la requiero ahora, para que pueda proseguir con mis obligaciones.

–Ya tenéis vuestra respuesta. Agradeced a Su Majestad su amable invitación y decidle que le escribiré.

Dos minutos después, el indignado mensajero de Su Majestad fue escoltado por Tom y uno de los criados hasta la salida trasera, como si fuera un simple sirviente.

–¿Crees que eso ha sido realmente necesario, William?

–Alimentar la soberbia solo sirve para que engorde, amor mío –sirvió un par de copas y se sentó en el sofá tapizado.

Elizabeth recogió la correspondencia y fue a tenderse a su lado, con la cabeza apoyada en el brazo del otro extremo y los pies sobre su regazo.

–Pobre pastorcilla mía... Tus pies están lastimados.

–¿Y de quién es la culpa? –movió los dedos de los pies y él eligió uno para empezar a masajeárselo–. Mmm... Esto es el paraíso.

Podía sentir cómo iba creciendo su interés, literalmente bajo sus pies, cuando la familiar rúbrica de una de las cartas llamó su atención. Era una respuesta de Robert, por fin. Ya había perdido las esperanzas de que le contestara.

Robert había sido su único amigo durante una época ciertamente difícil y no quería perderlo. Sabía que estaría dolido, posiblemente contrariado por la noticia de su reciente matrimonio, pero eso era algo que difícilmente habría podido esconderle, al igual que ocurría con Carlos. Ruborizada, lanzó a William una subrepticia mirada culpable.

–¿Qué tienes ahí, amor mío? ¿Un *billet doux* de algún secreto admirador?

–Es una carta de Robert.

–¿Robert?

–Sí. Te acordarás de él: el capitán Nichols.

–¡Ah, sí! El joven de Marjorie que quería casarse contigo. ¿Cómo es que un gorrioncillo como tú pudo ganarse tantos admiradores? Poeta, capitanes y hasta reyes. Tuve suerte de secuestrarte a tiempo.

–Sí que la tuviste.

–¿Llegué a conocerlo? Creo que no. Algún rígido puritano de pueblo, ¿verdad?

–No. Es muy guapo y elegante. Íntegro y discreto. Militar. Mandaba una compañía de caballería. Espero que puedas llegar a conocerlo muy pronto; me gustaría invitarlo a

que nos visitara. Creo que os caeréis bien –vio que su esposo se echaba a reír y esbozó una mueca–. Esa risa ha sonado
muy malvada...

–Yo no le caeré bien, querida. Sabes tan poco de los
hombres... A ningún hombre le cae bien el rival que le robó
a la mujer. Me tendrá sin duda por un libertino inmoral, terrible peligro para tu alma inocente.

–¿Acaso no lo eres? –bajó la carta–. ¿Sabes? Es extraño.
La última vez que nos vimos, me dijo que había querido casarse conmigo cuando yo apenas era una niña. Y yo no tenía ni la menor idea. No suele expresar sus sentimientos; de
hecho, al principio no creí que los tuviera. Parecía siempre
tan correcto y tan desapasionado...

William se encogió de hombros mientras abandonaba su
talón para concentrarse en su empeine.

–Suele ocurrir con la gente que ha visto demasiada guerra. Por lo demás, no es un tema común en las conversaciones de sociedad. «Hacedme el favor de pasarme las pastas y
un terrón de azúcar, por favor... por cierto, ¿os he contado
alguna vez lo del pobre miserable que perdió ambas piernas
cuando estaba justo a mi lado?» –esbozó una mueca–. No es
de sorprender que ciertas personas hayan desarrollado el hábito del silencio.

–¿A ti te ocurrió?

–Evidentemente no –repuso con una sonrisa–. Yo perte-
nezco al tipo de gente para la que las cosas pequeñas ad-
quieren un mayor significado cuando las más grandes de-
cepcionan. Un buen vino, una hermosa pintura, un beso de
pasión valen más que la gloria, el honor y el deber. Quizá,
para tu Robert, sea precisamente al contrario.

Quiso preguntarle por la lascivia y la crueldad que había
visto en los ojos de algunos soldados. Quiso saber si era
algo propio de los hombres que se llevaban al campo de batalla o si se lo traían del mismo, pero para entonces, él le
había soltado los pies para inclinarse sobre una mesa, con
aparente intención de escribir al rey. Aprovechando que es-

taba de aquella manera ocupado, abrió la carta de Robert y empezó a leer:

Mi queridísima Elizabeth,

Qué amabilidad la tuya al escribirme para compartir tu feliz noticia. Apenas puedo creer que una mujer haya conseguido domesticar a De Veres: Un movimiento estratégico digno del gran general que fue tu padre, con lo que se imponen las felicitaciones. Estoy encantado por ti, querida, siempre y cuando él te trate bien. Te agradezco también la amabilidad de invitarme, pero mucho me temo que no me será posible hacerlo pronto. Tal parece que el rey tiene propósitos más elevados para Cressly, y yo debo encontrar uno para mí mismo. Para finales del mes que viene debería haber abandonado ya la propiedad.

La indignada exclamación que soltó hizo que William alzara la mirada de su carta.

—¿Elizabeth? ¿Qué te dice?

Alzó una mano para que esperara a que terminara de leer:

Sospecho que me conviene más la milicia que la agricultura, así que no me supondrá una contrariedad tan grande. Puede que incluso alquile una casa en la ciudad. Una vez que me haya establecido, procuraré por supuesto visitarte.

Tu fiel servidor, capitán Robert Nichols.

—¡Oh, William! ¿Cómo ha podido...? ¡Le ha quitado las tierras a Robert!

William se encogió de hombros.

—Esas cosas pasan. Él es un caballero de menor categoría que estuvo en el bando equivocado de la guerra. A Carlos no le costará nada reemplazarlo. Seguro que habrá alguien a quien necesite complacer, y las tierras de tu amigo serán una adecuada manera de hacerlo.

–Bueno, pues yo acabo de cambiar de idea. Debemos ir a Londres ya. El capitán Nichols me rescató de los soldados de Cromwell, Will. Apareció al día siguiente de que tú te marcharas. Habló en mi favor cuando ya estaba juzgada y me enfrentaba a la deportación o quizá a algo peor, y me ayudó luego a establecerme en Londres. Tal vez si hablo con Carlos pueda hacerle cambiar de idea. Debo al menos intentarlo. Se lo debo.

Su llegada a la corte fue recibida con gran entusiasmo, y mientras atravesaban el gran vestíbulo hacia los aposentos reales, la multitud allí congregada se convirtió en un mar de cuellos estirados. La corte se había convertido en un lugar ciertamente aburrido desde que lo abandonó el escandaloso conde. La gente todavía cuchicheaba y hacía chascarrillos sobre el regalo de despedida que le había dejado al monarca. Se escandalizaban con los rumores que corrían acerca de que se había casado con su amante... a excepción del duque de Monmouth, que había hecho una fortuna apostando al respecto y que seguía manteniendo que Elizabeth Walters había sido un antigua y querida amiga de infancia del conde.

–Me miran como si fuera un oso domesticado –le gruñó William a Elizabeth. Tomándola de la mano, la acercó hacia sí–. ¿Por qué hemos vuelto aquí? Ah, sí. Debemos concertar otro encuentro con su Graciosa Majestad, tu antiguo galán, para que puedas salvar a tu heroico capitán. Juraría, gorrioncillo mío, que disfrutas poniéndome celoso... Mira. Ahí lo tenemos.

–¡William! ¡Elizabeth! ¿Cómo estáis, queridos? Qué placer teneros de vuelta en el rebaño... Espero y confío en que todos nos divertiremos mucho más con vuestro regreso –situándose entre ellos, Carlos Estuardo les palmeó cariñosamente los hombros para a continuación darles un entusiasta abrazo–. Vamos. Estoy deseoso de mostraros algunos de los preparativos de boda. A ti en particular, Elizabeth: recuerdo lo mucho que te gustó nuestra última gran fiesta de máscaras. Mi novia arribará a Portsmouth y navegaremos Támesis abajo en una espléndida galera. Algunas de las decoraciones se están fabricando aquí mismo, en palacio.

Su entusiasmo y su larga zancada los llevaron a través de una multitud de cortesanos antes de que cualquiera de los dos tuviera tiempo de responder. Le hizo entrar en un bullicioso taller donde un enjambre de artesanos se afanaba en esculpir y dorar, en pintar y soldar. Había tronos y arcos gigantes, poseidones y caballos marinos que escupían agua, así como impresionantes leones y unicornios mecánicos que rugían y se agitaban solos.

—¿Qué te parece, William?

El conde tardó un momento en responder.

—Si vuestra novia siente alguna inclinación por la estridencia y el exceso, se sentirá indudablemente transportada.

—Toda Inglaterra se sentirá transportada. La galera será la pieza central de la flotilla. Anunciará una nueva era para Inglaterra. Haremos grandes ganancias con este matrimonio. Un nuevo comienzo, William, ¿verdad? Tú parece que ya has tenido el tuyo —sonrió cariñoso a Elizabeth, que le respondió con una radiante sonrisa, para después volver a concentrarse en William—. ¿Recuerdas los sueños que teníamos, Will?

Había adoptado un tono nostálgico, y William tuvo que reprimirse para no soltar una cáustica respuesta.

—Claro, Majestad. Espero que este matrimonio os traiga algo más que tierras y acceso al Mediterráneo. Confío en que os regale la misma alegría que Lizzy y yo hemos encontrado.

—Gracias. Estoy encantado de que hayáis venido. Uno desea verse rodeado de amigos en ocasiones como esta.

—También hay un asunto que a Elizabeth le gustaría tratar con vos, Majestad.

–Sí, por supuesto, queridos míos. La gente siempre tiene algo que tratar conmigo.

Elizabeth se sentó en la cama del rey, la espalda cómodamente apoyada en una montaña de almohadones tejidos en oro, con un *spaniel* dormido sobre su regazo. La costumbre que tenía Carlos de celebrar la mayoría de sus audiencias y entrevistas en su cámara la había sorprendido en un principio, pero en aquel momento no le producía embarazo alguno, como si estuviera visitando a un viejo amigo.

El rey sirvió dos copas de vino.

–¿Y bien, mi querida Elizabeth? ¿Qué has venido a decirme? Siempre hay alguna que otra dama disgustada conmigo, pese a que soy hombre de buena y alegre disposición. Reconozco esa mirada. Suéltalo de una vez.

–Muy bien. Te has incautado de las propiedades de un querido amigo mío, el capitán Robert Nichols, pese a la amnistía general que dictaste y al hecho de que llevaba viviendo tranquilamente allí desde que fue restaurada la Corona. No puedo creer que haya hecho algo que merezca ese trato. Es un hombre discreto y de honor. Bueno, valiente y cortés.

Carlos alzó una mano para interrumpirla.

–Robert Nichols... Robert Nichols. El nombre me resulta familiar. ¿Tiene la propiedad en Nottinghamshire?

–Así es.

–Le pedí a Clarendon que encontrara algunas tierras para alguien cuyo financiamiento y... otros servicios resultaron vitales para la Corona. Me dijo que el hombre en cuestión mencionó precisamente esa propiedad en concreto. ¿Tiene tu capitán algún valedor o contactos en la corte? Además de ti, quiero decir.

–No que yo sepa, Carlos. Era soldado del Parlamento y caballero hidalgo. Baronet, creo recordar.

–¿Y por qué te preocupas tanto por él?

–Intercedió frente a Cromwell cuando fui arrestada, y

habló en mi favor. Sin su ayuda, probablemente habría sido deportada o ahorcada.

–¡Diantre! Siempre has tenido un curioso gusto por el riesgo, ¿verdad, Elizabeth? Es una historia notable. Muy entretenida. Un humilde y galante caballero retirado en el campo, desesperado por conservar sus tierras. ¿Es guapo?

–Bueno... sí. Bastante –respondió Elizabeth, sonrojándose–. Pero, Carlos, eso no tiene nada que ver con lo que te estoy pidiendo.

–No, no. Claro que no. Si tú fueras del tipo de mujeres que enloquecen por una cara bonita, seguro que me habrías elegido a mí.

Ambos se echaron a reír. Un brillo de sincero afecto relampagueó en los ojos de Elizabeth.

–En verdad que eres un hombre muy atractivo, Carlos Estuardo, bien lo sabes.

El rey sonrió y alzó la copa hacia ella con un gesto de reconocimiento.

–Pero no tanto como ese condenado e impertinente poeta. Le has echado a perder, supongo que serás consciente de ello. Pronto se pondrá a hacer versos de amor.

Elizabeth se ruborizó y escondió la cara en el sedoso pelaje del spaniel.

–Cuéntame más sobre tu amigo el capitán... ¿Está casado? Si no es demasiado orgulloso, podría serme de alguna utilidad.

–Bueno, no está casado, pero... «sí» que es bastante orgulloso.

–¡Excelente! Te aseguro que es una buena noticia, Elizabeth. Te agradezco que me hayas hablado de él. Ahora, si me disculpas, debo hablar con Clarendon de inmediato. No disponemos de mucho tiempo. Espero verte a ti y a William en el baile esta noche.

Carlos sacó a toda prisa a su sorprendida y balbuceante invitada de la cámara y mandó llamar a su primer ministro. Estaba encantado. Con la ayuda de Elizabeth, había dado con la solución perfecta. Satisfaría su petición. El honorable capitán que tanto había ponderado conservaría sus tierras, vería duplicados sus bienes y además se convertiría en conde, con la condición de que se casara con Hope Mathews. Solo tendría que llevársela al campo, tratarla con toda la cortesía que exigía una amiga especial del rey y devolverla a la corte a su debido momento.

El mensaje real fue despachado poco después de que el canciller entrara en sus aposentos. Se ordenaba al capitán Robert Nichols que se presentara en la corte de manera inmediata.

Capítulo 4

Cressly

Se acercaba a la casa solariega por un campo de un blanco inmaculado, cubierto por un fino polvo de nieve. El aire era tan helado que cortaba al respirar, pero Kate Bishop, la lechera, le había besado y no sentía el frío.

En cuanto sus padres se marcharon para visitar a su tío, había corrido al pueblo para apostarse ante su puerta. Su paciencia se había visto recompensada. La había cazado primero para reclamarla como su Valentine, según la costumbre, y ofrecerle, todo ruborizado, un bonito billete azul con su nombre escrito en oro. Había trabajado secretamente durante horas en aquel papel, consciente de que sus padres no lo aprobarían. Había merecido la pena el esfuerzo. Ella se puso de puntillas y le dio un beso, un gesto que le hizo entrar en calor durante todo el camino de vuelta a casa.

Se detuvo en medio del campo, tan feliz como nunca se había sentido en sus escasos doce años de existencia. El bosque estaba en silencio, tanto que podía escuchar el entusiasmado latido de su propio corazón. Y luego un distante chillido. «Será una lechuza», pensó. Volvió a oírlo. No. Era un grito humano, de pánico, procedente de la casa solariega. ¡Caroline!

Corrió por el campo y atravesó el patio resbalando por su suelo empedrado, para terminar deteniéndose a la vista de los cinco caballos que vagaban sueltos delante de la puerta destrozada. Con el corazón acelerado y un nudo de terror en la garganta, entró en el vestíbulo y avanzó lenta y sigilosamente por el corredor. Los sirvientes debían de haber huido u ocultado, y no había señal alguna de los hombres de armas de su padre. Al acercarse al salón oyó a Caroline sollozar, y el rumor de roncos gritos y risas de gente borracha.

Pegado a la jamba de la puerta, asomó la cabeza. El suelo del salón estaba sembrado de muebles rotos, cortinajes rasgados y cuadros que habían sido arrancados de las paredes. Uno de los hombres de armas de su padre se hallaba tendido boca abajo sobre una mesa, con una espada clavada en la espalda. Caroline se acurrucaba en una esquina, hecha un ovillo. Su vestido estaba roto, al igual que las cintas azules que colgaban de su pelo, y su rostro magullado, arañado, cubierto de sangre. Por un instante estuvo seguro de que iba a vomitar. Aquello no habría sucedido si él hubiera estado allí. Debería haberse quedado para protegerla.

Había cinco hombres luciendo el colorido atuendo y los sombreros emplumados que los identificaban como caballeros de Su Majestad, pero bajo aquellas elegantes ropas apestaban a suciedad y alcohol. Desnudó los dientes y reprimió un gruñido de fiera. En aquel instante estaban ignorando a Caroline mientras golpeaban las paredes con los puños de sus espadas y arrancaban las tablas del suelo. Pensó en entrar, recogerla y huir con ella, pero ni siquiera sabía si sería capaz de andar. Deseó poder hacerle alguna señal para que supiera que no estaba sola. Pero no podía arriesgarse a alertar a sus captores.

La culpa, el terror y la rabia feroz que le producía ver a Caroline tan cruelmente maltratada dio paso a una helada calma. Su respiración y su pulso se aquietaron y concentró toda su atención, agudizados sus sentidos, en sus oponentes. Un hombre de cabeza pequeña y redonda se hallaba junto a Caroline, sin su espada. Otro atractivo y de pelo negro, mejor vestido que los demás, ocupaba el centro de la sala. Un sujeto con cara de rata y otro rubio de labio partido se dedicaban a golpear en las paredes, mientras el último, de rostro inteligente, provisto de una daga curva hurgaba en las tablas del suelo de otra esquina. Observó con detenimiento a cada uno antes de cruzar el umbral y continuar sigiloso por el pasillo.

El largo espadón estaba colgado en la pared del gabinete de su padre. Lo había contemplado innumerables veces, fascinado por su letal belleza así como por la escalofriante leyenda grabada en la hoja: Lex Talionis, la ley del Talión y la venganza.

La azulada hoja de acero vibró mientras la descolgaba. Agarrando la empuñadura de cabeza de lobo con ambas manos, regresó a por su hermana. Llegó justo a tiempo de ver al hombre de cabeza pequeña y redonda agarrar a Caroline por un brazo para levantarla bruscamente. Sintió un cosquilleo en los dedos y blandió el espadón, en silencio, colocándolo en posición horizontal como para asestar un golpe de lanza. No actuó, sin embargo. Esperó.

—Vamos, mi pequeña damisela —el hombre le dio a Caroline una sacudida—. Dinos dónde está, o cuéntanos lo que sabes, y te dejaremos marchar en paz para que sigas jugando con tus muñecas.

—Habla por ti, Harris —dijo el rubio—. Es demasiado grande para andar con muñecas, y nosotros tenemos otras cosas con las que puede jugar.

El tipo de cabeza pequeña la sacudió de nuevo, y acto seguido cerró la mano sobre lo que quedaba de su vestido y la levantó en vilo.

—¿Es verdad eso, preciosa damisela? ¿Te gusta jugar entonces?

Caroline sollozaba y suplicaba, esforzándose por respirar mientras el cuello del vestido la estrangulaba. No entendía lo que querían.

—Deprisa, caballeros —les espetó el hombre de pelo negro, aparentemente más sobrio que el resto—. Hay milicias en la zona. No disponemos de todo el día. Es evidente que no sabe nada. Remátala, Johnny, y salgamos de aquí.

—¡Pues vaya un desperdicio de tarde! —protestó Johnny Harris—. Yo tengo un uso que darle, aunque los demás no queráis. Idos. Yo no tardaré.

—¡Diablos! —escupió el rubio—. Nos divertiremos entonces todos —reuniéndose con el tal Johnny, empezó a tirar de la falda a Caroline.

Caroline empezó un desesperado forcejeo, arañando y pateando.

—¡Basta ya, malditos estúpidos! —gritó el hombre de la daga—. Si tengo que hacerlo, yo mismo le rebanaré el cuello... —y empezó a caminar hacia ella.

No quedaba ya tiempo. La extraña fuerza que lo había mantenido inmóvil se liberó de golpe. Fue como si el tiempo se hubiera detenido, dejándolo a él fuera, como un simple observador... para activarse luego en seguida, y arrastrarlo en un torrente. Alzó el espadón y fue entonces cuando Caroline lo vio. Sus miradas se encontraron por un instante, horrorizada la de ella, implorante, como si intentara transmitirle algún mensaje que quedó perdido en el tumulto que siguió. Con toda su fuerza, chillando de rabia, cargó contra el hombre que se acercaba a ella con su daga.

Desprevenido y embriagado como estaba, el hombre se volvió demasiado tarde. Apenas tuvo tiempo de hacer un leve corte en la mejilla de su joven atacante cuando el pesado espadón le atravesó el vientre, empalándolo contra la pared.

El niño que nunca había matado antes parpadeó perplejo. Aquello no podía ser real. Era como si otra persona hubiera blandido aquella espada, no él, y de repente hubiera perdido toda fuerza, todo empuje. Porque, por más que lo intentó, fue incapaz de sacar la hoja.

Una jarra de licor impactó de pronto en su nuca, derribándolo.

—*¡Diablos! ¡Pobre Humboldt! ¡Muerto a manos de un chiquillo! Iba a casarse el mes que viene —fue el rubio quien habló.*

—*Lástima. Ciertamente no es así como uno desearía que lo recordasen —dijo el de pelo negro.*

Se arrastró sobre los codos y las rodillas, buscando desesperadamente la espada que había visto antes en el suelo. Nada más encontrarla, se levantó de un salto y los amenazó con ella, blandiéndola con pulso firme.

—*¡Soltadla!*

—*¿Sabes lo que voy a hacer con esa espada, chico? —susurró el hombre con cara de rata—. Voy a abrirte en canal, del cuello al vientre, y freiré luego tus entrañas.*

Caroline, forcejeando todavía con el tal Harris, consiguió que el gigantón aflojara un tanto la manaza con que le atenazaba la garganta.

—*¡Corre, Robbie! ¡Huye, por favor! ¡Corre! —chilló.*

—*La soltaré, muchacho, si tú me lo pides —dijo Harris con una sonrisa y, alzándola bien alto en el aire, la arrojó con fuerza contra la pared.*

Él siempre había sido el hermano serio y reservado, y ella la alegre, la bromista. Su hermana, su mejor amiga, todo encanto y personalidad, siempre había sido su sostén, su fuerza. Pero cuando chocó contra la pared y cayó al suelo como una muñeca rota, la vio tan pequeña, tan frágil... Se lo quedó mirando por un momento, como si quisiera pedirle algo.

Gimoteando, retrocedió un paso mientras los veía acercarse; la espada cayó al suelo con estrépito cuando la soltó para echar a correr. Volvió la mirada una vez antes de llegar al umbral, pero ella ya no estaba.

Corrió y corrió, perseguido por los gritos de los hombres, lejos de la casa, en lo profundo de la noche. Cayó de rodillas cuando ya no pudo más. Vio gente con antorchas corriendo hacia él. Un gran grito de dolor pareció abrirse paso a través de sus entrañas, desgarrándole el corazón y la garganta. Echando la cabeza hacia atrás, dejó escapar un aullido de animal herido.

–¡Dios! –se despertó sin aliento, doblado sobre sí mismo. Las pesadillas en las que aparecía Caroline eran las peores. Carecían de la distancia del recuerdo que poseían las otras. Se lanzaban de golpe sobre él obligándolo a revivir aquella noche, convirtiéndolo una y otra vez en el aterrorizado niño que había fallado a su hermana. Gruñendo, se acercó al aparador para servirse una bebida.

–No necesitas ser tan dura conmigo, Caro. Lo estoy haciendo lo mejor que puedo –le dijo a la habitación vacía.

Pero ella nunca le daba tregua. A la luz del día lograba desterrar aquellas imágenes y pensamientos, pero aparte del ocasional recuerdo de una deliciosa sonrisa con hoyuelos, unos ojos color violeta y una carita manchada de hollín, la sangre y el horror lo acosaban casi cada noche. Deseó poder ser una de aquellas almas afortunadas que no recordaban sus sueños. Y se preguntó por lo que pensaría su hermana si supiera que había perdido su hogar.

El segundo mensaje real, ordenando su presencia en Whitehall, llegó dos días después y significó una sorpresa casi tan grande como el primero. Robert no alcanzaba a imaginarse razón alguna que lo explicara, aparte de la sospecha de que pudiera estar envuelto con los enemigos de la Corona. Algunos de lo que habían luchado por la causa parlamentaria durante la Guerra Civil Inglesa eran verdaderos fanáticos. Los llamados «quintomonarquistas» habían constituido una poderosa fuerza. Hombres que veían la guerra y la ejecución del monarca como el preludio de una nueva era dorada, en la que Cristo y sus santos reinarían sobre la tierra. Una vez habían aclamado a Cromwell como un segundo Moisés, el guía de los elegidos de Dios hacia la tierra prometida. Apenas tres meses atrás habían provocado un levantamiento en Londres con el resultado de una sangrienta batalla urbana y cuarenta muertos. Nadie podía culpar al rey por tratarlos con dureza. Dos de ellos eran regicidas u otro un general de estado mayor. El primer pensamiento de Robert cuando recibió la noticia de la incautación de sus tierras fue precisamente que sospechaban de él como uno de los instigadores de la revuelta.

Lo cual no habría podido estar más lejos de la verdad. Su guerra había sido esencialmente personal. Sus hermanos de armas no eran puritanos ni predicadores, sino una colección de soldados de mirada fría que mataban cuando era necesario. La religión les importaba muy poco y tenían escasos escrúpulos. Su honor y su lealtad estaban con sus compañeros, con su oficio de soldado y con su palabra.

Mientras sus criados procedían a empaquetar las reliquias de tres generaciones de los Nichols, llegó a acariciar la idea de volver al redil, con sus hermanos de armas. Eso suponiendo que no fueran a arrestarlo por traición. Ciertamente se encontraban entre los más reputados mercenarios de Europa, y sobraban oportunidades de trabajo en Alemania, los Países Bajos y otras tierras. Aunque se había creído cansado y ahíto de guerras, no podía negar un cierto punto de excitación. Había algo especial en enfrentar la muerte cara a cara, en fiar la salvación en la suerte y en la propia destreza, que era capaz de devolver el ánimo al espíritu más harto de la vida.

Ya había reunido las dos mil libras que tenía derecho a llevarse en armas, ropas y caballos. Viajaría a Londres y daría satisfacción a su curiosidad, confiado en su habilidad y en su ingenio si las cosas llegaban a torcerse. Mientras allí estuviera, buscaría nueva colocación para sus criados y un cargo bien pagado en una compañía de mercenarios para él mismo. Y visitaría también a viejos amigos y conocidos, para retomar así un rastro que se había quedado frío.

Capítulo 5

Londres

En la larga galería de piedra de Whitehall, Robert caminaba con paso enérgico de un lado a otro. Lucía una ropa sobria pero elegante, con una desproporcionada espada diseñada para matar, que no para adornar, colgando al costado.

Llevaba esperando la mayor parte de la tarde y su paciencia se estaba acabando. En el instante en que el anaranjado resplandor del oeste terminó de hundirse en el horizonte, decidió que había llegado el momento de cenar y de buscarse una cama. Él no era un peticionario ni un solicitante, después de todo. Era su Majestad quien quería verlo, y no al revés. Si su monarca roba-propiedades y de falsa palabra tenía necesidad de su persona, que fuera a buscarlo a su alojamiento. Al día siguiente él...

–¡Capitán Nichols! –una sonora voz resonó en la galería casi desierta–. Capitán Robert Nichols. Su Majestad os recibirá ahora mismo.

Entró en una cámara ricamente amueblada. En el centro de la habitación, en paralelo con una gran chimenea de mármol flanqueada por sendas estatuas de Baco y de Cupido, se alzaba una preciosa mesa de roble, toda lustrosa. Frente a ella estaba sentado su monarca, arremangada la camisa y con su casaca roja colgando del respaldo de la silla. Jugaba a las cartas con una belleza pelirroja, sentada a su vez sobre sus rodillas. Tardó unos segundos en alzar la mirada.

–¡Ah, Nichols! Por fin habéis venido, y justo a tiempo. ¿Jugáis? –el rey pareció contemplarlo con gran curiosidad.

–Milord –Robert se quitó su sombrero de ala ancha con gran ceremonia, haciéndole una reverencia–. Milady Castlemaine –la saludó a su vez con otra reverencia–. Sí que juego. Es un pasatiempo común entre soldados.

–¿Nos hemos visto alguna vez? –ronroneó la dama, recorriendo su figura con una mirada de evidente apreciación.

–Me acordaría si ese hubiera sido el caso, señora, pero los rumores sobre vuestra belleza no dejan duda alguna sobre vuestra identidad.

–Guapo, de maneras elegantes, con un cierto encanto... Con que podamos... –el rey hizo un gesto de frustración mientras se esforzaba por encontrar la palabra adecuada– *animaros* un poco, podríais servir.

–¿Perdón?

Su Majestad se encogió de hombros.

–Me atrevería a asegurar que algunas mujeres encontrarían atractivo ese sobrio aire militar vuestro, pero tampoco quiero que parezcáis un párroco de campo. Sobre todo esta noche.

–¿Milord? –Robert estaba cada vez más perplejo. Se preguntó si el monarca estaría loco o bebido.

–Yo os aseguro que no parece en absoluto un párroco, Carlos. Es grande y fuerte... con un punto amenazador; en absoluto dulce o sumiso –la dama se llevó una mano al pecho, estremeciéndose levemente.

–Mmmm. Ya basta, cielo mío. Podéis dejarnos. Os veré después –el rey dio a su enfurruñada amante una palmadita en la grupa que fue recibida con un furioso siseo, y la despachó sin más–. Tengo que admitir que ella tiene razón, capitán –dijo, volviendo a concentrar su atención en Robert–. Veo que vais muy bien vestido para un hombre que acaba de

ser despojado de vuestras posesiones –señaló su espadón–.
¿Venís dispuesto a plantar batalla?

–He venido porque vos me convocasteis.

–¿Y bien?

–Y sentía curiosidad.

Carlos asintió.

–Naturalmente. Un arma impresionante, capitán, aunque
no muy práctica. Valdrá una buena cantidad de dinero, imagino. La mayoría prefieren espadas más ligeras y flexibles.
Un florete o tal vez un sable, quizás.

Robert se encogió de hombros.

–No es arma de duelos ni para impresionar a las mujeres, Majestad. Podría decirse que es... una posesión personal
de gran valor sentimental. La heredé de mi padre.

–¡Ah! –el rey lo miró con una sonrisa–. Llamadme Carlos. ¿Puedo verla?

En el instante en que desenfundó la espada, cuatro hombres de armas surgieron de entre las sombras, junto con dos
caballeros que habían estado jugando a cartas al fondo de la
habitación. Ignoraba Robert si aquel despliegue era una advertencia: en cualquier caso, como militar, estaba impresionado. Carlos les ordenó retirarse con un gesto negligente y,
una vez que Robert dejó su espadón sobre la mesa, le indicó
que tomara asiento.

–Alemana, tal vez: les gustan mucho los lobos –comentó
mirando la empuñadura, y pasó a examinar la hoja con interés–. Pero apuesto a que el acero es español. *Lex Talionis*.
Decidme, capitán... –se inclinó hacia delante, con un punto
de juguetón desafío en su voz–. ¿De quién planeáis venga-
ros?

Robert se inclinó también.

–De alguien que, de encontrarse ahora mismo en esta habitación, ya estaría muerto.

–¡Diantre que sois un personaje atrevido y descarado!
–la risa de Carlos resonó en la cámara–. No sois exactamente lo que había esperado, pero que me aspen si no serviréis

bien para lo que pretendo. Tomad. Guardárosla –empujó la espada hacia Robert–. Será un engorroso estorbo en el baile. Procurad no hacer tropezar a ninguna dama esta noche con ella.

«¿Ha terminado ya la entrevista? ¿A santo de qué me habrá convocado a la corte?», se preguntó Robert.

–Majestad, me habéis llamado y he venido. Me he pasado todo el día esperando. ¿Podría preguntaros qué...?

–Todo a su debido tiempo, capitán. Venid. Daos prisa o llegaremos tarde.

Robert sabía que el rey tenía fama de informal. Se decía que asistía a fiestas privadas, tabernas e incluso burdeles, y que jugaba con caballeros de baja categoría en Newmarket cada otoño. Ningún otro monarca de Europa tenía esas costumbres, y sin embargo tanto él como su hermano Jacobo eran vistos con frecuencia en tales situaciones, prescindiendo de las formalidades en favor de la pura diversión. Se necesitaba tener mucho coraje y una gran confianza en el amor de sus súbditos para mezclarse con ellos como si fuera un hombre más. A regañadientes, Robert no podía menos que admirarlo. No por ello, sin embargo, se sintió menos sorprendido al encontrarse de pronto sentado en un carruaje frente a la real persona, rumbo a la fiesta que daba con su otra amante en su residencia de Pall Mall.

Mayo se acercaba y hacía una tarde espléndida. Aunque el sol ya se había ocultado, no había oscurecido del todo para cuando se detuvieron delante de una gran casa de tres pisos en la punta oeste de la calle. Rodeada de olmos, contaba con unos jardines contiguos al parque real del palacio de Saint James. Varios carruajes estaban aparcados en fila frente a la entrada.

Robert recordaba más de una ocasión en el campo de batalla en que, a despecho de su entrenamiento y de sus reflejos, se había visto perdido y desorientado en una situación que había sido incapaz de prever. Cuando eso sucedía, uno no podía hacer otra cosa que confiar en sus propios instintos y dejarse llevar por el fluir de los acontecimientos, a la espera de volver a controlar la situación.

Robert Nichols seguía sin tener la más remota idea del motivo por el cual el mismo rey que lo había despojado de sus tierras lo había llamado luego a la corte, de modo que, a falta de respuesta alguna, tuvo que resignarse a observar y a esperar.

Capítulo 6

Hope Mathews nunca se había sentido tan feliz. Celebrar aquella velada en su casa con Carlos y sus amigos la compensaba de mil pequeños agravios.

Durante el último año y medio, a la manera de Cenicienta, había aparecido en Whitehall dando siempre pie a murmuraciones, para luego apresurarse a volver a su casa a medianoche con la única compañía de los vestigios de un sueño. ¡Pero esa noche sería ella la anfitriona del baile! Bueno... cena más bien. Al día siguiente se celebraría el May Day, con lo que la velada sería una fiesta más bien privada, solo para los amigos más cercanos del rey. Celebrarla en sus aposentos sería como reconocer la importancia que tenía para él delante de aquellos cuya opinión más estimaba. Sabía que no tardaría en dejar de disfrutar de su compañía, pero mientras lo hiciera, no podía evitar quererlo por permitirle gozar de su fantasía, y fingir, aunque solo fuera por una noche, que *ella* era su reina.

Le había dado permiso para que la organizara a su modo, diciéndole que no reparara en gastos, con lo que en ese momento estaba prácticamente dando saltos de entusiasmo, a la espera de que viera lo que había hecho. Había trabajado día y noche durante dos semanas con los preparativos, para terminar convirtiendo la casa en una fiesta para los sentidos. Un lugar donde celebrar la cercanía del verano en un clima de lujo y comodidades. Lo contempló todo con una enorme sonrisa, confiada en que sería una noche memorable. Una noche que haría que Carlos se sintiera orgulloso de ella.

Se respiraba un aire fragante de velas perfumadas, fuentes de frutas y grandes cantidades de flores, muchas de las cuales habían crecido en sus queridos jardines bajo los cuidados del jardinero de Carlos, su mentor en todo lo que se refería a adornos florales, John Rose. Ramos de laurel y verde decoraban las balaustradas, arcos y manteles de chimenea. Cenadores cubiertos de flores y palos de mayo en miniatura formaban pintorescos rincones tanto dentro como fuera de la casa.

Las criadas lucían guirnaldas de flores, y los criados llevaban las caras pintadas de verde e iban vestidos con ropa del mismo color decorada con hojas, a la manera de *Jack-in-the-green*, el personaje de las fiestas tradicionales del mes de mayo. La música, discreta y alegre, se mezclaba con el risueño murmullo de las risas y conversaciones mientras los invitados charlaban, flirteaban y jugaban a naipes. Una araña de cristal brillaba sobre sus cabezas y las mesas laterales refulgían con licoreras de malvasía y vino de Canarias, con preciosas copas talladas con bordes de plata y oro.

En el comedor al que daba paso el salón, una larga mesa de aparador esperaba dispuesta con grandes fuentes de pollo, capón, langosta y dulces, de modo que la gente se fuera sirviendo. Una espléndida cubertería grabada con las iniciales *HM* resplandecía a la luz de las velas, con un gran cuenco de plata lleno de agua de rosas para que los invitados humedecieran sus servilletas y se lavaran las manos.

Habían invitado a unas cincuenta personas. El hermano del rey, Jacobo, y su hijo el duque de Monmouth ya habían llegado. Buckingham estaba ocupado jugando a naipes en una esquina con Elizabeth de Veres, la bella esposa de lord Rivers. Hope la miraba con curiosidad. Le gustaba el poeta. Se había mostrado muy amable con ella, pese a sus oscuros antecedentes, y la había tratado como a cualquier otra dama de la corte, aunque resultaba obvio que encontraba divertida su fidelidad hacia Carlos. Que hubiera encontrado el verdadero amor con su propia esposa no dejaba de resultar irónico.

También Carlos admiraba a Elizabeth. «¿Qué tendrán las virtuosas seductoras como ella que tanto atraen a hombres tan dispares?», se preguntó Hope. «Si es la virtud, eso es algo que nunca buscarán en mí».

Únicamente echaba de menos a Carlos. De repente, un estruendoso coro de vítores hizo que se volviera rápidamente hacia la entrada. Un hombre alto y de pelo oscuro, luciendo un sombrero de plumas de avestruz convenientemente ladeado y una casaca roja tejida en oro, parecía empequeñecer a la mayoría de los presentes. ¡Carlos al fin! Su rostro se relajó en una radiante sonrisa mientras se le aceleraba el corazón. Era seguro que ejercería el mismo efecto en cada una de las damas invitadas. «Pero esta noche es mío», pronunció para sus adentros.

Fue entonces cuando vio al caballero que lo acompañaba. Nunca lo había visto antes en la corte: de lo contrario, se habría acordado. De anchos hombros y fina cintura, de figura poderosa, sacaba sus buenos cinco centímetros al propio Carlos. Parecía firme y sólido, de una forma que rara vez se veía entre los hombres que llevaban la vida de molicie de la corte. Se movía como un espadachín, con tanta gracia como elegancia; y sin embargo evocaba a la vez algo salvaje, una cierta ferocidad. Resultaba fácil imaginárselo vestido de armadura en un caballo de batalla, como un caballero vengador de las leyendas. De alguna forma le resultaba familiar, como si acabara de hacer entrada en su vida procedente de alguno de sus sueños.

No dejó de contemplarlo fascinada mientras se abría paso entre los invitados para saludar a Carlos. Llevaba un elegante traje negro, que contrastaba con la pluma blanca de su sombrero ladeado. Un fajín a juego, de estilo militar, le servía de cinturón para la espada. La gola y los puños bordados de la camisa, visibles bajo sus mangas cortadas, eran también blancas. En una habitación de cortesanos tan coloridamente engalanados, proyectaba una imagen elegante a la vez que peligrosa. Le sentaba muy bien, ciertamente. El corazón se le aceleró aun más, y un rubor culpable asomó a sus mejillas cuando se lo imaginó desnudo.

El caballero se volvió entonces para hablar con Carlos, de manera que Hope pudo ver bien sus rasgos... y el pulso se le paralizó por un instante. Poseía una belleza dura, efecto sobre todo de la antigua cicatriz que le atravesaba una mejilla. Tenía el cabello bien apartado de la cara, recogido en la nuca con una cinta negra: brillaba a la luz de las velas, con tonos dorados y mechas claras y oscuras. La misma luz temblorosa acentuaba los rasgos como tallados en piedra: los fuertes pómulos, la firme mandíbula y los labios llenos, de vista casi pecaminosa... «Me pregunto de qué color serán sus ojos».

Ya casi había llegado donde Carlos y apresuró el paso para saludarlo. Yendo a su encuentro, el rey la abrazó y besó en las mejillas.

—Habéis logrado llenarnos de orgullo esta noche, señorita Mathews. Y estáis tan preciosa como el primer día de verano —resplandecía de entusiasmo, lo que justificaba el duro trabajo que Hope se había tomado. Soltándola, se quitó el sombrero y la obsequió con una elegante reverencia—. Como podéis ver, he invitado a un amigo. Rezo para que tengáis sitio para un invitado más. Querida, os presento a un gallardo caballero, tan bravo como atrevido: el capitán Robert Nichols.

Le pasó un brazo por los hombros y, por alguna razón, aquel gesto de confianza tan sumamente abierto y público le hizo sentirse un tanto avergonzada. Luchó contra el impulso de apartarse. El capitán se adelantó entonces. Pero su expresión era más bien sombría, como si estuviera en presencia de algo desagradable.

Hope se ruborizó, sorprendida de su incómoda reacción.

¿Qué podía importarle a ella la desaprobadora mirada de un desconocido? Estaba acostumbrada a ese tipo de reacciones. Que pensara lo que gustara. Presa de una poco habitual timidez, lo saludó con una sonrisa.

–Bienvenido, capitán Nichols. Es un honor contar con vuestra presencia en esta velada. Por favor, sentíos como si estuvierais en vuestra casa –le ofreció su mano, obligándolo a que se la besara.

El caballero se sujetó el sombrero bajo el brazo y tomó su delicada mano, que pareció perderse dentro de su manaza; el corazón de Hope latió salvajemente cuando se inclinó para besársela. Sintió el calor de sus dedos bajo los suyos, así como la caricia de su aliento en el instante en que le rozó los nudillos con los labios. Dos de sus dedos parecieron entretenerse más de lo necesario, presionando levemente la sensible cara interior de su muñeca.

Hope se estremeció y retiró la mano, asaltada por nuevas y peligrosas sensaciones. El caballero se irguió cuán alto era. Un mechón de pelo le cayó de pronto sobre la frente, suavizando de alguna manera sus rasgos.

–Sois muy amable, señora, al recibir tan afectuosamente a un desconocido.

Tenía una voz grave, profunda, melodiosa. Al levantar de nuevo la mirada hacia él, lo sorprendió observándola con una extraña fijeza. Había algo triste en aquel hombre: triste y terrible a la vez. Pese a su aura de fortaleza y seguridad, parecía un hombre atormentado. Tenía los ojos verdes: de un inquietante tono aceitunado, con vetas de negro y plata que fascinaban e hipnotizaban. Se imaginó soledad, tristeza y un enorme dolor en sus profundidades. Parpadeó y desvió la vista. Ciertamente era un hombre muy guapo.

–Hope, querida mía, tengo obligaciones que atender. Es hora de que me escoltes por el salón para que salude a nuestros invitados. Así todo el mundo podrá luego relajarse y gozar de la velada.

Liberada del hechizo que parecía haberle lanzado aquel

desconocido, volvió a refugiarse en la relativa seguridad de los brazos de Carlos. Por un instante, deseó poder ser la virtuosa seductora que no era. La mujer que enamoraba perdidamente a todo tipo de hombres.

–¿Podréis arreglároslas solo durante un rato, capitán?

–Confío en ello, Majestad.

Robert contempló con fría admiración a la hermosa cortesana mientras se alejaba del brazo del rey. Lucía un llamativo vestido, de mangas y falda de color rojo oscuro, enaguas blancas con flores bordadas y corpiño negro, concebido para resaltar su cintura de avispa y su contoneo de caderas al caminar. Sorprendentemente, dada la identidad de su amante, el único adorno que llevaba era una corona floral de hojas de sauce, hiedra y violetas, con un ramito verde que le caía sobre una mejilla, y unas pocas flores en el cabello.

Hope Mathews. Había oído hablar de ella. La vendedora de naranjas que había saltado del teatro a palacio para convertirse en «dama» de Su Majestad. Era más fina de lo que había esperado. Nada basta o vulgar, sino absolutamente encantadora, y poseedora de una belleza que quitaba el aliento. Con su piel cremosa, su boca deliciosa y su exuberante melena negra y ondulada, larga hasta la cintura, no tenía necesidad de adorno alguno. Eran sus ojos, sin embargo, lo que lo habían dejado cautivo, fascinado. Unos ojos arrebatadores llenos de secretos, más violetas que azules, enmarcados por unas larguísimas pestañas.

No pudo menos que maravillarse de su poco usual reacción, pero lo cierto era que siempre lo habían fascinado los ojos violeta, que por otro lado eran extremadamente raros y escasos. Tuvo que recordarse que, a pesar de aquellas delicadas muñecas y de aquellos ojos candorosos, no era precisamente una pura e inocente damisela. Era una concubina real, posiblemente más atractiva que su rival nacida en la corte, y definitivamente hecha para un rey. Las criaturas como ella exudaban un poderoso atractivo sexual. Estaban destinadas a convertirse en tentadoras y sofisticadas amantes. Y, sin embargo, aquella joven parecía una florecilla silvestre recién salida del bosque, con su sonrisa radiante y encantadora como una tibia noche de verano, y su perfume a primavera. No había esperado que se quedaría tan... embelesado.

Ella se volvió ella en ese instante para mirarlo, como si hubiera escuchado sus pensamientos. Con el movimiento, unas pocas ramitas escaparon de su corona floral para perderse en su cabello. Robert sintió que se le aceleraba la respiración, víctima de una insólita punzada de anhelo. Por unos segundos todo a su alrededor pareció detenerse, para quedar únicamente él y aquella mujer. Inclinó la cabeza en una ligera reverencia y ella correspondió con una risueña sonrisa y una mirada de niña traviesa. No pudo reprimir una leve carcajada. Fuera quien fuera, aquella muchacha había aligerado su espíritu como nada lo había hecho en mucho tiempo. Definitivamente no era una damisela inocente. No. Pero quizá sí fuera un elfo descarriado.

Capítulo 7

Robert encontró un rincón tranquilo en el salón. Era un alivio poder escapar de la velada por un rato. Ignoraba por qué a una persona cuerda podía ocurrírsele forrar de espejos una habitación entera, del suelo hasta el techo. Nada más entrar en el salón, el remolino de colores chillones y cabezas tocadas con pelucas le había provocado una sensación de repugnancia, aparte de dejarle levemente mareado. Se preguntó cómo lograrían encontrar la puerta de salida aquellos que hubieran bebido demasiado.

El revuelo que se montó en torno al rey se había serenado un tanto. Los cortesanos le habían presentado sus parabienes, el monarca los había aceptado agradecido y, en ese momento, todo el mundo parecía concentrado en disfrutar de la fiesta. Varios se habían sentado a jugar a los dados, y todo un río de gente entraba y salía del comedor comiendo lo que le apetecía. El conde de Buckingham y la encantadora señorita Mathews representaban en el salón una pieza de teatro que Robert juzgó pueril, pero que los demás parecían encontrar increíblemente divertida. Procuró disimular su impaciencia. No le gustaban las sorpresas y seguía sin saber por qué estaba allí.

Descubrir a Elizabeth al otro lado de la habitación significó, sin embargo, una agradable sorpresa. No la había visto desde que abandonó Londres, hacía cerca de un año. Por lo que parecía, su marido había recuperado el favor real: en ese momento estaba enfrascado en una conversación con el monarca. Ella no dejaba de sonreírle y de indicarle con gestos que se reuniera con ellos, pero lord Rivers parecía retenerla con la misma tensión con que sujetaba la copa con su otra mano. De cuando en cuando desviaba la mirada del rey para mirarlo con un inequívoco brillo de advertencia en los ojos.

En cualquier caso, era una delicia verlos. Un solo toque en el brazo, un susurro al oído, una elocuente mirada de complicidad: la intimidad de aquella pareja era casi palpable. Le conmovía verlos así, y también le ponía celoso. «¿Es a Elizabeth a quien anhelo... o acaso ansío simplemente sentir algo parecido a lo que ella siente?», se preguntó.

Y, sin embargo, pese a ese triste sentimiento, en medio de aquella velada de risas y música, de viejas amistades y antiguos rivales, de preciosas amantes y caprichosos reyes, la sala entera resplandecía de color y alegría y todo parecía hervir de vida. Casi se sentía como si él mismo estuviera *reviviendo*. Sonrió mientras contemplaba a la encantadora cortesana del rey. Su impaciencia desapareció de repente. La hechicera había vuelto a lanzarle su conjuro.

El general Monk, el hacedor de reyes que había orquestado la vuelta de Carlos Estuardo al trono, se acercó a saludarlo.

–¡Sir Robert Nichols! ¡Qué placer veros de nuevo, señor! Últimamente os habíais borrado completamente de Londres –compartieron un caluroso apretón de manos–. ¿Donde os habíais metido, capitán? Llevo tiempo intentando localizaros.

–Tengo... *tenía*... una pequeña propiedad en Nottinghamshire, señor. Cambié los campos de batalla por los de grano, y el combate contra los ejércitos por la lucha contra las tormentas y las riadas.

–¡Ah! Claro, señor. Uno piensa que eso es lo que uno quiere. Alejarse del humo y del trueno del cañón. Conseguir al fin un poco de paz. Pero uno termina aburriéndose. Queda un anhelo. Algo que se echa en falta, y los días transcurren en una monotonía que... ¿sabéis lo que quiero decir, Robert?

—Sí que lo sé, señor.

—Pues puede que tenga un remedio para ese mal.

—¿Señor? —experimentó una entusiasta punzada de expectación. ¿Sería por eso por lo que el rey lo había llevado allí aquella noche? ¿Para quitarle una cosa y darle luego otra?

—Sois un magnífico guerrero, sir Robert, pero lo que es más importante para mi propósito: siempre fuisteis un hombre con el que uno puede contar para mantener la cabeza fría, pensar por sí mismo y hacer lo que haya que hacer. ¿Os suena bien el nombre de *coronel* Nichols?

—¡Por supuesto que sí, general! Yo...

—¡General! Veo que conocéis a nuestro capitán —Carlos Estuardo apareció de pronto entre ellos, abrazándolos.

—Efectivamente, señor. Es un gran soldado, al que precisamente pretendo...

—A lord Rivers por supuesto que lo conoceréis también, general. Un querido amigo del exilio y también un héroe de guerra. Permitidme que os presente a su encantadora esposa, lady Elizabeth.

El general hizo una reverencia y besó la mano de Elizabeth.

—Enhorabuena, señora. Todo Londres arde de entusiasmo con vuestra captura. Solo una mujer extraordinaria podría lograr una hazaña semejante.

—Gracias, general. Sois muy amable. Pero os aseguro que fue William quien me capturó a mí —de repente se volvió hacia Robert con una radiante sonrisa—. ¡Oh Robert, me alegro tanto de verte! Echaba de menos nuestras viejas visitas. Estaba muy preocupada sabiéndote allá, tan solo...

Robert la saludó con una reverencia formal, pero Elizabeth se lanzó a su cuello y le dio un abrazo. Mientras la bajaba al suelo, lanzó una rápida mirada al atractivo poeta que se la había robado. Aunque nadie los había presentado, eran muchas las veces que había visto a De Veres en tabernas y cafés. El hombre parecía resplandecer de alegría. Quizá Elizabeth hubiera hecho por aquel libertino lo que él mismo había esperado que ella hiciera por su persona.

De Veres se adelantó y le tendió la mano, con lo que Robert no tuvo más remedio que estrechársela.

—Lizzy me ha contado muchas veces la ayuda y el consuelo que le proporcionasteis en el pasado, capitán Nichols. Os doy las gracias por haber cuidado tan bien de ella cuando yo no pude hacerlo.

Robert inclinó cortésmente la cabeza, reprimiendo una cáustica respuesta. Aquel era el hombre que la había puesto en peligro en primer lugar.

El general Monk le puso entonces una mano en el hombro, como reclamándolo para sí:

—Majestad, conozco bien a sir Robert y es un excelente soldado. Tengo una proposición que hacerle que tiene que ver con la Coldstream Guard.

—¡Ah, los reencuentros! No tenía ni idea de que el capitán conociera a tantos de mis amigos. Pero me temo que eso tendrá que esperar, general. De hecho, debo pediros a todos que nos excuséis. Da la casualidad de que el capitán y yo tenemos un asunto que tratar antes de que comience el baile. ¿Nos disculpáis?

Una radiante Elizabeth les hizo una reverencia mientras William y el general aceptaban con una humilde inclinación de cabeza. Su Majestad pasó un brazo por los hombros de Robert en un gesto cordial y lo llevó a un pequeño y oscuro gabinete, que cerró con llave en cuanto hubieron entrado. Después de invitarlo a tomar asiento, sirvió dos copas.

—Bueno, capitán. Indudablemente os estaréis preguntando por qué estáis aquí.

—Cierto, Majestad.

—La culpa la tiene esa tiranuela de Elizabeth de Veres.

Ella me tiene en gran estima, por supuesto, pero lleva días muy enfadada conmigo por haberos quitado vuestras tierras.

Robert abrió y cerró los puños, irritado.

—Ella no tenía por qué haberos hablado de ello. Cuando se lo dije, no pensé en la conexión que tenía con vos, como tampoco busqué su ayuda. Imaginé que, como antigua amiga mía que era, guardaría la necesaria discreción —declaró, tenso.

El rey echó la cabeza hacia atrás y soltó una carcajada.

—¡Capitán! Vos sois un guerrero, señor, y sabéis poco de las artimañas de las mujeres. Ahora deberéis acostumbraros a cosas más amables. Ellas son físicamente más débiles que nosotros, pero cualquier hombre que las juzgue igual de frágiles en otros aspectos es que no las conoce en absoluto. Yo en cambio las conozco muy bien, y las amo en la misma proporción.

—Eso tengo entendido, señor.

—Algunas mujeres nacen para generales. Elizabeth es una de ellas, como estoy seguro que sabréis, y ella ha optado por abanderar vuestra causa. No debéis disgustaros con ella. Siente lealtad y afecto por vos. Os valora lo suficiente como para pedirme que os devuelva vuestras tierras, y yo la valoro a ella lo suficiente como para replanteármelo. Lo cual no deja de representar un gran inconveniente. Tendré que encontrar otras tierras para lord Harris, pese al gran interés que tenía por quedarse con las vuestras.

—¿Jonathon Harris?

—El mismo. ¿Lo conocéis? Parecéis conocer hasta la última alma de Londres.

Robert esbozó una fría sonrisa.

—Ciertamente que nuestros caminos se cruzaron durante estas últimas guerras —un escalofrío helado le recorrió las venas. ¡La caza había empezado! El hombre al que había estado persiguiendo rondaba ahora su hogar. ¿Confiaría la presa en convertirse en cazador? ¿O sería cosa tal vez de la divina providencia? Fuera como fuese, Harris jamás volvería a pisar las estancias de Cressly.

—Sin duda. Él luchó en los dos bandos: realista, parlamentario... y luego otra vez realista. No le tengo en gran estima: uno no puede confiar en semejantes hombres. Pero hay un asunto de política de por medio. Es un hombre útil, muy necesario en estos momentos. Vos fuisteis un soldado honesto, capitán, y muy bueno. El general habla maravillas de vuestra persona. La concesión de un mando en plaza a partir de su recomendación es algo en lo que he llegado a pensar, pero resulta que tengo un problema en el que podéis ayudarme... y cuya solución nos beneficiará a ambos. Si aceptáis, conservaréis vuestras tierras e incluso recibiréis también las fincas adyacentes.

—¿Y de qué manera podré servir a vuestra Majestad?

—Por favor, llamadme Carlos.

—¿Qué es lo que queréis de mí... Carlos?

—Quiero que os desposéis con mi amante.

Robert disimuló su asombro bebiendo un buen trago de su copa. ¿Había oído bien?

—¿Queréis que me case con vuestra amante?

—Sí. Hope Mathews, a cuya casa os he traído esta noche para que la conocierais. Es una chiquilla encantadora: estoy muy encariñado con ella. Pero yo me casaré muy pronto, capitán. La corte ya anda poniendo reparos a su presencia. Su estatus social es tal que...

—¿Es ella la que llaman La Naranjera? ¿La que trabajaba en el burdel conocido como La Feliz Meretriz?

El rey se tensó.

—Que la llamen lo que quieran. Yo os aseguro que es muchísimo más inocente y de mejor carácter que la mayoría de las damas de esta corte.

—No lo entiendo, Majestad. ¿Por qué habríais de pedirme tal cosa?

—Como os he dicho, pronto estaré casado. Mi novia pisará tierra inglesa de aquí a tres semanas. Seguro que habréis advertido los preparativos. Hope me es muy querida, pero por su estatus social no podría ser aceptada en presencia de la futura reina. Si mi corte acepta la solución que propongo, todo este asunto resultará perfectamente digerible. Una amante casada es muchísimo más aceptable que una soltera. Y lo mismo una dama con título frente a una descarriada de la calle.

—¿Por qué no le otorgáis sin más un título?

—¿En premio a sus servicios a la Corona? —el rey se echó a reír de buena gana y rellenó las dos copas—. Ha sido para mí mucho mejor amiga que la mayoría de aquellos a los que generosamente he recompensado, pero eso no puedo hacerlo. No sin volver a toda la corte en mi contra y mandar a mi esposa hecha una furia de regreso a Portugal. Inglaterra necesita este matrimonio. *Yo* no puedo darle un título... —apuntó con su largo dedo a Robert—, pero *vos* sí. Las apariencias importan aquí, capitán. Esto es como un teatro, ¿no os dais cuenta? Ella debe casarse con un título y dejar la corte por un tiempo. Hasta que haya pasado la boda y la situación se haya estabilizado entre mi esposa y mi *maîtresse-en-titre*, Barbara. Después, cuando vuelva aquí como dama casada...

—La situación a la que os referís...

Carlos alzó una mano.

—No es nada. Bagatelas. Asuntos que no os conciernen. Lo que *sí* os concierne es mi proposición. Os casaréis con ella. Esta noche. Y con la misma la sacaréis de Londres. Conservaréis vuestras tierras y las veréis acrecentadas, y os daré una corona que añadir a vuestro escudo de armas. Os llamaré barón Nichols, y seréis nombrado conde de Newport. Por tanto la señorita Mathews será dama, y condesa, ni más ni menos. Aquellos que se sentían mejores que ella y la tenían en poco, os mirarán a los dos y se arrepentirán de su pasado comportamiento. Vos la cuidaréis y protegeréis, y cuando la convoque a la corte, la exhibiréis como una dama delante de todos.

—¿Pero no será mi esposa, sino vuestra meretriz?

—La trataréis como la dama que es —replicó con un tono repentinamente helado.

—¿Y por qué me habéis escogido para tan singular honor? —le preguntó Robert, ignorándolo.

—Porque Elizabeth me ha asegurado que sois un hombre de honor que no ha tenido más que bondades y finezas con ella. Yo confío en su buen juicio, y doy por supuesto que haréis lo mismo por Hope. Y porque no hay otro caballero *adecuado* en mi corte que pudiera desposarla, a causa de su baja cuna. *Vuestro* tatarabuelo no tenía título. Era un oficial de rango bajo, que no un caballero. Vuestro abuelo fue nombrado caballero y vuestro padre baronet, por los servicios prestados al rey Jacobo. Sois un caballero, pero sin raíces nobles lo suficientemente profundas como para despreciar tal honor. Por supuesto, os beneficiaré asimismo con una generosa dote. Esas cosas nunca están de más —su expresión se había tornado calculadora, levemente fría.

—¿Y si me decantara por la oferta del general Monk? —no supo realmente por qué lo preguntó. El asunto había quedado decidido desde el instante en que el rey mencionó el nombre de Harris. Quizá se resintiera por dentro de la presuposición del monarca acerca de que su honor estaba en venta. No se sentía inclinado a ponerles a ambos las cosas fáciles, cuando evidentemente lo tenían en tan escasa consideración.

—No se os dará esa oportunidad, capitán Nichols. El general Monk me ha demostrado su lealtad: sus servicios a mi persona y a Inglaterra son incalculables. Vos, por el contrario, podríais ser un hombre peligroso. Un soldado resentido y sin tierras, dispuesto a anteponer su lealtad a un jefe militar antes que a su rey. De esos ya tenemos muchos. *Vos* no habéis servido a mi causa. No me habéis demostrado nada; hacedlo ahora, capitán. Es una oportunidad que no volverá a presentarse.

—Para ser claros: ¿me estáis pidiendo que haga de cornudo consentidor, cómplice de vuestro adulterio, con tal de salvar mis tierras?

–Exactamente. Eso es. Y seréis generosamente recompensado por ello. No es nada placentero poner a un hombre de honor en esta posición, capitán, pero no puedo entregar a Hope a alguien de menor categoría y confianza –esbozó de pronto una cálida y seductora sonrisa–. ¡Pero qué lamentable anfitrión que soy, señor! Comed un poco. Disfrutad de la velada. Tomaos vuestro tiempo para pensarlo. Debo atender a mi anfitriona. Hablaremos después, ¿os parece? Pero pensadlo bien, capitán. Siempre es mejor hacer buenos amigos –le dio una cariñosa palmadita en el hombro–. De verdad que es una muchachita encantadora. ¿Qué tenéis que perder?

Capítulo 8

De desposeído podía pasar a convertirse en conde, gracias al favor regio. El rey había puesto su mundo a dar frenéticas vueltas como si fuera un mago, con un instante de distracción y un movimiento de manos. Aunque la mayor parte no era más que humo y espejos, dos cosas estaban perfectamente claras. Su presa había aparecido y se hallaba ahora a su alcance, y la exquisita belleza que le había hecho reír... había estado realmente riéndose de él. Cansado de cuerpos recalentados y perfumes empalagosos, Robert fue en busca del jardín. De camino, pasó cerca del rey y de su anfitriona. Su Majestad, con la cabeza inclinada, escuchaba con atención lo que la dama le estaba susurrando al oído. Aquellos inocentes ojos parecían refulgir; su risa cantarina era pura música. Preguntándose si no se estarían riendo de él, salió por fin al exterior.

El murmullo de una conversación y unas risas distantes parecían haberlo seguido hasta allí. Deseoso de intimidad, se sentó en un banco cerca de una fuente, apoyada la espalda en la pared de una enramada. Nunca se habría imaginado que lo convocarían a la corte para semejante... honor. Se le ocurrió un chiste. «¿Qué nombre recibía el cornudo cómplice de un rey? Barón Nichols, conde de Newport», se contestó con mordaz humor. Títulos que supuestamente debería aceptar con orgullo.

Bueno, pues los aceptaría. No tenía otra elección. Jamás permitiría que uno de los asesinos de su hermana pisara como dueño y señor las estancias de Cressly. Ni siquiera durante el tiempo que tardara en matarlo. Una concesión semejante significaría una injustificable profanación, y sabía que una parte de Caroline, lo último que le quedaba, se perdería. Tenía que aceptar a aquella muchacha... aquel matrimonio. «Y entonces Harris montará en cólera y vendrá a por mí. Si me desafía a duelo, la responsabilidad no será mía. Si me ataca, lo mataré en defensa propia. De una u otra forma acabará muerto, y Caroline será vengada».

Era bien consciente de los antecedentes de su futura novia. Todo Londres sabía de las hazañas e intrigas de su amoroso rey. Ella era poco mejor que una prostituta común, como la que fue antes de que se convirtiera en amante de hombres ricos y con títulos. Robert había visto demasiadas guerras y demasiadas mujeres y niños abandonados como para juzgar y condenar lo que una persona tenía que hacer para sobrevivir. Aun así, no era precisamente el pedigrí que uno buscaba en una esposa, y le enfurecía y ofendía que lo hubieran utilizado de una forma tan descarada.

«Cornudo, proxeneta, calzonazos... Esos son los servicios que el rey y su amante requieren de mí. El general Monk sirve a Inglaterra como soldado y estadista. Yo la serviré como cómplice de mi adúltero rey y de su ramera», pensó. Eso era lo que habían esperado de él. Lo habían tenido por alguien lo suficientemente venal y corrupto como para vender su honor y su orgullo por una corona para su escudo de armas, algunas tierras y una bolsa de oro. «Y lo haré. Pero no por riquezas, sino por venganza». Evocó aquel último instante de felicidad que había vivido. Aquella fría noche de invierno en que besó a Kate Bishop, minutos antes de que escuchara el grito de su hermana. Pobre muchacho: no había imaginado en aquel entonces que la venganza ocuparía su vida entera. Soltó un profundo suspiro. «Ni que acabaría cayendo tan bajo», añadió para sus adentros.

Las risas que había escuchado antes parecían haber crecido en intensidad, intercaladas con gritos, aplausos y exclamaciones. Se levantó para investigar, y recorrió la fila de setos para terminar penetrando por una abertura en el gran jardín que rodeaba el parque por detrás. Había luna nueva y las estrellas brillaban como diamantes. La noche era hermosa, el aire dulce y tibio, y la brisa hacía susurrar las hojas de los árboles. Las puertas del salón estaban abiertas de par en par y la fiesta se había desplazado al exterior. Antorchas y velas iluminaban los jardines, bañándolo todo con una luz dorada, irreal. Había acróbatas y saltimbanquis dando volteretas y piruetas, y magos haciendo trucos con cuerdas y fuego.

Los sonrientes criados de Hope Mathews circulaban entre la multitud portando guirnaldas y cestas rebosantes unas de tulipanes, lirios y margaritas, y otras de dulces y nueces. Robert recordaba que sus padres habían desaprobado las fiestas del May Day por paganas, mientras que él se había escabullido a menudo hasta el pueblo para sumarse a la diversión. La ninfa del rey estaba eufórica, bailando y batiendo palmas. Su risa de felicidad no pudo menos que hacerle sonreír; incluso soltó una carcajada. Pensó que la traviesa señorita Mathews no tenía en verdad tanta culpa de la situación. Al fin y al cabo no había sido ella, sino el rey, quien lo había escogido a él. De modo que, por el bien de la diversión, Robert procuró hacer a un lado su furia y su resentimiento. «Puede que me hayan manipulado para sus propios fines, pero después de esta noche... ella será mía».

Su sonrisa se amplió en cuanto oyó el retumbo de tambores, el entrechocar de palos y el tintineo de campanillas que anunciaban la llegada de una tropa de danzarines Morris, disfrazados de animales. Había lobos, osos, caballos y caballeros con cornamentas. Ejecutaron una serie de animados bailes tradicionales mientras los criados servían la comida en el exterior, se sumaban los músicos y el vino corría a raudales.

Un violinista y un gaitero aparecieron de pronto por una estrecha abertura practicada en el seto, seguidos de cerca por Hope Mathews. La joven lucía un collar de flores silvestres, con su negra melena larga hasta la cintura. Saltando descalza por la hierba, guiaba a un grupo de huéspedes alegremente ataviados hacia los prados del parque de Saint James. Robert la siguió como todos los demás, completamente fascinado.

Entre exclamaciones de deleite, la comitiva se detuvo en un bien iluminado claro. En el centro se alzaba un alto tronco de abedul, taladas todas sus ramas excepto la copa. Guirnaldas, cintas y flores silvestres decoraban toda su longitud. El gaitero dio una nota alta, pidiendo silencio, y la voz de la señorita Mathews resonó alta y clara:

—¡Damas y caballeros! Queridos amigos todos. A Su Majestad le gustaría recordaros esta frase: «Es más de medianoche y mañana es hoy». Y me encargó especialmente que os dijera: «No hay chico ni chica en ciernes que no celebren este día, que ha llegado, trayéndonos el mes de mayo».

Eran palabras del famoso poema de Robert Merrick, que fueron acogidas con gritos y risas. El gaitero atacó una animada tonada y, batiendo palmas y cantando, varios de los más grandes caballeros y damas del reino se sumaron al baile en torno al tronco engalanado. Más que los complicados pasos y cabriolas de sus compañeros de danza, era Hope Mathews quien cautivaba su mirada, bailando con los brazos tendidos al cielo, completamente entregada a la música y al momento. Envidiaba su pasión. La pasión: algo que le había resultado ajeno durante demasiados años. «Me pregunto… si será así con todo lo demás. ¿Se comportará igual cuando esté con un amante? ¿Cómo será tomarla sobre la blanda hierba, bajo la luna y las estrellas?».

—Es encantadora, ¿verdad? —comentó el rey, apareciendo de improviso a su lado.

—Sí que lo es —repuso con tono ausente, antes de darse cuenta de quién era.

–Como solía decir el poeta: *Qué dulces, tentadoras, perversas son las mujeres* –su voz parecía destilar un tono de tristeza.

Robert suspiró, con la mirada todavía clavada en ella.

–Sí... lo sé. Es muy bella.

–¿La tomaréis por esposa?

–Sí –se preguntó qué otra respuesta podría haber para esa pregunta.

–¡Excelente! Me siento muy complacido. Será el gran acontecimiento de la noche.

Solo entonces se volvió para mirarlo Robert, entrecerrando los ojos.

–Me temo que no entiendo lo que queréis decir.

–Lo entenderéis, lord Newport. Os prometo que lo sabréis a su debido tiempo.

Un carruaje dorado se había detenido al borde del claro, y a él subió el rey antes de que Robert tuviera tiempo de responder algo. Intentó decirse que no importaba cómo y de qué manera fuera a suceder el evento. Aquel matrimonio era una farsa. ¿Por qué no debía entonces formar parte de las diversiones y entretenimientos de la velada? Resignado, procuró olvidarse de ello y recogió una copa de vino de la bandeja que portaba uno de los camareros disfrazados de *jack-in-the-green*.

Se acercó al palo de mayo para apoyarse en el tronco, con los brazos cruzados, curioso pero poco inclinado a sumarse al baile. Varias damas se hallaban en el borde del claro, a cuatro patas, como si buscaran algo por la maleza. Ladeando la cabeza, se quedó contemplándolas divertido.

–Están buscando rocío –le explicó De Veres apareciendo de pronto a su lado, al igual que antes lo había hecho el rey–. Seguro que conoceréis la famosa canción infantil:

La hermosa doncella que al comenzar mayo
salga a los campos al romper el día
y se lave con rocío de árbol de espino

hermosa para siempre será

–También dice que eso la ayudará a capturar el corazón del hombre de su elección –añadió el poeta–. ¿Estáis acaso disgustado con Lizzy? Ella parece pensar que sí.

Robert se volvió para mirarlo con frialdad.

–Eso todavía tengo que decidirlo. Supongo que ella sentirá curiosidad por lo que finalmente resultará de su... intromisión. Podéis decirle de mi parte que muy pronto lo verá por sí misma.

Dándose la vuelta, concentró nuevamente su atención en los bailarines del claro. Segundos después se tensó al sentir una mano posarse con firmeza sobre su hombro. No se molestó en mirar atrás:

–Por razones que se me escapan, ella parece estar muy encariñada con vos. Pero si no apartáis ahora mismo esa mano...

William abrió los dedos y retiró la mano, para acto seguido alisar la casaca de Robert. Habló muy cerca de su oído, con una mezcla de diversión y advertencia:

–Cualquier cosa que se refiera a Lizzy es asunto mío, capitán. Eso es algo que espero tengáis la prudencia de recordar.

Robert se encogió de hombros y, un segundo después, el poeta ya no estaba. Se sonrió. Se alegraba por Elizabeth. Tal parecía que su cortesano poeta era más hombre de lo que él había imaginado.

Una fanfarria de cuernos y campanillas señaló la llegada de un hombre alto, cubierto con una máscara de oro chapado que representaba el sol. En la mano izquierda portaba un cetro también dorado, forrado de hojas y flores. Doblando la rodilla, tendió la otra mano hacia Hope, que la aceptó con jubilosa sonrisa. Acto seguido se incorporó y, volviéndose hacia la multitud, procedió a presentarla.

–Damas y caballeros, compañeros de parranda... –y empezó a recitar:

¡Salve, pródigo mayo, que nos regalas
mirto, juventud y cálido deseo!
Bosques y arboledas por ti vestidos;
colinas y valles cuentan con tu bendición.
Así te saludamos con nuestra madrugadora canción,
te damos la bienvenida, y deseamos longeva vida.
¡A nuestra encantadora Reina de Mayo te presentamos!

–¡Oh, Carlos! ¡Qué maravillosa sorpresa! –Hope casi tuvo que gritar para hacerse oír por encima de la general aclamación, así que le echó los brazos al cuello–. Es una noche que siempre recordaré. ¡Gracias! –representaba un gran honor ser elegida Reina de Mayo. En las ciudades, pueblos y aldeas de toda Inglaterra, las mujeres solteras competían por aquel galardón. Y Carlos la había elegido a ella entre un ejército de nobles bellezas.

Le brillaban los ojos como estrellas cuando Carlos se liberó delicadamente de su abrazo para depositar el florido cetro en sus manos.

–Vuestro cetro, milady. Y ahora... –Carlos empezó a caminar lentamente por el borde del claro, alzando un dedo en el aire como señalando a los varones presentes–. La Reina de Mayo... –se alzó un rumor de expectación– deberá tener... ¡un Rey de Mayo! –y fue a tocar con el dedo el hombro de Robert.

–¿Por qué no yo? –gritó el duque de Buckingham, provocando una ronda de carcajadas.

Ignorándolo, Carlos llevó a Hope y a Robert frente al palo de mayo.

–Es mi voluntad que la señorita Mathews sea la Reina de Mayo, y que lord Newport, el barón Nichols, sea su consorte –el anuncio provocó tantos aplausos como murmullos–.

Requiero ahora, de entre los presentes, a un sacerdote para que bendiga la unión de ambos señores.

Hope se había quedado un tanto sorprendida ante el giro que habían tomado los acontecimientos, pero sonrió de todas formas y se enderezó la corona de flores que había empezado a resbalarle por la frente. Acto seguido, volviéndose hacia su consorte, le lanzó una encantadora sonrisa. Buckingham habría resultado una elección mucho más cómoda, porque el capitán seguía teniendo la capacidad de acelerarle el pulso. De todas formas suponía que sería divertido retomar el juego que había empezado antes: el de intentar arrancarle una sonrisa.

Bellas rosas rojas fueron lanzadas a los pies de la pareja, y Hope se vio obsequiada con un collar de hojas de hiedra y flores, a juego con las que lucía en el pelo. Robert experimentó una punzada de impaciencia cuando se vio a su vez agasajado con una corona de flores y un pañuelo con los colores del arcoíris, pero su consorte parecía tan radiante y su sonrisa era tan contagiosa que fue incapaz hasta de torcer el gesto. Experimentó de hecho una punzada de nostalgia, aguda como la punta de una espada, por la inocencia perdida. Al fin y al cabo, él también había sido muchacho, y tal parecía que aquella mujer no había perdido la inocencia de la ilusión y de la juventud. «El nombre le cuadra», pensó. «Ojalá ninguno estuviera bajo el influjo del pasado y ambos estuviéramos intactos, indemnes. Ojalá esta noche fuera real y ambos fuéramos amantes de verdad».

El alegre bullicio fue en aumento cuando la multitud se abrió ante un hombre corpulento vestido de sacerdote, que habría pasado por tal de no haber sido por la máscara verde, la corona de hojas y la capilla hecha de flores.

—Yo oficiaré la ceremonia, gran señor —después de hacer una exagerada reverencia, fue a situarse entre Hope y Robert. La multitud se ordenó silencio, esforzándose por escuchar sus palabras—. ¡Criaturas del palo de mayo! En los bosques resuena el eco de esta alegría: por fin ha llegado la hora. El invierno ha quedado atrás y ante nosotros esperan los goces del verano –hizo un barrido con la mano, para terminar señalando al rey–. El dulce mayo ha vuelto, y espera la salida del sol.

El sol se inclinó respetuosamente para agradecer los enloquecidos vítores mientras el sacerdote tomaba a Robert y a Hope de la mano.

–Para honrar al más delicado y gentil de los meses, dulce y fértil, bien dispuesto siempre hacia los amantes, están aquí la Reina y el Rey de Mayo, a quienes me dispongo a desposar. Bailad ahora con nosotros. Uníos a las risas y a las canciones... ¡y brindad con nosotros por tan feliz matrimonio!

De repente todo se llenó de criados ataviados de *Jack-in-the-green*, portando bandejas con vino. Los invitados se apresuraron a reunirse con los Reyes de Mayo en el brindis y varios barriles de hidromiel fueron abiertos. El violinista y el gaitero atacaron una nueva melodía, rodeados de los danzarines disfrazados de animales. En medio de la fanfarria de tambores y campanillas, el pagano sacerdote terminó de oficiar la ceremonia.

La fiesta estaba llegando a su fin, faltando solamente una hora para el amanecer, cuando Hope hizo una cortés reverencia a su consorte antes de levantarse en busca de Carlos, dispuesta a bailar con él. Pese a su alta estatura, no logró encontrarlo... ¡Ya lo había visto! Había vislumbrado un reflejo de su máscara de oro, junto a una espesa enramada. Tenía inclinada la cabeza. Parecía enfrascado en intensa conversación con una mujer alta y pelirroja, con una máscara que representaba la luna. La luna de aquel sol.

Un dolor físico como un puñetazo en el estómago le robó el aire de los pulmones. Aunque un escalofrío le congeló la sangre en las venas, las mejillas le ardían y tuvo que parpadear para contener unas lágrimas candentes. Y todo porque había visto a una resplandeciente lady Castlemaine rodeada de admiradores... y acompañada del rey, que la tomaba de la cintura.

Capítulo 9

Hope aspiró profundamente varias veces mientras apretaba los puños, esforzándose por dominar su furia. Pese a ello, cuando atravesó el claro con la cabeza bien alta y una fría sonrisa pintada en la cara, sentía las piernas tan débiles que a punto estuvo de caer al suelo. Y temió no poder hablar por culpa del nudo que le atenazaba la garganta.

—Lady Castlemaine —se negó a saludarla con una inclinación de cabeza, y mucho menos con una reverencia—. Carlos.

El rey apenas se mostró levemente incómodo.

—¡Ah! ¡Aquí tenemos a la Reina de Mayo! ¿Estáis disfrutando de la fiesta, querida? Habéis hecho un espléndido trabajo. Todo está saliendo maravillosamente bien.

Eran pocos los que hasta entonces habían reparado en la presencia de lady Castlemaine, pero en ese momento se enteró todo el mundo. Se apagaron las conversaciones mientras los invitados aguzaban los oídos para escuchar algo. Había sido una noche espléndida y una trifulca entre dos de las amantes del rey, a manera de remate, podría convertirla en el acontecimiento del año.

La voz de Hope resonó alta y clara:

—Seguro que hasta a un putero tan ilustre como tú te basta con una ramera cada vez. Dile que se marche.

Lady Castlemaine contuvo el aliento, escandalizada.

–¡Carlos! ¿Permitiréis que esta granuja se dirija a mí de este modo? Si fuera una de mis sirvientas, la haría azotar de inmediato. ¡Necesita que le enseñen a respetar a sus superiores!

Robert suspiró, y apuró de un trago su bebida. Por unos minutos se había dejado seducir por el ambiente, cautivado por aquel siniestro hechizo de alegría y oropeles. Pero el conjuro se había roto, revelando el cruel engaño que acechaba detrás. «Y yo soy ahora parte del mismo», se recordó. ¿Debería acaso empezar a jugar su papel? ¿Intervenir en calidad de marido y defensor? «Esa mujer no es realmente mía. ¿Por qué debería entonces intentar mediar? Que Su Majestad se las arregle solo».

Y, sin embargo, pese a su ardiente furia, su nueva esposa parecía desprender un inequívoco aire de inocencia, como el de una chiquilla herida. Estaba claramente consternada, sin nadie que pudiera acudir en su ayuda. De modo que, en un impulso, Robert arrojó su copa vacía a un criado que pasaba por allí y se plantó en la escena del enredo.

–Disculpadme, lady Castlemaine. Nos presentaron esta misma tarde. No dudo de que habéis hablado en broma y de que no era vuestra intención insultar a la condesa. Lady Nichols no es ni una granuja ni una sirvienta, señora. Es mi esposa.

–Precisamente, Barbara –aprovechó para intervenir el rey–. Seguro que recordaréis al capitán Nichols. Es también conde de Newport, y acaba de casarse con nuestra Reina de Mayo. Ella es ahora condesa como vos, de manera que debéis guardarle respeto –obsequió a todos los presentes con la más encantadora de sus sonrisas–. Pero sigamos disfrutando de la fiesta. Y enhorabuena a vos, lord Newport, así como a vuestra encantadora esposa.

Robert fue a tomar del brazo a Hope... que no vaciló en liberarse de un tirón.

–¡El juego ha terminado! Me niego a seguir jugando –se arrancó la corona de flores para arrojarla a los pies de Carlos–. ¿Cómo has podido hacerme esto? Después de todo el trabajo que he puesto en ello... ¡para complacerte! ¡Esta noche se suponía que tenía que ser nuestra... y no de ella! ¡Tuya y mía!

–No montes una escena, Hope –le susurró por lo bajo el monarca–. Lord Nichols, es hora de que llevéis a vuestra esposa a casa. Podéis tomar mi carruaje –hizo una seña a un palafrenero, que se acercó corriendo para recibir la orden y volvió a retirarse a toda prisa.

–Vamos, corazón... –Robert fue a tomarla del codo, pero ella se giró rabiosa:

–*No*... no me pongáis las manos encima. ¡Ni siquiera sé quién sois! *No* os he dado permiso para tocarme. Ocupaos de vuestros asuntos, que este no es de vuestra incumbencia.

La soltó inmediatamente y retrocedió un paso como si lo hubiera aguijoneado. Fue entonces cuando Hope vio al risueño sacerdote acercándose hacia ellos, sujetándose con una mano el voluminoso ropaje y portando en la otra la máscara verde que había lucido unos minutos antes. Lo reconoció al instante. Lo había visto antes, en la fiesta, y antes de eso en la corte. Una horrible náusea empezó a subirle por la garganta.

El sacerdote se acercó al grupo, sonriendo y resollando, ajeno completamente a la tensión que los envolvía a la espera de la chispa necesaria para explotar.

–¡Majestad! He venido a presentaros mis respetos antes de marcharme. Confío en que todo haya salido a vuestra satisfacción...

–Desde luego que sí, señor. Lord y lady Newport, permitidme que os presente al reverendo Edward Durham. A él debéis agradecerle vuestra felicidad.

–¡Oh, Carlos, no...! ¡No puedes...! –el rostro de Hope fue perdiendo todo color conforme asimilaba el profundo alcance de su perfidia.

Había tomado aquella ceremonia de matrimonio como una simple farsa, un ingrediente de la fiesta y nada más. La sorpresiva contribución de Carlos a la sofisticada fiesta que ella había preparado. Pero en el lapso de un cruel segundo su cuento de hadas se había venido abajo, junto con sus sueños de poder llevar una vida independiente. «Confía en mí», le había dicho Carlos sin cesar. «Confía en mí». Y al final la había engañado para casarla con algún codicioso cazafortunas, recién llegado a la corte. Un sentencioso soldado puritano, que la había mirado con desdén desde el mismo momento en que los presentaron.

–¡Dejadnos todos! Ahora mismo. Tú también, Barbara –Carlos tomó a Hope del brazo.

Demasiado consternada para resistirse, la joven lo siguió hasta el extremo más alejado del claro, allí donde los curiosos no podrían escuchar ni la voz consoladora de él ni la airada de ella.

Robert contemplaba la escena con expresión sombría. El rey había herido y humillado a la señorita Mathews presentándose en su propia casa con su amante oficial. Eso podía entenderlo. Pero el insultante desdén con que había acogido su intento por ayudarla lo había dejado más que ofendido, aparte de que representaba un muy mal augurio para el futuro. Evidentemente su nueva condición de condesa le importaba tan poco que ni siquiera se había molestado en demostrar un mínimo de cortesía. «Imagina entonces lo que pensará cuando vea mi casa de campo. ¿Cómo he podido terminar casándome con una criatura tan corrupta? ¿Cómo he podido caer tan bajo?». Toda la compasión y admiración que había empezado a sentir por ella se desvanecieron de golpe.

Continuó entre los invitados, esperando como un criado mientras el rey y su cortesana representaban su escena. «La ha desairado en público con su aristocrática ramera, pero evidenciando al mismo tiempo ante todo el mundo que es suya, no mía. Y con su aquiescencia». Estuvo tentado de plantarlos a los dos, junto con su nuevo título. Se le antojaba una parodia permitir que una criatura tan frívola como ella pisara las estancias de Cressly. «Puede que la deje residir allí como invitada, pero nunca será ama y señora de mi casa», pensó. Detuvo a un *Jack-in-the-green* y se sirvió otra copa.

–Por el día de mi boda –bromeó, sarcástico. La apuró de un solo trago y recogió otra más, antes de que el criado se marchara, para seguir contemplando el espectáculo.

En la otra punta del prado, Hope se esforzaba por verter sus sentimientos en palabras. Charles había roto un vínculo que para ella era sagrado, arrebatándole al mismo tiempo alegremente su libertad de movimientos, su libre albedrío. Nunca volvería a sus brazos, pero estaba decidida a decirle todo lo que pensaba de su persona.

–¿Cómo has podido hacerme esto, Carlos? En el nombre de Dios, ¿qué es lo que te he hecho yo, aparte de serte fiel como compañera o amiga? Antes volvería al teatro que dejar que me convirtieras en una de esas esclavas amargadas que llaman esposas.

–Lo he hecho para protegerte, corazón. Un marido hará...

–¿Qué es lo que hará? ¿Cuidarme? ¿Protegerme de hombres ricos y poderosos, deshonestos, desleales, sin corazón, manipuladores y obsesionados con el sexo como tú? –arrojó cada palabra como si fuera una piedra contra él.

El rey tuvo la deferencia de ruborizarse ligeramente.

–Hope, yo...

–¿Cuánto le has pagado a ese hombre para deshacerte de mí y endosármelo? ¿Era eso lo que estuviste haciendo con él en el gabinete? ¿Discutir sobre mí como si fuera un pedazo de carne? ¿Y ninguno de vosotros tuvo la decencia o la cortesía de decírmelo? ¿Qué derecho os arrogáis para decidir mi destino sin consultarme? –lo último lo dijo en un tono quejumbroso. Estaba peligrosamente cerca de echarse a llorar.

El rey procuraba evitar los conflictos con tanto cuidado como sus cortesanas y damas parecían buscarlos, aunque Hope nunca había constituido un problema hasta ese día.

Estaba empezando a sentirse incómodo y vagamente disgustado.

–Soy tu rey, Hope. Soy también tu amante. Y, como tú misma no has dejado de recordármelo, mi novia está en camino. ¿Acaso no es mi responsabilidad velar por tu bienestar?

–¿Endosándole la responsabilidad a otra persona, quieres decir? ¿A alguien que es tan desconocido para ti como para mí? ¿Lo conocías acaso antes de esta noche?

–No –dijo a la defensiva–. Pero tenía muy buenos informes de gente que lo conocía bien. Francamente, querida, pensé que preferirías un hombre joven y guapo como él, y ya me resultó suficientemente difícil encontrar uno que fuera caballero y además presentara una buena disposición para casarse contigo.

–Por supuesto... Yo soy tu meretriz. Quiero ser responsable de mi propia vida, Carlos. Antes te dije que tenía dinero ahorrado: entregándome a ese hombre, dejas que me lo quite. Le otorgas el control sobre mí y sobre todo lo que poseo.

–No se atrevería a abusar de aquello que tanto valoro.

Hope resopló indignada: la furia y el asco secaron sus lágrimas.

–¿Es así como me valoras? ¿Trayendo a tu otra amante aquí, a mi casa?

–Sabes que no tolero los celos, Hope.

–Y yo no tolero que me vendan como si fuera una esclava. No me iré con él. Volveré al teatro y...

–¡No harás tal cosa! Ni el Teatro del Rey ni el de mi hermano te aceptarán como actriz si yo se lo prohíbo.

–¿Por qué me causas tanto mal? No tenías por qué hacer esto. No tenías por qué arrebatarme mi futuro. Me traicionas de todas las maneras imaginables. Serás un rey, pero lo que yo te di vale mucho más que todo lo que me has dado tú, Carlos Estuardo. Yo te di mi amistad. Te di mi lealtad. ¡Te di mi confianza!

—Entonces vuelve a dármela ahora, Hope. Las cosas no son como tú las pintas. Tienes que convencerte de que yo sé lo que es mejor para ti. Te he convertido en una dama. Una condesa, del mismo rango que Barbara. Te prometo que esta noche, ella no se ha quedado más contenta que tú. Una vez que arreglemos las cosas entre mi esposa y ella, volveré a llamarte a la corte, esta vez como dama casada y...

—¿Me estás expulsando de la corte?

—Te envío al campo por una corta estancia. Saldrás en seguida, esta misma mañana. Cuando vuelvas, serás saludada en Whitehall como una dama y te presentaré a mi es...

Demasiado furiosa para seguir escuchando sus palabras, hizo lo impensable: le dio la espalda y se marchó.

Descalza y despeinada, con los pies mojados por el rocío, vagó entre la multitud. Aunque todavía estaba oscuro, retazos de luz asomaban ya en el horizonte. ¿Que se marcharía esa misma mañana? ¿Y qué pasaría con sus ropas, sus joyas, sus zapatos?

Un palafranero alto y fuerte se le acercó, y ella se lo quedó mirando desconfiada. El criado se detuvo a su lado y señaló el camino de grava que se perdía en los bosques.

—Milady... vuestro carruaje espera.

—Claro, por supuesto. Carlos ha pensado en todo.

El hombre que se había convertido en su marido, que le había parecido frío y severo hasta que ella logró arrancarle una sonrisa, se mostraba ahora impaciente y cruel. «Tú también formas parte de todo esto», pensó. «Ambos conspirasteis sin pensar en mis deseos. Pues bien: has conseguido un título por desposarte con una ramera, así que tendrás lo que te mereces. Os odio tanto a los dos...». Lanzó al criado una fría mirada mientras aceptaba su ayuda para subir a uno de los lujosos carruajes reales. Se sentó, rígida de furia, con la mirada clavada al frente.

Carlos esperaba justo al otro lado de la ventanilla, junto a lady Castlemaine.

—Ya está hecho, William —dijo con forzada jovialidad—.

¿Tienes algún ingenioso verso con que despedir apropiadamente a los Reyes de Mayo?

William contempló aquella escena harto familiar: Carlos con sus dos amantes. Lágrimas de humillación. Cortesanos que lo miraban todo embobados, con lascivos apetitos estimulados por toda clase de excesos.

–Sí, Majestad. Creo que tengo el poema adecuado:

¿De dónde procede esa perversa sumisión que descubrimos
en las mujeres de esta descortés época nuestra?
Privadas de los derechos de su sexo...

Suspirando, el rey alzó una mano para acallarlo.

–Está bien, lord Rivers. Gracias. Es bueno ver que algunas cosas no cambian nunca. ¡En marcha, cochero!

El coche dio una sacudida antes de arrancar, con un feliz tintineo de campanillas. Y Hope se embarcó hacia lo desconocido en compañía de un extraño, dejando atrás su querida casa de Pall Mall, sus amigos y la totalidad de sus sueños.

William se quedó al lado del rey, observando al coche hasta que desapareció.

–Eso ha sido innecesariamente cruel, Carlos. Has cambiado más de lo que imaginaba.

–A veces uno tiene que ser cruel para hacer el bien, Will.

–Lizzy y yo nos marcharemos mañana.

–No lo haréis. Recuerda que soy tu rey: os quedaréis para mi boda. No vayas a pensar que la paciencia que tengo contigo es infinita. Además... ¿acaso no he dado a Elizabeth lo que quería? Su capitán conservará sus tierras. Debería estar contenta.

Pero el capitán de Elizabeth no estaba nada contento. La muchacha que se hallaba sentada frente a él parecía claramente alterada. Tanto si se trataba de una celosa cortesana como de una altiva mujerzuela, en aquel momento estaba bajo su responsabilidad. Y allí estaba, refugiada en una esquina del carruaje, con los ojos llenos de lágrimas.

No tenía la menor idea de cómo cuidar a una mujer: nunca había estado con una. Con rameras de campamento y furcias de taberna con las que pasar una fría noche, sí. Quizá alguna viuda de cuando en cuando. Uno las besaba y abrazaba, les daba unas monedas o algún regalo, y seguía su camino. ¡Pero no *lloraban*!

Aquella mujer era ahora su esposa. La perspectiva era desalentadora. Lo mejor que podrían hacer sería llevarse bien, pero eso parecía condenadamente complicado. Lo único que sabía de cierto era que, hasta el momento, todos sus esfuerzos habían sido acogidos con frialdad y desdén. Ni siquiera el todopoderoso Carlos Estuardo había logrado alegrarla. No era de extrañar. Hasta el hombre más estúpido sabía que lo último que debía hacer con una mujer, tanto si era tabernera como gran dama, era favorecer a otra en su presencia. «¿En que estaría pensando para hacer algo así?», se preguntó Robert, indignado.

Sus silenciosas lágrimas lo desesperaban. Casi la prefería cuando estaba furiosa. Y, desde luego, cuando estaba contenta. Su imagen bailando descalza en la hierba le arrancó una leve sonrisa. Él era un tipo inteligente. Resuelto, de cabeza fría. Un conductor de hombres. Seguro que podría encontrar la manera de detener las lágrimas de una joven celosa.

Decidió intentarlo de nuevo. Inclinándose hacia delante, estiró una mano para palmearle un hombro.

—Tranquila, muchacha. No hay necesidad de llorar. Esta pelirroja altiva y larguirucha parece un rastrillo de jardinero: no es ni la mitad de bella que vos. Os aseguro que Su Majestad no tardará en arrepentirse.

—¡No estoy llorando! —replicó, fulminándolo con la mirada—. Y... quitadme... esa mano... de encima —escupió cada palabra—. No me dirijáis la palabra. No me toquéis. ¡No tenéis derecho!

Las buenas intenciones de Robert se evaporaron al instante. No estaba en absoluto acostumbrado a que se dirigieran a él en ese tono. No estaba dispuesto a convivir con la hostilidad, la condescendencia y los grandes aires, y menos aún a que le hablaran como si fuera un impertinente criado. Se recostó de nuevo en su asiento, con un fulgor de ira en los ojos y los labios convertidos en una fina línea.

—Claro que tengo derecho. Me debéis un mínimo de respeto —le recordó con frialdad.

—¿Por que? ¿Acaso os consideráis mejor que yo? Me tomáis por una vulgar mujerzuela, ¿verdad? Vi la mirada que me lanzasteis nada más pisar mi casa. Ahorradme vuestros píos sermones. ¿Qué clase de hombre sois vos? Os hacéis cargo de la mujer que desecha otro hombre, dispuesto a devolvérsela tan pronto vuelva a ser necesaria. Y vuestro precio es un título y una mujer que pertenece a otro.

—En eso os equivocas vos y vuestro regio amante.

Aunque no llegó a alzar la voz, lo dijo con un tono que le recordó que estaba a merced de aquel desconocido.

—Ambos nos hemos prostituido, no lo negaré. Pero vos habéis sido pagada con lo poco que queda de mi honor. Tanto si Carlos lo deseaba como si no, o tanto si vos estáis o no de acuerdo, os he comprado, así que me pertenecéis. Legalmente sois mía.

—Qué desgracia entonces para ambos. La gente lleva diciéndome eso toda la vida. No me gusta pertenecer a nadie. Descubriréis que soy una muy mala esclava.

—¡No era eso lo que quería decir! Sois una mujer imposible. No me extraña que el... ¡bah! Debí haber pedido un ducado y un palacio a cambio de soportaros.

Vio que ella volvía la cabeza para mirar por la ventanilla con gesto indiferente. Seguía descalza y tenía las mejillas bañadas de lágrimas. El collar de flores subía y bajaba al ritmo acelerado de su aliento. Violetas y margaritas salpicaban aquí y allá su pelo. Parecía una niñita triste y, a pesar de sí mismo, Robert se sintió conmovido.

Hope cerró los ojos como para no ver la realidad, aunque hacía mucho tiempo que había aprendido que eso no cambiaba nada. Su corazón estaba a punto de romperse. Se sentía engañada. Traicionada. Vendida. Humillada. Una vez más. La furia batallaba con el dolor y no acertaba a distinguir una de otra. «¿Como se atreve...? ¡Hipócrita, mentiroso, bestia!», exclamaba para sus adentros. Mientras luchaba por contener las amargas lágrimas, no sabía ya si se refería a Carlos o al bruto arrogante que tenía por marido.

Capítulo 10

Hope estudió al caballero de largas piernas que tenía dormido delante, repantigado en su asiento. Su enorme cuerpo parecía encogido en el amplio interior del carruaje real. «Necesita demasiado espacio», pensó. Habían viajado durante todo el día anterior, para detenerse justo antes de la caída de la noche en una posada, ya cerca de su destino. El capitán le había proporcionado una habitación antes de desaparecer. No sabía dónde había dormido. A juzgar por el olor que despedía, probablemente en la taberna. El mojigato puritano había estado ya medio borracho cuando la engañó con sus trapaceros votos. Quizá había necesitado ahogar en alcohol sus delicados escrúpulos con tal de consumar la ceremonia, o quizá Carlos la había casado con un bebedor. De cualquier forma, era un hipócrita bribón.

Resistió el impulso de propinarle una patada. Mejor era no hacerlo, ya que si se despertaba, tendría que hablar con él. Desde que abandonaron el parque Saint James no habían cruzado una sola palabra. Ni siquiera esa mañana, cuando le entregó como al descuido un par de gastados zapatos para que se calzara.

El disipado capitán Nichols guardaba escasa similitud con el rígido y formal soldado que la había mirado con desaprobación en el vestíbulo de su residencia. Los excesos y rigores de las dos últimas noches le habían pasado factura.

Tenía los párpados enrojecidos, como si le pesaran; una sombra de barba cubría su mandíbula y la melena le colgaba lacia sobre los hombros. Llevaba abierta la elegante casaca negra con su ribete plateado, exponiendo la poderosa columna de su cuello. Una sola mirada al mismo hizo que se le acelerara el corazón. Ya no parecía en absoluto un caballero.

Seguía sin poder creer que Carlos la hubiera dejado sin más en manos de aquel desconocido, confiando en que estaría a salvo a su lado, fiado únicamente de cualquier promesa que le hubiera hecho en ese sentido. Y aun más la desconcertaba que, a pesar de toda su furia y resentimiento, tanto su rostro como su figura continuaran fascinándola como lo habían hecho en Pall Mall. «Es una reacción perfectamente normal y absolutamente controlable, tratándose de un hombre de una belleza tan tosca, de la que rara vez se ve en la corte. Una novedad. Y las novedades pasan rápido».

Vio que empezaba a desperezarse, murmurando algo incoherente mientras cambiaba de posición, y rápidamente se volvió de nuevo hacia la ventanilla, toda ruborizada. La carretera atravesaba un bosque de hayas, sauces y robles. La luz del sol moteaba el suelo de puntos dorados y una juguetona brisa agitaba las tiernas hojas de primavera. Arrodillándose en el asiento, asomó la cabeza por la ventanilla para poder contemplar mejor el paisaje. Un rayo de luz plateada casi la cegó cuando el sol arrancó un reflejo a un río distante, que aparecía y desaparecía a través de una cortina de árboles.

Conforme se acercaban a su destino, la carretera empezó a llenarse de carros y de gente. Ganado y caballos vadeaban el río en medio de ruidosos remolinos de agua, hombres y animales, mientras un grupo de amigos departían en la orilla, a la espera de la embarcación que los transportara al otro lado. El río era más ancho y rápido de lo que había esperado, aunque no tenía la grandiosidad del Támesis. Más allá del banco más alejado alcanzó a distinguir impresionantes edificios de piedra. Entusiasmada como estaba, deseosa de ver cosas nuevas, sacó casi medio cuerpo por la ventanilla.

Robert, que llevaba despierto la última media hora, la observaba completamente fascinado. Las damas de su categoría nunca se arrodillaban en los asientos ni se asomaban de aquella forma a las ventanillas, con el trasero en pompa y la melena al viento. Era algo altamente indecoroso y absolutamente encantador. Una sonrisa bailó en las comisuras de sus labios.

Le gustaba verla así. Había desaparecido la altiva cortesana, para verse reemplazada por la espontánea joven que había bailado descalza bajo el cielo. Aquella noche le había parecido una ninfa, libre y salvaje, seductora visitante de algún reino mágico. Casi había llegado a pensar que la había conjurado su propia imaginación. Y, sin embargo, allí estaba de nuevo. «Es una mujer maravillosa. ¿Qué clase de estúpido la dejaría marchar si es así como realmente es?», se preguntó.

Seguía descalza pese a los zapatos que le había entregado, comprados por una exorbitante suma a una rubia y descarada tabernera que se le había ofrecido junto con ellos. Se preguntó si a su... *falsa* esposa le importaría acaso que él hubiera declinado el ofrecimiento. De alguna manera, lo dudaba. En cualquier caso, *era* su mujer a ojos de la ley. Habría sido una descortesía darse un revolcón con una tabernera con su nueva esposa descansando en otro cuarto. Además, la pobre ya había sufrido suficiente humillación delante de su rival como para que él añadiera otra más.

Como para recompensarse a sí mismo por su galante comportamiento, decidió guardar silencio y disfrutar del espectáculo. Por muy altiva y malhumorada que fuera, no podía negarse que era una pícara seductora. Pero no de la manera en que uno habría esperado. La vista de sus finos tobillos y de los delicados dedos de sus pies, asomando bajo las enaguas de seda, resultaba ciertamente excitante. La otra noche se había quitado las medias antes de ponerse a bailar y, en aquel momento, Robert solo tenía que estirar una mano para reclamar su piel, y deslizarla bajo la falda para acariciar sus desnudas nalgas... «Es mía. Me la vendieron para que ella pudiera tener un lugar en la corte», se recordó.

No podía evitar fijarse en la manera en que el vestido se le pegaba al cuerpo debido a su especial postura, acentuando cada sensual curva. Sus senos, aprisionados por el corpiño, se movían cada vez que giraba la cabeza de un lado a otro, mientras parecía embeberse del paisaje con la mirada. Debía de resultar doloroso estar tan rígidamente constreñida. «¿Y si me acercara por detrás y le soltara el corsé?», se preguntó en un impulso. Entonces podría acunar con sus manos aquellos suculentos globos, y acariciar sus pezones...

«¡Dios! Llevo demasiado tiempo sin una mujer. Debí haber aceptado la oferta de la tabernera mientras tuve oportunidad», se dijo. Una dolorosa erección, dura como la piedra, empezó a tensar sus calzas. Sus dedos suspiraban por tocarla. Reprimió un gruñido, sufriendo en silencio sin manera inmediata alguna de desahogarse. «Ahora mismo podría alzar lentamente sus faldas por encima de la cremosa piel de su grupa, desnudando su precioso y redondo trasero». Casi podía sentir sus firmes nalgas, esperando ser apretadas y acariciadas, y... ¡Alto ahí!».

Aspiró profundo, esforzándose por dominar su cuerpo y sus sentidos. Sus fantasías le despertaban un ansia alarmante, que no debía tolerar. La situación era demasiado complicada. Ella no era simplemente la amante de otro hombre. Era la amante de un rey, al servicio del placer de Su Majestad. Y resultaba obvio que él, a ella, no le gustaba como marido. No quería escuchar su voz, y mucho menos soportar su contacto. Y él no era hombre que gustara de compartir a una mujer. Mientras no la reclamara como suya, aquel matrimonio sería simplemente nominal. No habiendo verdadera esposa, no habría tampoco verdadero adulterio, ni cuernos, ni deshonra alguna. Ella era una mujer de mentira. Una especie de encargo real. Estaba obligado a cuidarla y protegerla, y a intentar ser cortés con ella: no había más. Complacido con aquella argumentación que dejaba intacto su honor, volvió a mirarla.

Hope se desperezó, estirando el cuello y la espalda como una gatita feliz antes de volver a apoyarse en los codos y acomodarse mejor sobre las rodillas. Su trasero se movió y agitó durante todo el tiempo que duraron las contorsiones.

–¡Por los clavos de Cristo, ya es suficiente! ¿Os importaría por favor sentaros como es debido?

Hope dio un respingo, sacada violentamente de sus reflexiones, y se golpeó en la cabeza con el marco de la ventana cuando se apresuraba a meterla de nuevo.

Robert esbozó una mueca de compasión, pero no hizo ningún intento de ayudarla, recordando como recordaba su furiosa reacción las dos últimas veces que lo había intentado.

–¿Os parece mejor así? –le espetó ella. Recatadamente sentada, mano sobre mano, le lanzó una airada y acusatoria mirada.

–¡Sí! –se sentó a su vez muy erguido, con el sombrero sobre el regazo–. Gracias.

Mientras esperaban la embarcación que había de llevarlos a la otra orilla del río, todo rastro de curiosidad desapareció de los ojos de la dama. Robert experimentó una punzada de culpa. El entusiasmo de aquella muchacha había sido absolutamente inocente, cuando su interrupción no lo había sido en absoluto. Él había hecho aquel viaje tantas veces que ya ni se acordaba, pero para ella, evidentemente, representaba una nueva experiencia. Una experiencia que además parecía estar disfrutando.

Cruzaron el río en un incómodo silencio. Robert no había querido amargarle aquel placer, pero lo cierto era que no sabía cómo hablarle, qué decirle. Estaba entrenado para la guerra y para matar, tenía una cierta competencia a la hora de manejar sus negocios y sabía muy bien cómo satisfacer las necesidades físicas de una fémina. Pero estaba descubriendo, para disgusto suyo, que tenía muy poca idea sobre cómo hacer feliz a una mujer. Cada vez que lo intentaba se sentía más y más inepto: una sensación que no le agradaba nada.

Aun así, un hombre no eludía un deber por muy difícil que resultara. Se aclaró la garganta.

—Como estoy seguro que sabréis, esta es la ciudad de Nottingham, y el río que acabamos de cruzar es el Trent. Puede que no sepáis, sin embargo, que Nottingham es famosa por su queso y su excelente cerveza, que es reputada como la más fina y de mejor sabor de Inglaterra. Es famosa también por su Feria de las Ocas, de varios siglos de antigüedad, que se celebra cada otoño. Puede que queráis venir aquí de compras en alguna ocasión. Posee el mercado más grande de toda Inglaterra y, según mi ama de llaves, es el mejor después de Londres. Se fabrican ricos bordados y medias, que por supuesto necesitaréis, ya que dejasteis las vuestras... —se interrumpió.

Hope se lo quedó mirando como si fuera un ternero de dos cabezas, sorprendida por su largo discurso después de más de un día de helado silencio. Bajó la mirada a su regazo y luego a su rostro.

—También tiene un castillo —añadió él.

Estaba haciendo evidentes esfuerzos por ser cortés, con lo que Hope se sintió obligada a hacer lo mismo. Además de que lo que acababa de decirle había picado su interés, de manera que hizo un esfuerzo por responder.

—¿El castillo de Nottingham?

—En efecto. Es posible subir al castillo de piedra y contemplar el espectacular paisaje —experimentó una punzada de dolor al recordar la ocasión en que había subido aquellos escalones para admirar la vista de las torres en compañía de Caroline y de sus padres, siendo niño.

—¿El castillo de Nottingham, el de Robin Hood? —inquirió, más animada.

–El de las leyendas, así es. Por desgracia, el último comandante del castillo lo desmanteló después de que hubiera sido utilizado por el enemigo durante la guerra. Tengo entendido que vuestro amigo Buckingham lo posee ahora y que está haciendo algunas reformas.

–¿Es posible ver el bosque de Sherwood desde allí? –preguntó, ya con un tono de auténtico entusiasmo.

–Ciertamente que sí, aunque no es más que una sombra de lo que era. Buena parte ha sido talada para madera para la armada. Cressly posee una parte del bosque, y el rey me ha cedido una propiedad que incluye mucho más. Yo pretendo conservarlo lo mejor que pueda.

–¡Ah! Así que os habéis casado conmigo para proteger un bosque.

–En parte. ¿Qué mejor dote para un precioso elfo?

Robert vio que su expresión se iluminaba, mientras respondía con una leve sonrisa. Pensó que tal vez estuviera mejorando en su desafío de tratar a una esposa. Había logrado alegrarla un tanto, y por el momento parecía estar funcionando. Era una persona de la que ocuparse y que cuidar: como sus criados, sus arrendatarios, sus soldados o su caballo. Un caballo necesitaba heno, agua, avena y ejercicio. ¿Qué necesitaría una esposa? Si se aplicaba con ganas al problema, estaba seguro de que lo resolvería.

Solo en ese momento tomó conciencia de que llevaba algún tiempo descuidándose mucho. Un soldado sin guerras ni horizontes. Su primer pensamiento había sido que Hope Mathews sería una carga para él. «Quizá sea ella el proyecto que necesite», reflexionó en silencio.

–¿Tenéis hambre? ¿Os gustaría visitar la ciudad? Quizá pueda conseguiros medias y un calzado mejor.

A pesar de todos sus esfuerzos para aparentar indiferencia, una enorme sonrisa se dibujó en su rostro.

–Me encantaría subir al castillo y ver el bosque. Y probar vuestros famosos quesos y cervezas.

Superada la animosidad entre ellos, y con un fulgor de

entusiasmo en los ojos de Hope, partieron en busca de una mercería. Necesitaba medias, cepillos y enaguas, zapatos y peines, y al menos un par de cómodos vestidos. Todo lo que poseía había quedado atrás, en su residencia de Pall Mall.

Nottingham era una bulliciosa y bien diseñada ciudad, con anchas calles flanqueadas de sólidos edificios de piedra y ladrillo. El mercado era tal y como Robert le había descrito: ocupaba dos enormes calles con una gran galería de columnas en uno de sus lados. Trotó más que caminó a su lado, esforzándose por seguir su larga y fácil zancada.

Se detuvieron para ver a un artesano soplando cristal, y para su deleite el hombre la dejó probar, calentando una pieza y aplastándola, para luego darle forma. Contempló extasiada la muestra de figurillas de animales exquisitamente talladas, y luego su mirada tropezó con un espejo de mano, con marco de roble labrado y pintado con hojas y bellotas. Lo tomó para examinarlo y Robert le comentó por encima del hombro:

—Parecéis un hada contemplando su reflejo en una poza del bosque. Lo compraremos. Ese pobre hombre necesita una recompensa por el esfuerzo que se ha tomado en enseñaros.

Hope frunció los labios y arrugó el ceño, aunque por dentro se sintió complacida. Encontró con poco esfuerzo todo lo que necesitaba y, aunque esperaba recuperar sus pertenencias de Londres, compró unas cuantas cosas más para asegurarse. Dos horas después sus compras estaban bien custodiadas en el coche y ellos cómodamente instalados en el sótano de la Posada de la Corona, comiendo queso y bebiendo cerveza. El queso era muy bueno y la cerveza extraordinariamente fina y, lo que era más importante, sabrosa y tonificante.

Desde el comienzo de su tácita tregua, su conversación había sido especialmente cuidadosa: habían hablado del tiempo excelente, de los lugares de interés de la ciudad, de su historia. Hope se sorprendió a sí misma disfrutando mucho. Él había sido muy amable al llevarla de compras y ella estaba encantada con el espejo. Se había mostrado muy generoso. En teoría, ya había conseguido lo que quería, y sin embargo se había mostrado mucho más amable ese día que el anterior, pese a no tener necesidad alguna de ello.

Como si le hubiera leído el pensamiento, de repente se sacó un precioso cisne de cristal del bolsillo y lo puso en la mesa, ante ella.

Hope parpadeó, un tanto ruborizada. Había necesitado un espejo de mano, aunque no uno tan delicado como el que le había comprado; aquel cisne, sin embargo, era evidentemente un regalo. «Ten cuidado, mujer. Ese hombre es mucho más peligroso haciendo regalos que enfadándose y maldiciendo», se dijo. Tenía que esforzarse por desconfiar y permanecer a la defensiva. Lo cual resultaba ciertamente difícil teniendo en cuenta lo guapo que era y las tres pintas de cerveza que se había tomado.

—Yo... no sé qué decir. Gracias, capitán Nichols. Pero no era necesario...

—Lo sé —se encogió de hombros—. No necesitáis preocuparos. Soy un hombre de palabra y bien consciente del estado de las cosas entre nosotros. Esta noche volveréis a tener vuestra propia cámara en la posada. Pero, aunque hayamos tenido un comienzo difícil, de hecho estamos casados. Toda mujer debe recibir su regalo de boda, y si eso no os place, consideradlo un testimonio de paz.

«Me encanta el sonido de su voz. Es cálida y consoladora, y sin embargo seductora al mismo tiempo», pensó Hope. Hizo a un lado su cerveza y se estiró sobre la mesa para tomar el pequeño cisne, examinándolo a la luz. Era hermoso, etéreo. Con su largo cuello curvo y sus alas medio desplegadas, como si estuviera a punto de alzar el vuelo. Fue intensamente consciente de sus dedos, tan cerca de los suyos. Podía sentirlos con tanta intensidad como si la estuviera tocando. La sensación le provocó un estremecimiento todo a lo largo de la espalda, dejándole un exquisito calor en el pecho y una agradable punzada en la boca del estómago.

Alzó la vista y sus miradas se encontraron. O más bien la suya se vio atraída por aquellos pozos verdes en sombra, brillando con intrincados dibujos de luz y oscuridad. Tenía finas arrugas alrededor de los ojos. Patas de gallo o arrugas de la risa, como decían algunos, aunque no le parecía que aquel hombre riera demasiado. Se imaginó más bien leyendo el dolor y la soledad en aquellos ojos, y se preguntó de qué atrocidades habría sido testigo, qué maravillas habría visto. Se los imaginó reflejando promesa... necesidad... deseo. Y le entraron unas ganas desesperadas de besarlo.

Se aclaró de repente la garganta, y se hizo hacia atrás para sentarse bien derecha.

–Gracias, capitán. Es precioso. ¿No deberíais mostrarme el castillo pronto? ¿Antes de que oscurezca?

–Sí, por supuesto –él también se retiró, como si el tácito diálogo que parecían haber mantenido hubiera sido limpiamente cortado como un cuchillo–. ¿No consideráis raro que, dadas las circunstancias, continuéis llamándome capitán Nichols? ¿Por qué no probáis con Robert, o marido?

–¿O señor conde? –sugirió ella con una sonrisa, y él se rio por lo bajo.

–Siento haberos disgustado antes, en el carruaje.

–No me sentiría cómoda llamándoos «marido»... pero «Robert» quizá sí.

–¡Bien! –se levantó, cuidando de no golpearse la cabeza con la viga del techo, y le tendió una mano para ayudarla a levantarse.

La subida al castillo era muy empinada, encaramado como estaba en un promontorio con caídas de hasta cuarenta metros de altura. El castillo en sí era una ruina, ya que solamente quedaba en pie el arco de entrada y parte del patio de armas, aparte de los muros. La vista era magnífica. Hope lo contempló todo con gran interés y curiosidad. La tierra parecía muy fértil, pintada de grandes manchas de bosque hacia el norte y el oeste, y exuberantes ríos y ricas tierras de pasto en los valles, siguiendo el sinuoso curso del plateado Trent.

Mientras ella disfrutaba de la vista, Robert la contemplaba con una punzada de emoción. El viento hacía ondear su melena y le pegaba la ropa al cuerpo, alzándole levemente las enaguas como lo habría hecho un buen dispuesto amante. El pensamiento le hizo sonreír, algo que parecía estar convirtiéndose en una costumbre desde que la conoció, dos días atrás. Se le acercó por detrás, preparado para sujetarla, ya que le asustaba un poco que se acercara tanto al borde.

—Ese es vuestro bosque de Sherwood, y a unos diez kilómetros al nordeste, en aquella sinuosa curva, está Cressly. Casi se pueden distinguir sus torretas y chimeneas entre los árboles.

Hope asintió con la cabeza, como si pudiera distinguirlas. O al menos eso parecía. Poniéndose de puntillas, se protegió los ojos del sol y se imaginó que veía un rizo de humo escapando de una lejana chimenea. Para su propia sorpresa, experimentó un estremecimiento de anticipación, curiosa por conocer su nuevo hogar en el campo.

El ocaso se acercaba. El sol colgaba bajo en el horizonte. El cielo se había pintado de naranja, con trazos de oro brillante y salpicado de volutas magenta y azul violeta. Lo contemplaron juntos, codo a codo, y Hope se reprimió a tiempo cuando se disponía a apoyarse en él. ¿Cómo habían podido acostumbrarse a su mutua presencia tan rápidamente? Apenas dos días atrás había tenido el corazón destrozado, y sin embargo no había vuelto a pensar en ello en todo el día. ¿Tan frívola sería? Eran muchos los hombres que la habían perseguido, pero jamás se había sentido tan atraída por ninguno como por Robert. Sabía que no podía confiar en él, pero... ¿podrían llegar a ser amigos? Eso facilitaría mucho las cosas. «Él dice que entiende la situación. Que guardará su palabra», se recordó. Con un hombre quizá sí, pero... ¿con una mujer?

Se estremeció y él le ofreció su casaca. Olía a él. A almizcle y a humo, a especias y a cuero. Todavía conservaba el calor de su cuerpo y se envolvió en ella. «¿Cómo me ha podido tomar tan desprevenida?», se preguntó.

—Será mejor que nos pongamos en marcha, elfo. Hay algo más que me gustaría mostraros, y estos riscos son peligrosos con la oscuridad.

Lo miro, sorprendida y complacida del requiebro que le había dirigido. La había llamado «elfo». Le gustaba la palabra. Los elfos eran criaturas bellas, salvajes, misteriosas. Nadie la había llamado nunca así. Le ofreció la mano y ella la aceptó sin pensar. Mientras se acercaban a los muros del castillo, captó un fuerte perfume que le recordó a endrinos y a reina de los prados, procedente de unas vistosas florecillas blancas que trepaban por la piedra.

—¡Robert, son preciosas! ¿Cómo es que no me he fijado antes en ellas?

—Advertí vuestra afición a las flores y pensé que podrían gustaros —explicó, satisfecho de sí mismo—. Por eso os traje aquí a esta hora. Se llaman atrapamoscas blancas, y crecen aquí en el castillo. Sus pétalos solamente se abren del ocaso al amanecer: sólo entonces puede uno oler su perfume. Venid. Hemos de apresurarnos antes de que se ponga oscuro del todo —la tomó del brazo para sujetarla mientras continuaban descendiendo por el sendero.

—Gracias, Robert. Ha sido un día maravilloso. He disfrutado mucho.

—Lo mismo digo, lady Nichols. Vos me habéis ayudado a volver a ver todo esto con nuevos ojos.

Un fulgor ardió en su mirada a la luz del crepúsculo, a la par que su sonrisa le calentaba el corazón.

—¿Creéis que Robin Hood y Pequeño Juan pudieron haber recorrido este mismo camino?

—Quizá. Pero no me agrada mucho pensar en ellos. Sin duda que eran más villanos y bandidos que caballeros ladrones, como dice la leyenda.

–¡Pero si solo robaban a los ricos!

–Sí, conozco la historia. Pero todos los ladrones roban a los ricos. Carece de sentido robar a los pobres, ¿verdad? No compensa ni el riesgo ni el tiempo perdido.

–Bueno, pero también daban su botín a los pobres.

–Eso lo dudo seriamente –repuso él con tono razonable–. Les pagarían más bien por su silencio, o por comida o bebida... No habría sido más que una política inteligente. Ellos no estaban en posición de hacerles daño, pero podían procurarles algún bien. Labores de exploración, espionaje, avistamientos y todo eso. Una moneda entregada aquí y allá se revelaría con el tiempo como una gran inversión.

Para entonces, Hope estaba toda indignada:

–Según la leyenda, Robin no soportaba que ninguna mujer fuera oprimida o molestada. Era un príncipe entre ladrones. Un caballero ladrón, el espíritu de la libertad para el pueblo llano, frente a los crueles impuestos y las leyes del bosque dictadas por la Iglesia, los tiranos y... ¡y la gente como vos!

–¿La gente como yo?

–¡Sí! Nobles, barones y condes que viven en el lujo alimentándose de lo que expolian al pueblo que trabaja.

¿Vida en el lujo a costa del trabajo de otros hombres? ¿Lo estaba comparando acaso con aquellos remilgados e inútiles cortesanos y serviles aduladores que exprimían la teta real? Aquello le dolió. Porque los dos días que llevaba de esposo *comprado* no bastaban para hacer buena su afirmación.

–¿Me permitís recordaros, *lady Nichols* –subrayó el nombre– que ahora vos pertenecéis a la misma gente que yo? ¿Y que sois vos la que ha estado viviendo en la corte y en una lujosa residencia de Pall Mall?

–¡Oh! Yo nunca seré como vos y los vuestros. Al fin y al cabo, no soy lo suficientemente buena, ¿verdad? Ni quiero serlo tampoco. ¡Sois todos unos hipócritas y unos mentirosos!

–Ese Robin Hood era un asesino, un bandido y un ladrón –le espetó él–. No me extraña que sea admirado por gente como vos.

Hope se detuvo entonces y liberó su brazo de un tirón.

–Y no dudo de que vos le habríais hecho ahorcar, capitán Nichols. O quizá descoyuntar y descuartizar. ¡Y vos no sabéis nada de la gente como yo! Quizá yo haya vivido del trabajo de otros hombres, pero creedme, me he esforzado y me lo he ganado a pulso. ¿Quién sois para juzgarme? Yo he hecho lo que tenía que hacer para sobrevivir y prosperar. ¿Acaso vos no habéis hecho lo mismo en el campo de batalla? ¡Al menos *yo* nunca he matado a nadie! –pasando de largo frente a él, continuó bajando por el sendero.

–¡Hope, esperad! El sendero es peligroso en la oscuridad –se apresuró a alcanzarla y la agarró del brazo, viendo que no se detenía–. Yo lo que quería decir era que vos crecisteis entre gente pobre, que tiende a considerar héroes a rebeldes y gente que desobedece la ley.

–Y recordarme de paso que soy una ramera encumbrada.

–¡No! Recordaros en todo caso que ahora vivís la vida de los mismos nobles a los que insultáis, lo que os convierte en alguien tan hipócrita como yo.

–¡Soltadme! Os dije antes que no me tocarais –siseó.

–Y yo os digo que no volveréis sola a la posada con esta oscuridad.

Hope se liberó, pero él la levantó en brazos como si fuera una chiquilla.

–Bajadme, capitán. Soy bien capaz de caminar sola –forcejó, pero con ello solo consiguió que la sujetara con mayor fuerza. Podía sentir su poder en la fluidez de su paso, en los músculos de su estómago, de sus brazos y de su pecho: cada centímetro de su cuerpo era duro. No había escapatoria.

Cesó en sus forcejeos, pero se negó a apoyarse en él, tenso y rígido su cuerpo como el de un gato furioso. Hasta que por fin la bajó al suelo, a la puerta de la posada.

–Ahora sí.

Necesitaba beber algo. No recordaba haber bebido nunca tanto como en los últimos días. Hope Mathews era exactamente lo que había pensado de ella: una mujer imposible. Insufrible. Casi se alegraba de la discusión que habían tenido. Al menos las cosas se habían aclarado entre ellos, para volver a donde estaban antes. Se dispuso a marcharse, dejando que encontrara ella sola su cámara.

–¿Y vuestros héroes quienes son, capitán? –le preguntó con tono burlón, cuando él ya se alejaba.

–No tengo ninguno –replicó sin volverse.

–Os diré con cuántos hombres he fornicado si vos me decís cuántos habéis matado.

Robert aminoró el paso y se detuvo. Volviéndose hacia ella, cruzó los brazos y se apoyó en una columna mientras la miraba de arriba abajo.

–No me importa con cuántos hombres hayáis fornicado. Como tampoco guardo la cuenta de los que yo he matado.

Capítulo 11

Hope volvió a quedarse clavada mirando por la ventanilla del carruaje: cualquier cosa menos reconocer su presencia. Debió de haber imaginado la fugaz corriente de simpatía que llegó a circular entre ellos, porque no quedaba ya ningún resto. Después de un día de galanterías y sencillos placeres, la fina capa de cortesía que había presidido su trato se había desintegrado, dejándolos nuevamente encerrados en una jaula de helada hostilidad. Tan pronto habían estado disfrutando de la puesta de sol como, al momento siguiente, habían empezado a atacarse. Ignoraba cómo había podido suceder tan rápido, ni por qué ella lo había provocado deliberadamente en la puerta de la posada. «¿Había querido realmente que se marchara?», se preguntó. «¿O había deseado y esperado lo contrario?».

Que existía una atracción entre ellos era algo innegable. Ella lo había sentido desde el primer momento en que lo vio. Pero él no era el amable compañero que había fingido ser el día anterior. Le avergonzaba recordar la facilidad con que había logrado enternecerla con unas cuantas palabras amables, como si fuera un cachorrillo abandonado, aunque quizá había sido de esperar después de la humillación y traición que había sufrido. No volvería a suceder, sin embargo. Ella era una cortesana, no una blandengue e ingenua damisela, y él se había dado buena prisa en mostrarse tal cual era.

Era mejor así. De verdad. Sin farsa ni pretensión alguna. Aquel hombre era arrogante, despótico e inclinado a juzgar y a condenar a la gente. Cuando apareció para recogerla aquella mañana, la barrió con una fría mirada como si fuera una bala de lino o un saco de azúcar: un simple paquete que facturar a su casa.

Lo miró de reojo. Parecía torpe e incómodo en los espacios cerrados: en la posada, el carruaje, incluso en su residencia de Pall Mall. Seguía sin afeitarse, y la oscura sombra de la barba acentuaba la dureza del mentón y la mandíbula. Ignoraba por qué encontraba tan atractiva aquella belleza tosca, sobre todo cuando parecía haber pasado la noche bebiendo otra vez. No debería sentir hacia él otra cosa que desprecio, pero su propio cuerpo la traicionaba. A pesar de su furia y de su desdén, experimentaba la misma intensa excitación que cuando estuvieron en la posada. Era una sensación extraña, como de tocarse sin que llegaran a hacerlo. Casi podía sentir el tacto áspero de su barba contra la fina piel de sus mejillas. Le ardían los labios como si aquella boca adusta estuviera a solo unos centímetros de la suya...

Aspiró profundo, reconociendo aquel dulce dolor que le debilitaba los miembros y constreñía el corazón. «Este hombre representa para mí un peligro como ningún otro, si es que llego a dejar que mis sentidos gobiernen mi cabeza». Una mujer como ella, sintiéndose sola y despreciada, y proclive a las pueriles fantasías, debía siempre procurar que su cabeza gobernara su corazón. Lo del día anterior había sido una aberración. Estaba bien que no se gustaran el uno al otro. Demasiado fácilmente podía confundirse la lascivia con otra cosa bien distinta cuando la amistad se mezclaba con el deseo. El deseo sin freno era una traicionera debilidad, pero el deseo controlado siempre podía ser utilizado en beneficio propio.

Volvió de nuevo la mirada a la ventanilla. «Él también lo siente», se dijo. La evidencia que había visto el día anterior, en el carruaje, era... inequívoca. Sus labios esbozaron una satisfecha sonrisa. «Él no es el único que tiene poder aquí».

Pasaron cerca de un pueblo de aspecto próspero, con casas de madera y techados de paja, agrupadas en una oscura hondonada en medio del bosque. Hacia el oeste se extendían grandes prados, con una hermosa forja y un sólido edificio con aspecto de destilería de cerveza. El día anterior le habría preguntado por aquel pueblo y su gente, pero en ese momento permaneció muda.

Poco después de pasar el pueblo, continuaron por un sinuoso camino. Entraron en la finca por un espléndido sendero flanqueado de robles, también en mitad del bosque. Los añejos árboles, magníficos en forma y tamaño, suscitaban una sensación de recogimiento, como si estuvieran penetrando en una catedral. Ignorando a su hosco acompañante, volvió a encaramarse al borde de la ventanilla cuando distinguió una pequeña manada de ciervos. Vio que aguzaban las orejas pero sin hacer movimiento de huida alguno, para quedarse contemplando el paso del coche con moderado interés mientras doblaba la curva y se internaba en el valle.

Su curiosidad por conocer Cressly se había acrecentado desde el día anterior, cuando contempló la vista desde el castillo roquero. La preciosa aldea y el majestuoso bosque le recordaban demasiado los cuentos de hadas para que no ardiera de ganas de ver el resto. Al principio solo distinguió algunos fugaces detalles: tentadores retazos de ladrillo rojo, agudas torretas y altas chimeneas... Pero cuando el sendero se ensanchó, apareció ante ella un hermoso edificio de tres plantas, tejados teñidos de herrumbre y filas de ventanas con marcos de madera blanca. Levantado entre árboles que parecían protegerlo de las tormentas del este, estaba prácticamente cubierto por el verde oscuro de la hiedra y la enredadera de Virginia.

Rodeado por una terraza cubierta de musgo y liquen, se alzaba en lo alto de una cuesta que descendía suavemente hacia uno de los meandros del río. El Trent, flanqueado por majestuosos árboles, algunas de cuyas ramas se inclinaban gentilmente sobre el agua para trazar dibujos sobre su superficie, fluía justo delante de sus ventanas. Un brazo de la corriente había formado un remanso, que parecía hogar de un par de cisnes y otras aves acuáticas. Nunca había visto una casa tan integrada en su ambiente. Era como si hubiera crecido allí ella sola, entre los bosques, los prados y las colinas, no levantada por mano humana alguna.

Se detuvieron en un patio empedrado, vacío. Hasta allí llegaba el dulce aroma de los arriates de flores que adornaban el ancho sendero de grava. No se oía bullicio de criados, cacareo de gallinas, griterío de niños curiosos ni ladridos de perros. Cuando bajó del coche, todo estaba sumido en un fantasmal silencio, únicamente turbado por el rumor del río y el susurro del viento agitando las hojas. Aceptó la mano que le ofreció el capitán, pese a que no le dio la bienvenida ni hizo comentario alguno. «Esta es ahora también mi casa, capitán Nichols. Tanto si os gusta como si no», pronunció para sus adentros.

Un halcón peregrino graznó sobre sus cabezas y la fresca brisa le provocó un escalofrío. Por un momento fue como si la casa antera la estuviera observando, tomándole la medida, juzgándola. Dominó su preocupación, alzó la barbilla e irguió la espalda. *Él* la estaba juzgando. Aquel precioso hogar había sido descuidado, abandonado. Resultaba casi fantasmal con sus jardines desarreglados, sus muros ahogados por la hiedra y su silencioso patio. Pero era la casa con la que ella siempre había soñado. Parecía llamarla, suplicarle que la amara y cuidara, y su corazón experimentó la dolorosa necesidad de adoptarla. «Yo la necesito y ella me necesita a mí», se dijo. Era la casa de sus sueños.

Pero, en su sueño, la casa era suya y ella era libre y feliz. Carlos y aquel desconocido le habían robado su sueño. Aquella casa nunca podría ser suya. Si Carlos la llamaba de nuevo, tendría que dejarla por cualquier jaula dorada que hubiera escogido donde meterla. Y si se olvidaba de ella y la dejaba allí, como sabía que muy bien podría hacer, aquella casa se convertiría en su prisión y el capitán en su carcelero; un lugar donde viviría sin ser apreciada ni amada. Al menos en Drury Lane se había sentido útil.

Todas aquellas emociones amenazaban con abrumarla. Había necesitado de un esfuerzo tan grande para no dejar que aquel frío y duro desconocido percibiera su dolor... Un solo gesto amable y se había sentido inmediatamente atraída por él, aceptando su brazo, apoyándose en su fuerza. Pero lo cierto era que estaba sola y que siempre lo había estado, y que era en ella misma donde debía apoyarse y encontrar la fortaleza necesaria. «¡Oh, Carlos! ¿Cómo has podido hacerme esto?», exclamó para sus adentros. Era tal su dolor que tuvo que morderse los nudillos para no llorar.

–Buenas tardes, sargento Oakes. He traído un huésped: la condesa de Newport. Haced por favor que los criados se ocupen de instalarla adecuadamente. Luego necesitaré veros en la biblioteca, sin mayor dilación. Tengo importantes asuntos que tratar con vos.

«¿Un huésped?, se preguntó Hope. ¿Así que eso era lo que iba a ser? Aspiró profundo, recuperando la compostura, y se volvió para saludar al recién llegado. El hombre pareció sorprenderse del mal aspecto que ofrecía su amo, ladeando la cabeza con expresión perpleja antes de concentrar su atención en ella.

Mientras lo veía acercarse, Hope vio que caminaba con la mano izquierda cerrada y pegada al costado: parecían faltarle un par de dedos. Una cicatriz le cruzaba una mejilla, pasando peligrosamente cerca de un ojo.

–Es un gran placer conoceros, milady.

El veterano guerrero de pelo entrecano la saludó con una sonrisa. Tenía la voz ronca de alguien que había pasado años ladrando órdenes, pero su tono era amable. Llevaba lo que más parecía un uniforme militar que una librea. Resultaba difícil adivinar su posición en la casa, pero eso no le importaba a Hope. Los iguales se reconocían entre sí. El sargento era un superviviente, y ella también. Adelantándose, lo tomó del brazo.

–Y para mí representa una gran alegría conocer a uno de los compañeros de armas de Robert, sargento Oakes. Es un hombre bastante taciturno y ya temía que no tuviera amigos. Me agrada sobremanera verle hacer bromas, pero creo que a vos debería haberos respetado. Soy lady Nichols, la nueva esposa del capitán.

El sargento puso unos ojos como platos y parpadeó varias veces. Abrió y cerró la boca en dos ocasiones antes de recuperar el habla.

–¿Os habéis casado señor? ¿Cuándo? ¿Cómo? ¿Por qué no nos habéis informado, capitán?

–El asunto fue totalmente improvisado. Debí haberos enviado un mensajero desde Londres, supongo –el capitán subrayó su indiferencia con un bostezo.

–Ciertamente, señor. Si lo hubierais hecho, habríamos recibido apropiadamente a vuestra dama. Sois bienvenida aquí, señora. Hace tiempo que no tratamos a ninguna dama y... –el sargento enrojeció de pronto, y se aclaró la garganta–. Quería decir que hace tiempo que Cressly no ha recibido a una dama. Os ruego perdonéis esta lastimosa bienvenida, milady. Convocaré a los criados de inmediato.

–No necesitáis disculparos, sargento –Hope le dio una cariñosa palmadita en el brazo.

La sorpresa del hombre resultaba casi cómica, mientras que la del capitán era de fría indiferencia. Correspondiendo a la misma con una dulce sonrisa y una mirada cargada de burla, soltó el brazo del sargento para tomar el de su marido. Volvió a sonreír al percibir su tensión. Apoyándose en su hombro, levantó la vista hacia él con ojos adoradores:

–Ambos nos hemos visto arrebatados por una gran pasión, ¿no es cierto, querido?

Robert soltó un gruñido a modo de respuesta. Un joven enjuto y de pelo oscuro, con un parche en un ojo, acudió a hacerse cargo de los caballos, mientras un criado con una cicatriz que le cruzaba el rostro se hizo cargo de los equipajes. Las gentes con cicatrices y amputaciones formaban parte del paisaje de Londres desde la guerra, pero no en los hogares de los caballeros. Hope estuvo a punto de dirigirle una pregunta al sargento, pero las puertas de Cressly se abrieron en ese instante y no esperó ya más para entrar.

Capítulo 12

Su primer pensamiento fue que la casa era oscura, el segundo que era fría y poco invitadora, como su propietario, y el tercero que estaba vacía. Una soberbia escalera de madera, con escalones labrados y amplios rellanos, comunicaba el sótano con las plantas superiores. Cerca de la entrada había una sala de billar; las puertas de la biblioteca quedaban a la izquierda, y a la derecha lo que parecía un salón y otra sala grande, alargada. Sin embargo, aparte de los pesados y oscuros cortinajes, las paredes estaban desnudas y los muebles, muchos de ellos cubiertos con sábanas, no podían ser más escasos.

Pensó que las sirvientas no debían de tener mucho trabajo, afortunadamente para ellas; pero el ambiente era fúnebre, y el silencio excesivo. Experimentó un escalofrío de temor al escuchar el lejano tictac de un reloj. «¿Cómo podré vivir en esta casa?». Estaba acostumbrada a la música y al color, a las risas y a la alegría, a tener compañía... amigos.

Una vez que Oakes hubo reunido a la plantilla de criados, el capitán la presentó como la condesa de Newport, y esperó luego con expresión de aburrida impaciencia a que el sargento terminara de recitar sus nombres y explicar las obligaciones de cada uno. Hope pensó que evidentemente el cazafortunas que tenía por marido estaba deseoso de deshacerse de ella para ocuparse de sus propios asuntos. «Le da vergüenza llamarme esposa». Experimentó una repentina punzada de ira y dolor. Reacia a reconocerla, enderezó la espada y alzó la barbilla, esforzándose por proyectar una imagen de majestuosa elegancia.

Se mostraba seco y cortante con sus criados. Ellos, sin embargo, no parecían temerosos, ni daban indicio alguno de que tuvieran un amo difícil: se mostraban eficientes. No se produjo el bullicio y la alegría que habrían sido de esperar en una situación semejante, la de la llegada de una nueva ama.

Le fueron presentados siguiendo una estricta jerarquía. Maggie Overton, el ama de llames, una mujer menuda y de cabello castaño, de aspecto severo, la observaba con ojos tan fríos como los del capitán. La señora Fullerton, la cocinera, la saludó con un rápido gesto, como si tuviera prisa por irse. El criado de la cicatriz fue presentado como el cabo Ryan, al lado de otro apuesto joven llamado Yates, al que faltaban dos dedos de la mano izquierda. Por último, dos doncellas de nombre Lucy y Patience la saludaron con una cortés inclinación de cabeza, clavando en ella una mirada especuladora.

Era una plantilla escasa, teniendo en cuenta las dimensiones de la finca. No había mayordomo, ayuda de cámara ni doncella de compañía, aunque Hope confiaba en corregir cuanto antes esa última deficiencia. No sabía muy bien qué pensar de ellos. El sargento parecía amable, los criados correctos, pero el ama de llames la miraba de arriba abajo con aparente desprecio, como clamando a gritos su desaprobación. En cuanto a las criadas, si bien no se mostraban abiertamente impertinentes, la miraban con una curiosidad que rayaba en la grosería.

«Es como si llevara la palabra «furcia» estampada en la frente», se dijo Hope. Se creerán que saben lo que soy, aunque los hombres no sospechen nada». La propia presentación que le había hecho el capitán debía de haber levantado sus sospechas. Ni siquiera el sargento Oakes había sabido que estaban casados, y ninguna dama soltera mínimamente respetable se prestaba a entrar sola en una casa con hombres. Pues bien, no pensaba quedarse allí como un pasmarote a intentar defenderse y disculparse ante aquella colección de adustos desconocidos. ¿Quiénes eran ellos para juzgarla? Si antes se había enfrentado con duques y duquesas, seguro que podría sobrevivir a aquel grupo. Alzando la cabeza, correspondió a la mordaz mirada del ama de llaves con otra de orgullosa altivez.

El capitán se aclaró la garganta y dio un paso adelante.

–Bueno, pues ya está. Ahora ya conocéis a la plantilla de criados. Estoy seguro de que Maggie estará encantada de enseñaros la casa mientras os preparan la habitación. Oakes y yo tenemos asuntos que tratar. Os veré en la cena –y dicho eso la abandonó, dejando que se las arreglara sola.

–Por aquí, por favor, señorita. Daos prisa. Os mostraré el salón. Vuestra inesperada llegada nos ha sorprendido con mucho trabajo que hacer.

Hope entrecerró los ojos. El disgusto del ama de llaves resultaba tan obvio como irrespetuoso. Habiendo limpiado y servido en el establecimiento de su madre, Hope sentía una especial simpatía hacia sirvientes y criados. Intentaba respetar su dignidad, mostrarse sensible a sus necesidades y procurar siempre no ser una carga, pero lo que no toleraba era la grosería. Ella no había pedido ser condesa, dama o esposa, pero lo era. Bastante le había costado. Se había ganado respeto y lo tendría. Y tendría que poner en su lugar al ama de llaves.

Al contrario de las otras partes de la casa que había visto hasta el momento, el salón estaba bien amueblado, con cierto lujo. Azulejos de estilo holandés decoraban la chimenea de gigantescas proporciones, y sofás de felpa, sillas y tresillos se distribuían sobre una colorida alfombra turca, con un precioso dibujo de estrellas. El ancho ventanal ofrecía una hermosa vista de suaves y onduladas colinas, enormes y añejos árboles y el reflejo del agua que bordeaba el parque de ciervos. El retrato de un joven atractivo, aunque de severo aspecto, y de una mujer de gran elegancia decoraba toda una pared. El parecido familiar era inequívoco. «Él es más guapo que su padre», reflexionó. «Su rostro es duro, que no áspero».

El ama de llaves se aclaró la garganta con gesto impaciente. Todos parecían tener mucha prisa en aquella casa, aunque por lo poco que había visto de ella, no había gran cosa que hacer. Continuó estudiando el cuadro durante unos segundos más antes de responder:

—¿Sí, Maggie?

—Señora Overton para vos, señorita —le espetó la mujer—. Tengo trabajo que hacer. Podéis esperar aquí hasta que alguno de los muchachos suba vuestro equipaje y las chicas hayan dispuesto vuestra habitación.

—Preferiría que alguien me enseñara la casa, *Maggie*. Esa es tarea del ama de llaves, ¿verdad?

—Es prerrogativa del ama de llaves siempre y cuando tenga tiempo libre para entretener a los huéspedes... *señorita* —siseó casi la respuesta.

—No cuando su ama así lo requiere, señora Overton. Y soy lady Newport para vos, o milady, o señora. Estoy casada con vuestro amo, por lo que os guste o no, soy vuestra nueva señora. Me mostraréis el debido respeto si queréis seguir empleada aquí.

—Todos sabemos quién sois vos, *señora*. Nott no está tan lejos de Londres como quizá podáis pensar. Corren allí rumores sobre una amante del rey de ojos de hechicera y cabello negro como la noche. Se dice que nadie más tiene los ojos de ese color. Os vi una vez con el rey en Newcastle cuando visitaba a mi abuela. Solo el cielo sabe lo que le habréis hecho al amo. Él nunca había traído a una mujer aquí antes, pero ha sufrido mucho y se merece gente mejor que vos. En esta casa todo el mundo trabaja duro, *señora*. Este no es un palacio lleno de sirvientes prestos a acudir a vuestra llamada. Si queréis fingir que sois su esposa, adelante. ¡Pero no esperéis que el resto de nosotros os siga el juego!

Estremecida por el injurioso ataque del ama de llaves, Hope sintió que le aceleraba el pulso mientras una roja nube de ira amenazaba con engullirla. Había sufrido insultos peores en la corte, pero aquel era completamente inesperado y el digno remate después de tres días cargados de traiciones, agitación e incertidumbre. ¡Cinco años atrás la habría tumbado de una puñada!

—Señora Overton... —se las arregló para mantener un tono firme—, os aconsejo que no volváis nunca a utilizar ese tono conmigo.

Si sabéis quién soy, seguro que habréis oído también ciertas historias. La que se cuenta sobre Orange Moll es cierta. He sido cortés con vos; en ningún momento os he dado motivos para que os mostréis tan grosera conmigo. No me dejáis otra opción que hablar con vuestro amo.

—Hacedlo entonces, milady —su tono seguía siendo agresivo, pero significativamente retrocedió un paso—. Llevo con él diecisiete años, mientras que vos... ¿cuánto? ¿Una semana? ¿Unos pocos días?

—Fuera de mi vista, señora Overton. ¡Ahora mismo!

—Será un placer, señora. Disfrutad de vuestro recorrido por la casa.

Todavía hirviendo de furia, Hope caminó a grandes zancadas por el pasillo forrado de paneles de madera, abriendo puerta tras puerta. Aquello era culpa de su marido. Los criados la tratarían con la misma cortesía y respeto que él.

La sala grande que antes había visto estaba amueblada con una larga mesa de caballete tapizada en cuero, una alacena, varias sillas y varias alfombras verdes. Nada más entrar, resbaló con una de ellas y se golpeó el codo con la mesa, cayendo al suelo. Entre juramentos, se esforzó por levantarse, cosa nada fácil con sus voluminosas faldas. Ya sentada en una silla, se frotó el codo mientras luchaba por contener lágrimas de dolor.

«Él me odia. Los criados me odian. ¡Y ahora también la casa me odia!», pronunció para sus adentros.

–¡Bueno, pues yo también te odio! –decirlo en voz alta era una estupidez. Pero le hizo sentirse mejor de todas formas, hasta que vio a una menuda muchacha pelirroja que la miraba con la boca abierta y unos ojos como platos. Llevaba la cofia torcida y portaba un cubo en la mano.

Pequeña como era ella misma, rara vez encontraba a alguien que le hiciera sentirse alta. No era Lucy, ni Patience. Indudablemente sería una moza de fregar o hacer recados, nadie que se aventurara a asomarse a las plantas nobles de la casa.

–¿Puedo... yo... necesitáis ayuda? –la voz de la niña era apenas un susurro. Pero era la primera oferta de ayuda que Hope recibía en todo el día.

–No tienes por qué tener miedo de mí... No estoy enfadada con nadie. Solo furiosa: no soy una intrusa, ni un fantasma...

–Oh, gracias a Dios, milady. Por un momento creí que erais ella –improvisó dos torpes y rápidas reverencias, como si se hubiera olvidado de cómo se hacía.

–¿Ella?

–La niña fantasma. La que, según algunos criados, se pasea por las estancias tanto de día como de noche.

–Ah. No, soy la nueva esposa del capitán Nichols, y la verdad es que en este momento me encuentro un poco perdida. ¿Cómo te llamas, querida?

–Rose, milady. Sois muy amable por preguntármelo. Pero será mejor que me vuelva al sótano. Si la señora Overton me ve, lo pasaré mal –la chica estaba claramente nerviosa, mirando a un lado y a otro de la sala mientras se retorcía el delantal con las dos manos–. Se suponía que tenía que fregar la entrada delantera para Lettice, que está haciendo las tareas de Patience, que a su vez está limpiando el salón para...

–Está bien, Rose. No necesitas explicarme nada –una

idea empezó a abrirse paso en su mente–. ¿Conoces bien la casa, Rose?

–Sí, milady. Hasta el último rincón, aunque preparo las chimeneas y me encargo de esa clase de tareas cuando casi todos están dormidos.

–¿Crees que podrías ayudarme a quitarme este vestido? –la mirada escandalizada que le lanzó la muchacha fue tan cómica que Hope sonrió por primera vez en ese día–. Como haría una doncella de compañía, quiero decir. La que ayuda a su ama a vestirse y esas cosas.

–¡Oh, sí! Seguro que podría hacerlo, señora. La señora Overton necesitó mi ayuda antes, y a menudo me llaman para que asista a Patience y Lucy. También sé coser y bordar –añadió toda orgullosa–. Allá en mi casa solía encargarme de la ropa de toda la familia. También puedo ayudarla con el pelo.

–¡Vaya, eso es magnífico, Rose! Mi matrimonio fue muy apresurado y me encuentro en gran necesidad de una doncella de compañía –lo cual era simplemente la verdad.

Habría podido recabar la ayuda de Patience o de Lucy, al menos hasta que pudiera contratar a una chica del pueblo, pero la actitud que le habían demostrado no le había granjeado sus simpatías. Tomar a Rose como doncella de compañía impresionaría a la plantilla. Se mostrarían hoscos y quizá furiosos en un principio, algo que sabía por su experiencia en el servicio. Pero entenderían rápidamente que, si querían prosperar, no les quedaría otro remedio que complacerla–. ¿Cómo es que una chica con tanto talento como tú se ve relegada a fregar y ayudar en la cocina?

–Ninguna dama ha pisado esta casa desde que yo puedo recordar, señora, aunque de mí se espera también que ayude a las demás doncellas cuando lo necesitan. Y luego está, por supuesto... que soy irlandesa. Nunca veréis asomarse a una irlandesa a las plantas nobles de una casa, señora. No en una casa de Inglaterra.

–¿Es esa la voluntad del capitán?

–¡Oh no, señora! No lo creo. El amo no se ocupa de esos asuntos. Es así como son las cosas. Sé que pasa lo mismo en otras casas.

–Pues no será en esta. Una dama escoge a su propia doncella de compañía, y yo te escojo a ti.

La muchacha soltó un gritito de deleite, aplaudió y derribó el cubo sin querer.

–¡Oh, señora! Lo siento tanto... ¡Soy tan torpe! ¡Ahora mismo lo limpio todo!

–Ah, querida... Me temo que somos muy parecidas. Yo acabo de tropezar con la alfombra. Pero no podemos estar constantemente disculpándonos por nuestra torpeza. Recorreremos esta casa juntas y nos enorgulleceremos de sembrar el caos a nuestro paso. Y no te molestes en limpiar eso, Rose. Ahora eres mi dama de compañía. Esas tareas tan bajas ya no te corresponden. Recibirás órdenes directamente de mi persona.

La sonrisa de Rose era contagiosa y Hope se sintió optimista por primera vez en aquel día. Había ganado una aliada. Una con cuya lealtad podría contar de manera exclusiva. El sargento Oakes al menos se había mostrado amable con ella, y al resto se los iría ganando con el tiempo. En lugar de enfrentarse con la señora Overton por el control de su hogar, la esquivaría por el momento.

Una vez que Rose le hubo señalado la puerta del gabinete de su marido, Hope la envió a que encontrara su habitación.

–Vuelve cuando sepas cuál es. Si alguien te pregunta, dile que se dirija directamente a mí.

Para entonces, la chica prácticamente estaba saltando de alegría.

–Así lo haré, milady. Ahora mismo. Cuando me levanté esta mañana, no tenía ni idea de que veníais, señora... ¡Vuestra llegada ha sido la mejor cosa que me ha ocurrido en la vida!

«Bueno, al menos alguien que se alegra de verme», pronunció Hope para sus adentros.

Miró la puerta del gabinete del capitán con cierto temor. Aunque no rehuía los enfrentamientos cuando era necesario, en verdad no le gustaban. Evitaba siempre que podía cualquier conflicto desagradable. Y, sin embargo, a excepción de unas pocas horas pasadas en Nottingham, todas las conversaciones que había tenido con él habían terminado en conflicto. No caía bien al capitán, que la veía como una carga, con lo que se resentiría de su intrusión y acabarían peleándose de nuevo. De cualquier forma, si lo que quería era no dejarse pisar, tendría que desafiar al león en su propia guarida. Armándose de la más serena indiferencia de que fue capaz, aspiró profundo, tocó a la puerta y, sin esperar respuesta, la abrió y entró.

Era una habitación oscura y de aspecto espartano, con chimenea, escritorio, dos sillas y toda una colección de escudos y armas decorando las paredes. La gran espada que había lucido en Londres colgaba encima del mantel de la chimenea, exhibiendo su belleza letal, pero más allá de todo aquel arsenal, la habitación carecía de color, de adorno, de calor alguno.

Si el gabinete privado de un caballero era un reflejo de su vida interior, su marido era un ser oscuro y peligroso, que vivía únicamente para la guerra.

Capítulo 13

–¿Qué ocurre, Hope? ¿La gente no llama a las puertas en la corte? Seguro que habréis visto que estábamos ocupados.

–¡Pero si he llamado! –parpadeó sorprendida cuando el sargento Oakes le hizo un guiño, al tiempo que sonreía compasivo–. Necesito hablar con vos sobre los criados. Es un asunto que debemos aclarar de inmediato, antes de que se desmadre. De verdad que no puede esperar.

El sargento se levantó e hizo una reverencia para cederle caballerosamente su asiento.

–Os ruego me disculpéis, milady. Y vos también, capitán. Debo transmitir la feliz noticia a la plantilla sin mayor dilación –se detuvo en el umbral–. Habéis traído la buena fortuna con vos, lady Newport. Rezo para que nos devolváis tanta felicidad como nos dais –y se marchó.

Hope se volvió para mirar a Robert, perpleja.

–¿Y bien? Habéis interrumpido una reunión privada en mi gabinete. Haced el favor de exponerme vuestra queja.

–Vuestra ama de llaves es una mujer terriblemente insolente y grosera.

–¿De veras? Tantos años conmigo y no lo había notado.

Hope se esforzó por adoptar un tono igual de indiferente.

–Le pedí que me enseñara la casa, para familiarizarme con ella, y se negó a complacerme.

El capitán se encogió de hombros.

–¿Y qué esperáis que haga yo? No dispongo de tiempo para llevaros de la mano. Aquí se trabaja.

–¡Qué chistoso! Eso es casi lo mismo que me dijo ella. Espero que cumpláis con vuestro deber. Debéis presentarme adecuadamente, como vuestra esposa. Los criados no me respetarán hasta que lo hagáis.

–Pero vos no sois mi esposa de verdad. Y sin embargo os habéis sentido autorizada a invadir mi intimidad, a decirme cuál es mi deber y a darme órdenes.

–¡Pues si no soy vuestra esposa de verdad, lo soy al menos de mentira, que el diablo os lleve! Y no *debería* haber tenido que recordaros vuestro deber. Yo nunca desatendería a un huésped, ni permitiría que mis criados fueran groseros con él, ni lo trataría como vos me estáis tratando a mí –se había acalorado. A pesar de sus esfuerzos por contenerse, ningún hombre le había hecho enfadar nunca tanto, ni perder los estribos continuamente como aquel era capaz de hacer.

–¿Qué haremos entonces? ¿Los convocamos en el gran salón, de la mano, y les mentimos? ¿Queréis que fomentemos especulaciones y murmuraciones sobre fantasiosas dinastías, herederos y generaciones de Nichols por venir?

–Hablemos claramente: os estaréis refiriendo en todo caso a generaciones de Estuardo, ¿no? Y si tanto os duele eso, ¿por qué lo aceptáis?

–Me refiero a que no jugaréis con mis criados y subordinados, milady. Y eso incluye a mi sargento. Ellos no son vuestros juguetes, ni están aquí para entreteneros. La señora Overton me es muy útil, y lleva muchos años conmigo.

Su fría voz y sereno comportamiento la irritaron aun más.

–Entiendo. Ella os es útil... y yo no. Excepto, por supuesto, como medio de adquirir tierras y un título. Y ahora que ya tenéis lo que queréis... es demasiado pediros que honréis y respetéis vuestra parte del trato. Yo soy una criatura pacífica, capitán. No pretendo hacer el menor daño a nadie. Pero os juro que si hubiera sabido que ibais a ser mi marido... ¡me habría sentido seriamente tentada de envenenaros el vino que tomasteis en el May Day!

–Pues yo señora, si yo hubiera sabido que ibais a ser mi esposa, me habría sentido seriamente tentado de bebérmelo.

–Oh, pero si vos lo sabíais, capitán. Y fuisteis muy bien recompensado por ello.

La digna, altiva y desdeñosa salida que había previsto hacer quedó empañada por el leve golpe que se dio contra la puerta. Siempre había sido algo torpe, pero aquel hombre, aquella casa, aquella situación la desquiciaba tanto que a esas alturas estaba cubierta de magulladuras, y además al borde de las lágrimas. A punto estuvo de derramarlas cuando se vio de nuevo en la sala, sin tener la menor idea de hacia dónde dirigirse.

–He encontrado vuestra habitación, milady. Ya la tenéis lista.

Rose significó una vista tan grata que a punto estuvo de abrazarla. Pensó que debía hacer algo bueno por la chica. El sargento y ella eran los únicos puntos brillantes en un día negro y aciago. Hasta que vio la habitación.

Era una suite tan suntuosa como acogedora, de suelos de roble con diseños florales de ébano y maderas color miel. Un balcón cerrado, con asiento, parecía asomarse al río. Un sólido escritorio, también de roble, se alzaba junto a una galería de ventanas con puertas que se abrían a una terraza orientada al sur. Tapices de satén azul claro y vistosas Aubusson decoraban las paredes, mientras que el mobiliario estaba tapizado en tonos más oscuros. Lujosos cortinajes de damasco dorado y terciopelo celeste adornaban la mullida cama de dosel. El mantel de la chimenea, de un mármol blanquísimo, aportaba un toque de clásica elegancia. Finalmente, una verdadera selva de tiestos de helechos y flores asomaba en cada esquina de la habitación.

–¡Oh, Dios mío, Rose! ¡Es como un luminoso, encantador día de verano...!

–¡Y que lo digáis, señora! Temo tocar algo por miedo a ensuciarlo.

Hope se echó a reír, mejorado sensiblemente su humor.

–Tendremos que ocuparnos de eso. Necesitarás un buen baño y ropa mejor. Creo que tengo un vestido por ahí que podrá servirte de momento. Esta tarde cenaré en mi habitación, Rose. Por favor informa... a quien haya que informar. Tráeme luego una jarra de vino y una rebanada de pan, mientras veo lo que puedo encontrar para ti.

La pequeña doncella partió feliz... para ser interceptada en la puerta por la señora Overton, que pareció tan sorprendida de ver la habitación como la propia Hope.

–Yo... pero esto no es... vuestra habitación es... ¡Rose O'Donnell! ¿Qué significa esto? Nadie ha sido capaz de encontrarte en todo el día. ¡Vuelve a la cocina de inmediato!

–Rose no volverá a la cocina, señora Overton. Me ha sido de gran ayuda hoy. Me encuentro en necesidad de una doncella de compañía, como estoy segura de que comprenderéis, y he decidido que Rose cumplirá perfectamente esa función.

–Bueno, pues no podéis tenerla. Es absolutamente improcedente y me quedaría escasa de manos.

–Contratad entonces a alguien. El asunto está cerrado. Ella ya he empezado con sus nuevas obligaciones, ¿verdad, Rose?

–¡Sí, milady!

–Puedes marcharte.

Rose pasó cohibida por delante de la señora Overton y abandonó la habitación.

–El amo...

–Por mí el amo puede ahorcarse solo, y vos podéis decírselo así, de mi parte. Ha sido un día muy largo y una semana muy difícil; mi paciencia se ha agotado. Expresadle vuestras quejas a él. Dejadme ahora. Y si veis al sargento Oakes, dadle por favor las gracias por esta encantadora habitación.

El ama de llaves chisporroteaba de rabia.

–Buenas noches, señora Overton. Haced el favor de cerrar la puerta al marcharos.

Rose volvió con un plato de queso, jamón y fruta, y una jarra llena hasta el borde de vino blanco. Como recompensa recibió un sencillo vestido de tafetán azul oscuro y otro de lana verde, que conjuntaban bien con su color de tez y su cabello.

–Oh, milady... ¿son para mí? Nunca había visto nada parecido. ¡En toda mi vida jamás pensé que llevaría una ropa tan bonita! –se puso a dar vueltas por la habitación, apretando contra su pecho el tafetán azul–. ¿Cómo podré agradecéroslo?

Hope sonrió al recordar la ocasión en que estrenó su primer vestido de verdad.

–Me alegro de que te guste, Rose. Y creo que, con unos pocos arreglos que le hagas, te quedará muy bien. Una doncella de compañía debe ir bien vestida si no quiere representar pobremente a su dama. Y ahora, si me ayudas a quitarme el vestido, ya no te necesitaré más por esta noche. Luego ve a buscar a sargento Oakes. Dile que eres ahora mi doncella, y que le quedaría muy agradecida si pudiera conseguirte una habitación apropiada. Y dile también que le agradezco infinitamente que haya conseguido esta para mí –sabía que tenía que haber sido el sargento quien le había arreglado la habitación. Era digna de la señora de la casa y eso explicaba el guiño y la sonrisa que le había lanzado antes.

Una vez que Rose se hubo marchado, se instaló con la jarra de vino en el asiento del balcón cerrado, para contemplar la luna alzándose lentamente entre la bruma y los árboles. Por primera vez en varios días, disponía de un lugar para cavilar y estar sola. Nadie apareció para molestarla. Debería por tanto haber descansado, ya que estaba exhausta de cuerpo, mente y espíritu, pero no pudo. Los acontecimientos de la última semana se habían sucedido con tal rapidez y habían sido tan caóticos, que era como si hubiese naufragado para arribar a alguna costa solitaria. Mientras se estuvo moviendo, caminando, luchando, haciendo planes o hablando, no había tenido tiempo para reflexionar sobre ellos. Pero ahora que por fin podía descansar... retornaron todos de golpe.

La traición de Carlos había sido devastadora, tanto por el contenido como por la manera en que había sido ejecutada. ¿Qué había hecho ella para que el rey decidiera hacerle tanto daño? Para abandonarla en aquella casa medio vacía, entre desconocidos. Para ponerla en manos de aquel hombre de corazón frío. «¡Nada!», exclamó para sus adentros. «¡Yo no he hecho nada!». Experimentó una punzada de ciega furia, que procuró ahogar con una copa de vino. Había entregado al rey su cuerpo y su amistad, y jamás le había pedido una maldita cosa. Ni joyas ni favores. Solo la libertad de que la dejara en paz. Y él la había expulsado cruelmente de su lado, mediante la trampa y el engaño.

«Lo odio». Ella no le había hecho promesa alguna. No le debía nada. Ella no era un juguete que pudiera desechar mientras se encaprichaba de otro. «Quiere tratarme como una meretriz y gobernarme a la vez como un marido», reflexionó. En cuanto a su esposo formal, se había casado con ella para conseguir sus fines, despreciándola al mismo tiempo por lo que era. La culpaba de un trato en cuyo diseño ella no había participado, cuando él había sido libre para firmarlo y se había embolsado el beneficio.

Uno era un mentiroso y el otro un hipócrita, y ambos la habían tratado como si fuera un objeto de escaso valor que usar y manipular para sus respectivos fines. «El capitán consigue su título. Carlos consigue esconderme sin renunciar a mí, al menos por el momento. ¿Y yo? ¿Qué consigo yo?», se preguntó. Humillación, exilio, la pérdida de la libertad y, desde el último criado hasta el amo, únicamente desdén. Si alguien tenía derecho a estar furiosa, era ella. Era ella quien sufría, cuando no había hecho nada malo. Todo lo que poseía, todo aquello por lo que había trabajado, había dejado de existir o pertenecía ahora a su marido. Carlos le había negado hasta la posibilidad de volver al teatro.

«Tomaré todo lo que pueda de ambos, y ambos me las pagarán». Haría que su puritano capitán la deseara, a pesar de su aparente desdén. Lo seduciría, y de eso modo se vengaría tanto de él como de su rey. Demostraría a Carlos que no podía dominarla, y al capitán que no era mejor que ella. «Lo obligaré a admitir que su sentido del honor no es mejor que el mío».

Se bebió otra copa de vino, como deseando limar las aguzadas aristas de la furia y soledad que sentía. Sus fantasías infantiles habían imaginado un lugar como aquel, con sus añejos árboles, sus aguas cristalinas y sus exuberantes jardines, con flores de todos los colores y tonos. Cressly había padecido el descuido y la negligencia, pero su belleza seguía brillando. Era casi como si la necesitara a ella. Y, sin embargo, en el fondo, aquella casa exudaba vacío y frialdad. Rodeada de silencio y de criados hostiles, encadenada a un hombre hosco y distante, se sentía sola, agotada y atrapada. Y estaba harta de intentar ser fuerte. Un sordo dolor le robó el aliento. Las lágrimas asomaron por las comisuras de los ojos, pero las contuvo implacable.

Estiró una mano para servirse más vino, pero al final la dejó caer. El vino podía limar las aristas de su sufrimiento, pero su poderosa alquimia había transmutado su furia en lástima de su propia persona. La luna se había alzado ya, pesado globo de luz cetrina que sobrevolaba un horizonte negro azul. Aunque el cielo estaba despejado, un sigiloso banco de nieblas se enroscaba sobre el río; lejos, en alguna parte, gruñó un trueno. Estremecida de frío, se abrazó las rodillas. Debió haber pedido que encendieran la chimenea. Era hora de acostarse.

Caminó con cuidado en la oscuridad, pero aun así se golpeó un dedo del pie con la cama de roble macizo. El dolor le hizo llorar mientras se dejaba caer en el lecho. Era una pequeñez, pero una pequeñez importante. Mientras la punzada de dolor cedía hasta convertirse en una incómoda molestia, las lágrimas empezaron a resbalar por sus mejillas. Se mordió un puño para contenerlas, pero el sufrimiento que había acumulado durante días terminó aflorando. Las lágrimas fluyeron en desgarradores sollozos mientras lloraba como una niña pequeña, perdida.

Robert Nichols se acostó en su cama, exhausto. Había pasado veinte minutos enteros escuchando las frenéticas quejas de la señora Overton. Parecía que, a pesar de su advertencia, la muchacha Mathews insistía en poner la casa cabeza abajo. Era tan insensata, egoísta, vana y caprichosa, tal y como había temido en un principio. No se había dignado reunirse con él a cenar. Había esperado que bajara, aunque no hubiera sido más que para jactarse de haberle quitado una moza de cocina a la señora Overton, convirtiéndola en su dama de compañía. En cualquier caso, uno no podía menos que admirar su coraje y su astucia. La señora Overton era una formidable oponente que había gobernado Cressly, a todos los efectos, durante los quince últimos años.

Según Oakes, cuya indecoroso regocijo poco había ayudado a serenar la situación, había sido un verdadero *coup d'état,* que la temible ama de llaves no había visto venir. En ese momento, la plantilla entera se sentía confusa, preguntándose quién mandaba realmente: si la señora Overton o la misteriosa condesa. Como estrategia, Robert tenía que reconocer que era brillante. Ahora tendría que lidiar con el consiguiente alboroto, y las pequeñas disputas como aquella era lo último en lo que necesitaba ocuparse en aquellas circunstancias.

Harris era su principal preocupación. Debió haber sospechado que le estaba dando caza cuando sus compinches fueron muriendo uno a uno. «Espero que eso le hiciera vivir atemorizado durante todos estos años. Y espero que eso lo mantenga insomne, como Caroline hace conmigo». No había sido casualidad que le hubiera pedido al rey el feudo de Cressly. Todavía seguía buscando el tesoro que pensaba que estaba enterrado allí. ¿Buscaría también un enfrentamiento? «Lo dudo», se respondió. «Ya no soy un chico de doce años». Aquel hombre era un cobarde que había borrado sus huellas hasta ahora. Había visto una oportunidad, y su avaricia se había impuesto a su cautela. Pero en aquel momento se sabía al descubierto, y podía por tanto ser peligroso. «¿Buscará destruirme? ¿O bien optará por huir?». Si se decidía a atacarlo, Robert sabía que lo haría de la manera más cobarde posible.

«Debería estar ahora mismo en Londres», pronunció para sus adentros. Necesitaba localizar y seguir a su hombre. Pero el rey no había perdido el tiempo en despacharlo de la capital, endosándole de paso a su inoportuna amante. Como resultado, no había tenido oportunidad de averiguar más sobre Harris: dónde vivía, cuáles eran sus debilidades, sus hábitos, sus planes. Había alertado al sargento para que tomara las necesarias precauciones, pero después de tantos años se acercaba el gran día, y habría preferido estar en Londres o en cualquier otra parte lejos de allí.

Esa esposa suya... Hope. Representaba una distracción y una complicación que no necesitaba para nada. Seguía sin poder creer que después de haber tenido nuevas noticias sobre Harris, el hombre al que había intentado dar caza durante tantos años y que ahora tal vez estuviera dándole caza a él, solo pudiera pensar en Hope bailando descalza bajo las estrellas. La había llevado de compras: *de paseo* por la ciudad y el castillo, por el amor de Dios... mientras el hombre que había matado a su hermana podía estar escapándosele entre los dedos.

Incapaz de dormir, se tendió de espaldas y juntó las manos detrás de la cabeza. Hope tenía razón, sin embargo: nada de todo aquello era culpa suya. Precisamente, si sus criados aún conservaban su trabajo era por ella. Él había hecho un trato por sus propias y particulares razones, y era responsable de que la trataran bien. Una incómoda punzada de culpa le arrancó un suspiro. Debió haberla protegido de Overton y debió haberla hecho sentirse más cómoda. Debió haberle procurado una dama de compañía, y mostrado personalmente la casa. Después de todo, era un hombre eficiente. Seguro que habría podido ocuparse de dos cosas a la vez.

Esperaba al menos haber acertado con la habitación. Era una de las más luminosas y la que tenía mejores vistas de toda la casa. Le había dicho a Oakes que le gustaban las plantas y las flores, de manera que los criados habían registrado la mansión en busca de todo lo que fuera verde y estuviera vivo. Seguro que no sería tan grande como aquella que tenía en Londres, pero estaba convencido de que le agradaría. «Intentaré estar más pendiente de sus necesidades», se dijo. «Aunque solo sea para evitar que se meta en problemas. Pero debo ocuparme primero de Cressly».

Cerró los ojos y se quedó dormido para verse asaltado por sus negras pesadillas. A lo lejos, como siempre, oyó un llanto de mujer.

Capítulo 14

Rose se presentó a la mañana siguiente para servirle el té y ayudarla a vestirse, desbordante de alegría y luciendo toda orgullosa su nuevo vestido verde. El entusiasmo de la niña resultaba contagioso, y no estaba en la naturaleza de Hope quedarse a esperar a que sucedieran las cosas. Para media mañana, ambas se hallaban embarcadas en un recorrido por la casa.

Su primera impresión de la víspera había sido correcta: la mayor parte de la casa estaba vacía y cerrada. «Supongo que no debería tomarme este abandono tan a mal», se dijo Hope. «Ese hombre parece tener poco interés hasta por su propio hogar». Ciertamente, sin embargo, las habitaciones principales estaban bien conservadas. El elegante comedor, que parecía alardear de sus paneles de nogal con un aparador colocado sobre una colorida alfombra turca, estaba situado en el ala norte, al otro lado del salón que había conocido la víspera. El gabinete del capitán se hallaba al fondo del pasillo, y una coqueta habitación de techos pintados con un cielo de verano y nubecillas blancas prácticamente se escondía al final de otro corredor que daba al este. Los sofás, sillas y el escritorio estaban protegidos por sábanas, pero diminutas pinturas al óleo decoraban las paredes, con pequeñas mesas y vitrinas llenas de encantadoras curiosidades.

Brillantes corales de colores y piedras pulidas por el

tiempo descansaban en bajas estanterías. Pequeñas esculturas se exhibían en vitrinas al lado de un reloj de autómatas, con animales, el sistema solar e incluso un coche de caballos completo, con palafreneros corriendo a cada lado. Había también un cuerno de unicornio y figurillas de cristal soplado. Le impresionó especialmente una casita de muñecas de tres pisos amueblada con delicadas miniaturas de exquisito detalle. Deslizó un dedo por su superficie, dejando una huella en el polvo.

–¡Qué maravillosa habitación! Es un gabinete de curiosidades, con despacho y todo. ¿Nadie viene por aquí?

–No, señora –respondió la muchacha, estremecida–. Todo el mundo evita esta parte de la casa. Algunos dicen que está... encantada. Yo nunca había visto antes esta habitación. Ni siquiera sabía que existía.

–¡Excelente! La mantendremos así. Adoro esta habitación y pretendo apropiármela como gabinete. Me resultará mucho más fácil si nadie quiere tener nada que ver con ella.

–¿Pero quién vendrá aquí para limpiarla, señora? ¿O para preparar y encender la chimenea? –la pequeña doncella parecía claramente nerviosa de que esas funciones fueran a recaer sobre ella.

–Ayúdame hoy, Rose, y yo misma me encargaré después de ello. No le tengo miedo al trabajo.

Empezó a descubrir los muebles y, con la reacia ayuda de la joven, pasaron el resto de la mañana sacudiendo el polvo y limpiándolo todo. Así hasta que los suelos quedaron relucientes, y los armarios, los muebles y la colección de curiosidades brillaron casi con luz propia. Se detuvo para admirar dos exquisitos retratos en miniatura de una niña rubia, con una preciosa cara de muñeca y una sonrisa dulce y risueña. Estaban cuidadosamente colocados en una de las vitrinas, junto con otros pequeños tesoros. Se quedó paralizada: casi parecía como si aquella niña estuviera intentando enviarle un mensaje desde algún lugar distante en el espacio o el tiempo. Algo en sus ojos le recordó al capitán. «¿Me hablará alguna vez de su familia?», se preguntó, estremecida. «¿Le hablaré yo de la mía?».

Pero todavía había más rincones que explorar. Había un balcón cerrado que daba al río, muy parecido al de su habitación del piso superior, y con las ventanas abiertas, podía escuchar los alegres trinos de los pájaros, el suave rumor del viento agitando las hojas y el relajante murmullo del río. Le encantó especialmente descubrir una puerta medio escondida a la derecha de la chimenea, que llevaba a un sendero enlosado al pie de una alta pared cubierta de enredaderas de dulce olor.

Siguió el fragante sendero hasta un descuidado jardín, con su reloj de sol y su fuente casi invadida por la maleza. El jardín necesitaba un buen arreglo y la fuente una limpieza a fondo, pero en aquel momento tuvo la sensación de haber descubierto su pequeño paraíso particular.

Terminaron a media tarde el recorrido por la casa. Aparte de la ricamente amueblada sala de billar contigua a la espaciosa y bien iluminada biblioteca, el ala sur estaba sin utilizar. Sus pasos resonaban en el silencio mientras vagaban por el largo pasillo. Al fondo descubrió Hope un jardín de invierno vacío, construido en piedra y de dos pisos de altura, con una alta galería desde la que se dominaban los bosques y prados de alrededor. ¿Quién habría podido dejar vacío un edificio tan delicioso? Se lo imaginó acristalado, con su fuente de mármol blanco burbujeando feliz entre exóticas plantas y árboles traídos de todo el mundo. Un jardín de invierno era un lujo que no había podido tener en Londres, así que resolvió escribir al jardinero del rey, su amigo el señor Rose.

Rose la tiró entonces suavemente de una manga mientras lanzaba una preocupada mirada al exterior. El cielo se había oscurecido rápidamente, con altas columnas de nubes de un gris plomizo.

—No tenemos velas para iluminarnos, milady, y se está haciendo tarde. ¿No deberíamos darnos prisa? No me gustaría perderme en estos pasillos con todo tan oscuro.

Disimulando su propia inquietud y agotada por sus exploraciones, Hope asintió de buena gana. Se apresuraron a volver a las estancias bien iluminadas, invadidas por el olor de la carne asada a fuego lento. Demasiado cansada para soportar una forzada conversación y una fría cortesía, cenó en su habitación y buscó pronto su cama.

Al otro lado del pasillo y tres puertas más abajo, su esposo buscó en cambio una botella. Él tampoco deseaba compañía. Quería beber, y estar solo. Ese día habría sido el cumpleaños de Caroline.

Hope se revolvía en la cama, gimiendo. En alguna parte de la casa, una contraventana abierta no cesaba de dar golpes, y aquellos sonidos a medias escuchados invadían sus sueños. El corazón le latía a toda velocidad y jadeaba como si se ahogara mientras aferraba con fuerza la manta. Se agitaba violentamente, luchando por despertarse, atrapada por lo que fuera que la estuviera persiguiendo en su pesadilla.

Se despertó al fin con un sobresalto, como si la hubieran arrancado a la fuerza de su sueño, con la inquietante sensación de que alguien la había estado llamando por su nombre. Se despertaba a menudo por las noches. Habiendo vivido de niña en un burdel de Drury Lane, siempre había necesitado estar en guardia, a la defensiva. Pero eso también le había gustado, de alguna forma. Le gustaba, por ejemplo, caminar sola y envuelta en el misterio de la oscuridad. La oscuridad no solía asustarla. Esa noche, sin embargo, era distinto. Se levantó de la cama.

Ya desde la tarde se había levantado un fuerte viento del este. Las casas extrañas tenían sonidos extraños. Pero... ¿acaso podían sonar como murmullos y pasos? De repente escuchó un fuerte ruido procedente del pasillo, y sofocó un grito de terror. Intentó decirse que crujidos de las tablas del suelo, ventanas que se cerraban de golpe e inquietantes susurros eran algo normal: los habituales gruñidos y quejas de una casa antigua, achacosa. Solamente su calenturienta imaginación podía convertirlos en algo más.

Luchando contra el enloquecido impulso de esconderse bajo las mantas, alzó la barbilla e irguió la espalda, dispuesta a desafiar deliberadamente sus propios miedos. Recordándose que ella adoraba las tormentas. Las tormentas, que le infundían una sensación de poder, que era lo que necesitaba con desesperación en aquel momento. Después de ponerse una bata de seda, larga hasta los tobillos, se dirigió hacia la biblioteca en busca de sus magníficas vistas.

Poco después caminaba entre la biblioteca y la sala de billar mientras la lluvia caía sobre el río en furiosas mantas de agua, repiqueteando contra las ventanas. Más que entusiasmada, esa vez se sentía un punto inquieta. En la ciudad contemplaba una tormenta protegida entre edificios, pero allí, en el campo, una se encontraba directamente en su paso, expuesta a ella. Era más cruda, más salvaje y mucho más peligrosa, como una enorme fiera rugiente. Eran los mismos truenos y sonidos familiares los que se acercaban, sí; pero había también otros, provocados por el viento. Chillidos y gemidos, desgarrados gimoteos. «No es más que el viento entre los árboles», intentó decirse. Y, sin embargo, no podía evitar pensar en las estremecedoras historias que le había contado Rose.

Algo pareció moverse cerca de ella cuando un rayo rasgó de pronto el cielo, iluminándolo. Un rostro destelló entonces en una ventana. Hope se volvió para echar a correr con un grito de terror, y terminó chocando contra algo cálido, duro.

—Veo que la tormenta también os ha despertado. Siento haberos asustado.

La sujetó para evitar que cayera al suelo, levantándola prácticamente en vilo, y Hope se aferró a sus hombros con un suspiro de alivio. Podía sentir su fuerza, latiendo bajo sus dedos. Aquello le hizo sentirse segura de una manera extrañamente familiar.

La sostuvo durante unos segundos más de los necesarios antes de dejarla resbalar por su cuerpo hasta que sus pies tocaron el suelo. Parecía diferente, cambiado de alguna forma. Sus movimientos eran relajados, tenía la voz ronca y un olor a brandy resultaba reconocible en su aliento. Seguía sin soltarla, y su excitación presionaba con firmeza contra su vientre, debilitando sus miembros y derritiéndola por dentro. Era la oportunidad que había estado esperando. La oportunidad de demostrarle que él no era mejor que ella. De hacerlo suyo.

—Oí ruidos en mi habitación. Me asusté —susurró mientras le alisaba las solapas de la bata, para a continuación introducir una mano entre medias y tocar su pecho duro y musculoso. Su piel desnuda era caliente al tacto, y podía sentir el fuerte latido de su corazón bajo la palma.

—¿De modo que os habéis atrevido a venir hasta aquí a oscuras?

—Vine para contemplar mejor la tormenta —se acercó todavía más. Estaba desnudo bajo la bata y recorrió con los dedos su vientre duro... para terminar rodeando su miembro con un firme apretón. Lo sintió hincharse por momentos en su mano, suave como el terciopelo y duro como el hierro, cuando se puso de puntillas para susurrar contra su cuello—: Las tormentas hacen que me sienta viva e inquieta. Que sienta anhelos y necesidades sin nombre. ¿Sentís vos también su poder, capitán Nichols? ¿Cuándo fue la última vez que poseísteis a una mujer?

Él le tomó la mano con fuerza y la obligó a soltarlo y retroceder un paso.

—Señora, ahora mismo estoy bebido. Pero por la mañana estaré sobrio y vos seguiréis siendo la meretriz del rey.

—Y vuestra esposa. Eso también lo seguiré siendo —replicó, ofendida.

—¡Dios santo, señora! Os comportáis como una perra en celo. Vos pertenecéis a Su Majestad.

—Y vos como un sabueso excitado, señor —no era eso lo

que había imaginado que sucedería. Estaba furiosa y, mal que le pesara, también dolida–. Me deseáis. Vuestra verga no miente. Pero no sois hombre suficiente para actuar en consecuencia. Puede que yo sea su perra, pero vos sois el perro callejero que ha adoptado y el amo está lejos de la perrera. ¿Por qué no complacernos a nosotros mismos?

–¿No le amáis, entonces? ¿Tan venal sois? Él os ha tratado suficientemente bien. Mostrad al menos algo de respeto por el hombre que os ha alimentado y vestido. Al menos le debéis eso –su voz estaba teñida de disgusto.

–¡No! –el grito de furia que lanzó los sobresaltó a ambos–. ¿Amarlo, decís? ¿Respetarlo? Yo no le debo nada. No amaré a un hombre que no me ama. ¡Él no es mejor que vos! Ambos sois unos hipócritas. Y yo soy una cortesana, no una mujerzuela. Soy una mujer civilizada. Sé bailar, cantar y jugar a las cartas. Sé usar una servilleta y hablo algo de francés; leo y escribo. He aprendido incluso a sumar y a calcular. Solo he conocido a otros tres hombres. Sí, es cierto que compraron y pagaron mi compañía, pero a cada uno de ellos le fui fiel. Me atrevo a afirmar que eso es más que lo que él o vos podéis decir.

–Os suplico disculpéis mis dudas sobre vuestra fidelidad... justo cuando acabo de retirar vuestra descarada mano de mi verga. Yo soy un hombre, Hope. Y sí, me atrae vuestro olor. Me pongo firme cada vez que estáis cerca. Está en vuestra voz, en vuestras miradas, en vuestra forma de caminar. Las mujeres como vos nacieron para seducir, pero tanto si os gusta como si no, yo no soy un putero del cual podáis desentenderos a capricho. Vuestro nombre, y por tanto vuestro honor, están ligados al mío. Mientras seáis suya, os trataré como un huésped, no como a una amante o una esposa.

–¡Ja! –soltó una áspera carcajada–. Escuchaos a vos mismo. ¿Pensáis que negaros a reconocer que estamos casados os hace menos cornudo? No tenéis honor alguno que perder, capitán. Os habéis vendido por un título, *milord*.

Robert suspiró. Realmente no deseaba aquella constante animosidad. Aquello no tenía por qué ser un concurso: cada uno era lo que era y en paz. Ella una prostituta, y él un asesino que de momento había fracasado en su empresa. Lo mejor que podía hacer cada uno era dejar que el otro fuera lo que quisiera. Procuró modular cuidadosamente su tono.

—Ese título no significa absolutamente nada para mí, Hope. Lo único que me importaba era conservar Cressly, para poder honrar una promesa que me hice hace años. Tiene que haber otros hombres que convengan a vuestro propósito. Si me encontráis tan odioso, ¿por qué en nombre de Dios me habéis elegido?

—¿Elegido, decís? ¿Qué elección he hecho yo? Yo ni siquiera fui advertida. Cuando vos y él decidisteis sobre mi persona, yo estaba atendiendo a mis invitados, alistando el palo de mayo y esforzándome todo lo posible para que se sintiera orgulloso de mí. Y él me lo agradeció negándome la cosa que yo más quiero. Sé lo que estáis pensando. Joyas. Dinero. Posición. ¿Pero qué es todo eso cuando se depende del capricho de alguien? Yo quería mi libertad, capitán. No tenía ningún deseo de estar allí cuando la reina llegara. Le supliqué que me permitiera abandonar la corte y retirarme a algún lugar propio antes de que él se casara. ¿Y qué es lo que hizo? Me vendió a un hombre que me odia. Me casó con un desconocido y me negó para siempre mi libertad. Él ni me ama ni me respeta, así que... ¿por qué debería amarlo y respetarlo yo?

—Es vuestro monarca.

—Como alguien que ha dormido en su lecho, puedo deciros que no es más que un hombre.

Estaba despeinada, con su encantador rostro bañado en lágrimas, y Robert experimentó una dolorosa ansia que se extendió por su pecho y le atenazó la garganta. La posibilidad de que ella no hubiera sido cómplice ni consciente de aquel arreglo, nunca se le había pasado por la cabeza. Si lo que decía era verdad, Carlos la había tratado ciertamente mal, y ella no era más culpable que él de su actual situación. No era más que un peón en aquel juego. Porque al menos él sí había podido elegir.

–No lo sabía, Hope. Creía que era algo que habíais concertado entre los dos.

Aquello la tomó desprevenida, pero se recuperó rápidamente.

–Y yo creía que algo entre vos y él... Nos utilizó a ambos, capitán. Cuando os vi en Londres, el pulso se me aceleró. Nunca me había visto tan interesada o atraída por un hombre. Esto es algo que no habría hecho a propósito, pero estamos lejos de Londres y la situación ha cambiado. ¿Por qué no buscamos consuelo cada uno en el otro? Leo la tristeza en vuestros ojos, y yo me siento sola esta noche.

Robert sintió que su cuerpo se tensaba y aspiró profundamente. Era una criatura tan encantadora que anhelaba poseerla, desde su melena negra como la noche hasta sus delicados pies. Miró aquellos ojos violeta que parecían brillar con luz propia.

–¿Y qué pasará cuando él os reclame? –inquirió con voz áspera.

–Sabéis tan bien como yo que tendré que ir.

Robert retrocedió un paso.

–No me aprovecharé de un huésped, señora.

Fluyendo como una cascada de seda, la bata se deslizó por sus hombros para caer al suelo. Su cuerpo brilló como el alabastro cuando lo iluminó un relámpago. Sus senos eran altos y firmes, delicadamente redondeados, con oscuros y apretados pezones que parecían suspirar por ser besados y acariciados. Su fina cintura se ensanchaba en unas sensuales caderas, y Robert casi pudo sentir el calor que emanaba de la mata de fino vello que distinguió entre sus esbeltos muslos. Las aletas de la nariz se le dilataron cuando olió su aroma.

Vio que estiraba una mano para rozar su miembro, cuya cara interior empezó a acariciar lentamente hacia arriba y hacia abajo.... y soltó un gruñido. Su otra mano buscó entonces la suya, para guiarla irresistiblemente hacia su entrepierna. Estaba húmeda y sedosa, y Robert maldijo entre dientes mientras la agarraba de las caderas y las nalgas para levantarla en vilo y apretarla contra sí.

Hope enredó las piernas en torno a su cintura mientras su tensa erección presionaba con fuerza entre sus muslos. Frotándose rítmicamente contra ella, se puso a ronronear como una gatita feliz. Aquel hombre era capaz de encenderla por entero.

Sucumbiendo a las fantasías que durante días lo habían acosado, Robert renunció a sus buenas intenciones. Comenzó a acariciarla mientras continuaba meciéndola contra su cuerpo. Capturó su boca en un abrasador beso con aroma a brandy, hundiendo la lengua en las ardientes profundidades de su boca, adecuándose al ritmo con que ella movía las caderas. Nada hubo de tierno en aquel beso. Fue un beso hambriento, exigente, ávido de deseo. Sus senos quedaron aplastados contra su pecho. Robert podía sentir sus duros pezones restregándose contra su piel mientras su húmedo calor tentaba y abrazaba su hinchado miembro. Una violenta ráfaga de viento abrió la puerta de un balcón, pero ninguno de ellos se enteró.

Había estado demasiado tiempo sin una mujer, con lo que su deseo se impuso a su voluntad. Inclinándose sobre la maciza mesa de billar, la tumbó sobre la superficie de estambre verde al tiempo que apartaba con una mano las bolas de marfil. Le devoró la boca mientras sus manos viajaban por su cuerpo, pellizcándole suavemente los pezones, acariciando su vientre, ciñendo su cintura. Sembró un sendero de ardientes besos a lo largo de su cuello, sus senos y su vientre mientras continuaba acariciando la temblorosa carne.

Hope había imaginado sus besos en Londres. En la posada de Nottingham, había sentido su cercanía como un contacto real. Ignoraba de qué clase de magia se trataba, pero se deleitaba sobremanera en aquella sensación: la de aquel hombre reclamando su cuerpo. Se arqueaba al encuentro de sus manos, entregándose a sus besos mientras su áspera barba le raspaba dolorosamente la piel y su ávida boca le dejaba los labios inflamados, escocidos. Sentía cada parte de su cuerpo exquisitamente viva.

Gimoteó una incoherente protesta cuando lo sintió apartarse. Abrió los ojos para descubrirlo de pie ante ella, observándola al pie de la mesa. Su cuerpo era todo lo que había imaginado y más. Esbelto, enjuto, de fina cintura. Tenía un torso fibroso, de líneas elegantes, y un estómago serrado de músculos. Hombros robustos, un pecho que parecía esculpido en piedra y brazos nervudos. Hope gimió de frustración y deseo, y contuvo el aliento de asombro y excitación cuando él la agarró de los muslos y tiró hacia sí, de manera que sus nalgas quedaron apoyadas en el marco de fieltro de la mesa y ella quedó completamente abierta y expuesta a su mirada. Le ardían los ojos mientras lo contemplaba desnudo entre sus piernas, orgullosamente erguida su erección y rozando con ella su vello empapado.

—Dios santo, podría devorarte viva —eran las primeras palabras que habían cruzado desde que ella se despojó del vestido. Se arrodilló entre sus piernas para, agarrándola de las corvas, apoyarlas sobre sus hombros. Afirmó luego las manos sobre sus caderas para colocarla en la justa posición.

Pese a la corriente helada y a la lluvia que entraba por la ventana abierta, el cuerpo de Hope ardía al rojo vivo. Cuando sintió su leve beso, rozándola apenas con su cálido aliento, casi saltó de la mesa y empezó a retorcerse. Pero sus convulsiones no sirvieron para liberarla, sino para intensificar el contacto con su ávida boca. Mientras Robert la complacía, besándola y lamiéndola, el gemido que escapó de su garganta fue de salvaje rendición, y sin embargo aún tuvo fuerzas para agarrarle la cabeza con el mismo ímpetu y posesividad que él estaba desplegando.

—¡Robert, por favor...! —jadeó.

Solo entonces se incorporó y entró en ella, que se aferró

a sus hombros y arqueó para recibir cada embate. Un trueno resonó a lo lejos, con su eco reverberando a través de edificios, bosques y colinas. Mientras el viento azotaba con fuerza las contraventanas y los relámpagos iluminaban el cielo, Robert llenó su cuerpo y sus sentidos y la montó en medio de la tormenta.

Quedó derrumbado sobre ella durante unos segundos. Hope podía escuchar la lluvia inundando las baldosas de la terraza. Podía escuchar también el corazón de Robert y su acelerada respiración. No lo oyó pronunciar una palabra.

De repente se incorporó sobre los codos y Hope se estremeció, mientras lo miraba vestirse en silencio. Recuperando la de ella, se la entregó y le ofreció luego su mano para ayudarla a levantarse.

—Creo que ya es hora de que me retire. ¿Necesitáis que os acompañe a vuestra habitación, o podréis encontrarla sola?

Su fría y distante cortesía la avergonzó todavía más que el abandono con que se le había entregado.

—Ahora que habéis tomado lo que queríais, ¿vais a marcharos sin más? —fue incapaz de disimular el tono dolido de su voz.

—Eso era lo que queríais, Hope —sus maneras eran distantes, su voz cansada—. Ha sido un día difícil. Necesito estar solo.

—Y ahora supongo que os sentiréis deshonrado. Irradiáis sensatez y buen juicio por todos vuestros poros.

—No es eso. No imagináis cuánto... —suspiró y se pasó las manos por el pelo—. ¿Ese era vuestro propósito? ¿Era eso lo que perseguíais?

Ella tuvo la delicadeza de ruborizarse. ¿Por qué había seducido a aquel hombre? Ya no se reconocía a sí misma. Se sentía tan sola, tan lejos de todo lo que le resultaba familiar... Nunca se había sentido tan perdida. Parpadeó varias veces para contener las lágrimas. No servían para nada y a él no le afectarían. Seguro que la odiaba a esas alturas.

Así que decidió revolverse contra él con una furia que le daba nuevas fuerzas:

–Si sentís que he mancillado vuestro precioso honor, vos sois el único culpable. Sí, os seduje y provoqué. Sí, me entregué a vos. ¡De la manea más descarada! Pero nadie os obligó a aceptarme. No os comportéis como si yo os hubiera ofendido... como si fuerais una especie de víctima. ¡Qué risa! Vos sois un hombre. El mundo y todas las cosas que contiene os pertenecen. Sois más grande que yo, más fuerte. Tomasteis lo que yo os ofrecí. Tomasteis lo que queríais. Sois vos quien tiene el poder aquí.

–¿De veras? –replicó él con tono suave–. Sois vos quien tiene al rey de su lado.

Al ver que se volvía para marcharse, Hope le gritó como si fuera una maldición:

–¡No conseguiréis dormir en vuestra solitaria cama, de tanto pensar en mi cuerpo caliente y excitado!

–Dejadlo estar, Hope –pese a su tono rotundo y áspero, su voz apenas fue más que un murmullo–. No sois vos quien atormenta mi sueño.

Capítulo 15

Hope se despertó con una jaqueca atroz. La culpa la tenían sin duda las lágrimas que había derramado hasta que se quedó dormida. Era un desgraciado hábito, al que parecía haberse acostumbrado. Quizá debería beber cuando estuviera de ese ánimo. Sería muchísimo mejor, y ciertamente menos humillante, despertarse con resaca.

Debería sentirse fuerte y victoriosa después de la noche anterior. Decididamente había dado la espalda a Carlos y demostrado al capitán que él no era mejor que ella, y sin embargo se sentía culpable y confusa. Y eso que no tenía razones para sentirse así. Porque quizá el capitán no le hubiera tendido deliberadamente aquella trampa de matrimonio, pero seguía siendo un hipócrita, que se había casado con una mujer a la que desdeñaba y en una situación que moralmente no aprobaba.

¿Y qué pensaría ahora de ella? «Lo único que le he demostrado es que no soy más que una mujerzuela», se contestó. Con un gemido, se abrazó las piernas y enterró la cabeza entre las rodillas. «Nunca seré capaz de volver a mirarlo a los ojos».

Así fue como la encontró Rose casi veinte minutos después. Incapaz de soportar el inveterado buen humor de la muchacha, se estiró boca abajo en la cama y se echó las mantas sobre la cabeza. Una decidida Rose preparó el servicio de té montando un gran escándalo de cucharas golpeando la porcelana. La deliciosa bebida era el último grito entre la gente sofisticada; de ahí que se hubiera sorprendido de encontrarla allí, en el campo. Al parecer, Nottingham tenía un mercado para ese artículo que rivalizaba con el de Londres.

–Vamos, milady. Abrid los ojos y ved lo que os he traído. ¡Es un regalo especial!

–Vete, Rose –rezongó contra la almohada.

–Milady, yo sé bien lo que es estar lejos de casa, y sé que a veces una se siente triste y sola. Pero tengo algo que os prometo que os animará. Solo tenéis que abrir los ojos.

Soltando un gruñido muy poco femenino, Hope estiró un brazo y señaló la mesa:

–El té no es la poción mágica que dicen que es. Déjalo en aquella mesa, Rose, y déjame, por favor –de repente sintió algo caliente y suave rozándole la mano, y abrió los ojos para descubrir un diminuto gatito, apenas una bola de pelusa blanca, de ojos ambarinos y hociquillo respingón. Vio que se la quedaba mirando con una mezcla de curiosidad y malicia, y no pudo menos que sonreírse.

–Habéis sido terriblemente buena conmigo, milady, al darme los vestidos y todo eso. Antes de que vinierais, nadie se molestó siquiera en preguntarme mi nombre. Quería hacer algo bueno por vos.

–Pues que Dios te bendiga, Rose O'Donnell. Me atrevería a decir que es una de las cosas más bonitas que han hecho nunca por mí...

Riendo y susurrando palabras cariñosas, las dos se pusieron a jugar con el gatito, que era hembra. Ataron una pluma a un hilo, y se divirtieron viendo como el pequeño animal se dedicaba a dar saltos y atacarla.

–Debo advertíroslo sin embargo, milady. Tendrá que ser un secreto entre nosotras. El amo es muy estricto sobre no tener animales en la casa.

A medida que fue pasando la semana, Hope se las arregló para evitar al capitán, que tuvo que volver a Nottingham con el sargento Oakes para cierto asunto. Comía en sus aposentos en vez de sola en el comedor, y se procuró un delantal con grandes bolsillos para poder llevar disimuladamente la gatita dentro. Un día la señora Overton vio su diminuta cabecita asomando en un bolsillo y se puso a chillar como si estuviera portando una rata.

—¡No seguiréis teniendo eso en la casa una vez que el amo lo vea! Sus instrucciones son que ningún animal entre en casa.

Hope se encogió de hombros y la ignoró. El palacio había estado lleno de perros y a menudo lo habían llenado de suciedad, pero los gatos eran limpios. Rose no pasaría mucho tiempo en el cuarto de curiosidades del que ella se había apropiado como gabinete, y seguro que una gatita como única compañía no sería mucho pedir.

Mientras tanto dedicó los días a explorar Cressly, paseando por prados, bosques y riberas sin separarse de su gatita. Y si por las noches volvía a oír las lastimeras llamadas y los crujidos fantasmales, lo cierto era que acababa demasiado agotada de sus paseos para prestarles demasiada atención.

A mitad de semana llegó un coche de Londres con sus joyas, ropas y cosméticos. Pero poco uso podía darles allí, en Cressly, así que para horror de Rose, después de regalarle otro vestido, un abrigo y un elegante sombrero de plumas, lo despachó todo de vuelta. Solamente se quedó con unos pocos vestidos sencillos, algunos trajes de algodón indio y la ropa de hombre que había lucido en Londres cuando había estado de moda. No pudo menos que preguntarse por lo que pensaría su estricto marido de aquellas prendas.

Poco era lo que podía hacer para mejorar la casa sin recursos ni colaboración, así que se contentó con añadir algunos toques personales a su nuevo gabinete, y limpiar de malas hierbas y cuidar su jardín secreto lo mejor posible.

Robert Nichols se encontraba en un dilema. Se había

acostado con su esposa. Que fuera la amante de otro hombre era algo que, hasta el momento, no le había importado. Mientras no la hubo tocado, mientras estuvo convencido de que ella lo había manipulado deliberadamente, lo único que había sentido que le debía era una mínima cortesía, la normal con un huésped no deseado. Pero la perspicacia de la muchacha lo había tomado completamente por sorpresa. Evocó sus palabras: «¿pensáis que negaros a reconocer que estamos casados os hace menos cornudo?». Eso era exactamente lo que él había pensado. Pero negarse a pensar en ella como su mujer era algo que, después de lo que había ocurrido entre ellos, iba a resultarle mucho más difícil.

Pese a sus palabras de la otra noche, se había estado mintiendo a sí mismo y a ella. El fulgor del acero, el fuego de los cañones, los campos de batalla, el terror y la sangre seguían atormentando sus noches. Seguía escuchando los gritos y juramentos de los inocentes atrapados en la lucha, y los chillidos de su hermana continuaban torturándolo. Pero desde que regresó de Londres, cuando se deslizaba por la pendiente del sueño, era un elfo de ojos color violeta y mirada triste quien presidía sus pensamientos.

Ya había sido un incordio antes, cuando constantemente se la había imaginado bailando como una especie de reina pagana, o evocando el movimiento de su delicioso trasero cuando se había encaramado a la ventanilla del carruaje. Pero ahora la imagen de su cuerpo entregado a él en abierta invitación sobre la mesa de billar, al igual que su aroma, su sabor y sus gemidos, invadían todos y cada uno de sus pensamientos. Aquella muchacha le estaba complicando la vida de maneras que nunca había llegado a imaginar. Ciertamente no era la esposa que habría elegido para sí. Pero una especie de fiebre se había apoderado de su persona y tendría que encontrar alguna forma de resolver aquel asunto, porque no era hombre que gustara de compartir a su mujer con nadie.

Se dedicó a lidiar primero con complicaciones más fáciles, enviando a Oakes a contratar cinco hombres más, todos antiguos soldados, para trabajar como criados, mozos de cuadra y cocheros. No le sería difícil. El país estaba lleno de soldados licenciados, mal capacitados para desempeñar otros trabajos. El sargento se ocuparía asimismo de armarlos y tenerlos dispuestos en caso de que fueran requeridas sus otras habilidades. También se tragó su orgullo para enviar un mensaje a De Veres. Necesitaba ojos y oídos en Londres. Aquel hombre sabía muchas cosas, y Elizabeth confiaba en él.

Y luego estaba Hope. Resultaba claro que se sentía desgraciada, como también que él la había descuidado. Podía imaginarse cómo debía de haberse sentido por la manera en que había sido traicionada. No había venido a aquella casa por gusto y, teniendo en cuenta eso, así como lo que había ocurrido entre ellos, sentía una responsabilidad mucho mayor que antes hacia su persona.

Sabía que lo había estado evitando. No había querido insultarla ni ofenderla después de su... encuentro, pero ella no había estado de humor para escucharlo, ni él para hablar. Ni sobre Caroline, ni sobre nadie. Algo de tiempo y de distancia deberían facilitar más adelante una conversación, pero demasiado de ambas cosas la tornaría imposible. Reforzada su decisión por una copa de brandy, salió en su busca. No estaba ni en el salón ni en la biblioteca, y no recibió respuesta cuando llamó a su puerta. Se disponía a buscarla fuera cuando vio a su ama de llaves.

—Estará en el mismo lugar a donde va todos los días —le dijo la señora Overton—. En el ala norte de la casa. Al final del viejo pasillo que da al este.

—¿Dónde exactamente?

—En la habitación en la que vos nos prohibisteis a todos que entráramos. Parece que se ha empeñado en hacerla suya.

Maldijo para sus adentros. Aquella mujer era un condenado engorro. ¿Quién le había dado derecho? Iba donde le placía. Tomaba lo que le placía. Hacía lo que le placía, y ahora había consumado la invasión de su intimidad y de su hogar. Caminó a grandes zancadas por el pasillo.

La puerta del pequeño cuarto estaba entornada. La vio sentada en el asiento del balcón cerrado, mirando por la ventana. Iba sencillamente vestida, con un delantal, y tenía tiznada de hollín una mejilla. Un cachorro de gato blanco como la nieve descansaba en su regazo, jugueteando con el bordado de su manga. Lo acariciaba con gesto ausente mientras seguía contemplando el paisaje. Robert quedó arrebatado por la escena. Conmovido hasta un punto que no había imaginado, como si acabaran de golpearlo en el estómago.

La gatita lo vio primero: arqueó el lomo y siseó. Hope lo miró con expresión sobresaltada, lívida de sorpresa. Robert se recuperó rápidamente.

–¿Que está haciendo esa cosa aquí? Los gatos sirven para cazar ratones y otras alimañas: no son mascotas. Debería estar en la cocina o fuera de la casa. Hay... hay cosas muy valiosas en este cuarto.

–Solo es una gatita recién nacida, capitán. Y además se porta muy bien –había una nota de súplica en su voz.

–Os recuerdo que no estamos en palacio, donde hasta el último imbécil posee un perrillo, un mono o cualquier otra pequeña mascota que exhibe en la manga o en el hombro. Enviadlo al granero, donde pueda hacer algo útil. Puede que con vuestro amante os salierais con la vuestra, pero... ¡oh, diablos! ¡Dejad de hacer eso!

Lo intentó, pero llevaba días sometida a una gran presión. Los ojos se le inundaron de lágrimas, pese a que se esforzó por contenerlas. Había vertido todo su afecto en aquella gatita y le desgarró el corazón verse impotente para conservarla.

–Deteneos al instante, Hope. O descubriréis que no reacciono bien a tales trucos –la gatita saltó del asiento y se acercó a él para empezar a frotarse contra sus botas. Saltó luego sobre la puntera y clavó sus diminutas uñas en el cuero.

Hope se tensó de miedo.

–Por favor, capitán, os lo suplico. No quería haceros daño...

Robert se agachó para levantar el animal del pescuezo, apartándolo de su bota. Cuando la gatita se retorció y logró arañarlo, una expresión de desagrado se dibujó en su rostro.

–¿De veras? ¿Vuestra pequeña y sanguinaria fiera no quería hacerme daño? ¿A esto llamáis portarse bien? Me pregunto qué clase de desastres organizará cuando crezca –volvió a dejarla en el asiento del balcón, a su lado–. Ahí la tenéis. Tomad a vuestra Bola de Nieve, o Princesa, o como hayáis decidido llamarla, y procurad controlarla para que no cause ningún problema. Nada de trepar por las cortinas o arañar los muebles, si no queréis que la despache al granero.

–¿Puedo quedármela?

Robert suspiró mientras tomaba asiento en una butaca, reparando en todo lo que había hecho con aquella habitación. En ese momento brillaba con un lustre que no recordaba, y se sintió más cómodo de lo que había imaginado.

–Este también es vuestro hogar. Enseñadle modales.

–Se llama Daisy.

–Pelaje blanco, ojos ambarinos –asintió–. Como las margaritas. Le cuadra el nombre.

Hope no sabía si estaba haciendo un esfuerzo por trabar conversación o mostrándose simplemente sarcástico. Decidió concederle el beneficio de la duda.

–Yo tenía una gatita muy parecida a ella cuando era niña.

–¿Y se portaba igual de mal?

Estuvo a punto de replicar a la defensiva cuando descubrió la leve sonrisa que bailaba en sus labios.

–Me temo que sí –sonrió también–. Ya os conseguiré otras botas.

–No es necesario. Estas botas han soportado cosas peores que los colmillos y garras de un gatito. Hope, ¿nadie os ha dicho que prefiero que esta parte de la casa permanezca sin usar?

–Vos no me lo habéis dicho. Y los criados no me dirigen la palabra, a excepción de Rose.

–Ah, es verdad. Ya me lo dijisteis durante vuestro primer día aquí. Tendré que poner remedio a eso.

–¿Por qué no utilizáis esta habitación? Es un espacio mágico, lleno de cosas maravillosas, y tiene un precioso jardín trasero.

–Era mi gabinete de curiosidades cuando era niño –explicó con una triste sonrisa–. Supongo que podría decirse que perdí la curiosidad desde entonces, y por lo general prefiero no revisitar mi juventud.

–¿Podría usarlo yo, sin embargo? Lo cuidaré muy bien. Seré muy cuidadosa.

Robert se rio por lo bajo. Aquella muchacha tenía la capacidad de leerle el pensamiento.

–Puedo ver que lo valoráis mucho. Está mucho mejor de lo que recordaba. Pero necesitareis hacer funcionar la chimenea, una campanilla para llamar a los criados y una provisión de licor para hacerle justicia.

–Intenté limpiar la chimenea, pero es una tarea algo complicada para mí.

Eso explicaba su rostro manchado de hollín.

–Deberíais dejar esas tareas a los criados. Oakes podrá deciros quién es el más adecuado para ese trabajo.

Siguió un incómodo silencio, pero hasta el momento era la primera conversación cordial que había mantenido desde la tarde que pasaron en Nottingham. Hope no quería que terminara, y tampoco deseaba que él se marchase. Cuando se esforzaba por ser amable con ella, lo encontraba decididamente agradable. Procuró buscar otro tema de conversación.

–En el salón...

—¿Sí?

—Hay dos retratos. ¿Son vuestra madre y vuestro padre?

—Sí.

—¿Y dónde están ahora?

—Lo ignoro. Confío en que en el cielo, si es que tal lugar existe. Murieron hace varios años, mientras visitaban Londres, durante un rebrote de la peste.

—Lo siento, yo...

—Como os dije, han pasado ya varios años. Muchos.

Se hizo otro silencio.

—En este cuarto hay dos miniaturas...

—Sí, mi hermana Caroline. Ella también murió. Si no os importa, no tengo deseos de hablar de ello. Hay otros asuntos, sin embargo, que...

Se interrumpió sorprendido cuando el ama de llaves entró de pronto en la habitación.

—¡Ah! Veo que ya la habéis encontrado, milord. Intenté decirle que no conservara esa criatura en casa, pero ella no me hizo caso y...

—Señora Overton, os habéis olvidado de llamar a la puerta. Mi esposa y yo estamos hablando. Y, en el futuro, recordad por favor que vos sois la sirvienta y ella el ama. No le corresponde a ella escucharos, sino a vos escucharla a ella. Para todo lo referido a la casa, la palabra de lady Newport valdrá tanto como la mía. Transmitiréis esta instrucción al resto de la plantilla. ¿Ha quedado claro?

—Sí. Sí, milord, milady —tartamudeó la señora Overton, ruborizada. Después de hacer una reverencia a ambos, se apresuró a abandonar la habitación.

—¡Bueno! Ese era precisamente uno de los asuntos de los que quería ocuparme.

Hope se descubrió a sí misma experimentando una inesperada punzada de compasión por la mujer.

—Oh... quizá hayáis sido un poquito brusco.

—¿De veras? La verdad es que no sé cómo conducirme en estas situaciones. Con los soldados, uno nunca tiene que preocuparse de tales cosas. Os juro que jamás he visto a ninguno retirarse de mi presencia llorando. Ahora bien, para ser justos con la señora Overton, tengo que preguntároslo: ¿la amenazasteis con darle una puñada?

Hope abrió mucho los ojos, regalándole su expresión más inocente.

—¡Ciertamente que no!

—Curioso. ¿Por qué me diría ella tal cosa?

—Lo ignoro.

—¿Estáis segura de que no le dijisteis nada?

Hope se encogió de hombros antes de besar la preciosa cabeza de su gatita.

—Me acusó de ser Hope Mathews, la amante del rey. Lo único que hice fue darle la razón, y prometerle que algunas de las historias que había escuchado, como la de Orange Moll, eran ciertas.

—¿Os *acusó* de ser Hope Mathews?

—Sí. Esto es, de ser una perversa cortesana buena para nada y esas cosas. Yo le dije que era vuestra esposa, pero ella se negó a creerlo. Me atrevería a decir que pretendía protegeros de mi malvada influencia y que... —se puso roja como la grana al darse cuenta de lo que estaba diciendo.

—¡Ejem! —Robert se aclaró la garganta—. Ya, bueno... lo siento. La culpa fue enteramente mía. Debí haber dejado claro a todo el mundo desde el principio que debíais ser respetada y obedecida. Y debí haberos escuchado cuando me advertisteis de que había un problema. Espero haberlo rectificado ya. ¿Puedo saber qué le *hicisteis* a Orange Moll?

—La tumbé de una puñada —contestó con una traviesa sonrisa.

La vibrante risa de Robert resonó en las estancias de Cressly por primera vez en años.

—Sois una pieza de cuidado, Hope Nichols —dijo cuando hubo recuperado el aliento. La imagen de aquella menuda muchachita tumbando a la temida señora Overton de un solo puñetazo le puso de buen humor. No dudaba de que era capaz de hacerlo. Era una nueva imagen que añadir a la creciente lista que asaltaba su mente cada vez que pensaba en ella–. Como castigo, dejaré enteramente ese asunto en vuestras manos. Si insistís en alborotar mi casa, la responsabilidad de lidiar con cualquier conflicto que se produzca será únicamente vuestra. Espero con ello evitar que tales absurdos dramas lleguen hasta mi puerta.

–¿Y fuera de la casa? ¿Con quién he de hablar para tratar sobre los jardines y esas cosas?

–Con Oakes, supongo, pero eso no debería preocuparos –se removió incómodo, procurando ahuyentar las imágenes que lo asaltaban sobre lo que había ocurrido en la sala de billar.

–Quizá él pueda decirme quién podría reparar la fuente del jardín de invierno. Y hay tantas cosas que arreglar fuera...

–¡No! No quiero que estropeéis los jardines.

–No quiero estropearlos. Solo desbrozarlos y limpiarlos, recortar los setos y esas cosas.

–Hay jardineros para eso.

–Pues no lo parece. Debería ser un lugar alegre, y en cambio es triste y está descuidado.

–¿Y qué sabéis vos de jardines?

–Tuve muchas conversaciones con John, el señor Rose. Es el jardinero del rey, y un botánico de renombre. ¿Sabéis? Está intentando cultivar piñas. ¿Habéis probado alguna vez la...?

–Dejad en paz los jardines. Si os aburrís, hay otras cosas que podéis hacer. La biblioteca está disponible cuando gustéis, y también podéis usar las cuadras, si por ejemplo deseáis tomar un carruaje para comprar algo en Nottingham.

–¿Qué? ¿Puedo salir a comprar?

–Claro. No será lo mismo a lo que estáis acostumbrada y las carreteras están llenas de baches, pero si queréis salir a comprar, por supuesto que podéis hacerlo. Esperad sin embargo a que Oakes haya vuelto, para así poder tomar una escolta de hombres de armas.

—¿No me acompañaréis vos?

¿Había creído detectar un tono de esperanza en su voz?

—Lo siento, pero no. Tengo asuntos importantes de los que ocuparme en Londres. Partiré a finales de la semana que viene, y espero estar ausente un par de semanas o así.

Hope experimentó una aguda punzada de decepción. Justo cuando empezaba a encariñarse con él, se marchaba. Recordó su breve tregua en Nottingham, y la manera en que sus sonrisas y su encanto le habían calentado la sangre. «Quiero conocer a este hombre», pensó. «Quiero conocerlo como amante y quiero conocerlo como amigo».

—Yo... ¿qué podría comprar?

—¡Jamás imaginé que oiría alguna vez a una mujer preguntarme eso! —se sacó una bolsa de terciopelo de debajo de la camisa—. Esto lo trajo el carruaje que vino de Londres: son veinte soberanos de oro. Os pertenecen, junto con las dos mil libras que guardo en una caja fuerte de mi gabinete. Cuando me marche, os confiaré una llave.

—Son...

—Vuestros ahorros. Sí. Haced lo que gustéis con ellos, pero no los gastéis en la casa. Es un dinero que, en derecho, os pertenece solo a vos. Su Majestad nos hizo entrega de diez mil libras cuando nos casamos. Si queréis decorar y adecentar este lugar, usadlas. Apuntad simplemente el gasto a mi cuenta.

—¿Hasta ese punto confiáis en mí?

Eso era lo que Carlos había valorado en ella. Más que una meretriz, pero menos que lady Castlemaine, la amante oficial. Experimentó una punzada de disgusto, pero no le molestó como habría podido hacerlo antes.

—Vos regentabais una gran casa de Pall Mall, con criados y todo. Cuando la vi, me pareció bien administrada y decorada con buen gusto. Estoy seguro de que sabréis de esas cosas mucho más que yo. Aunque no tenéis por qué hacerlo, Hope...

—¡No! Esto es, sí. Lo haré. Podéis confiar en mí.

«Me encanta verla sonreír», pensó en ese momento Robert.

–Bien. Tengo, empero, dos condiciones. Dejad los jardines tal como están. Y nada de espejos, a no ser los que tengáis en vuestros aposentos.

–¿Sin espejos?

–Después de haber visto vuestra casa, es normal que desconfíe de vos en ese aspecto.

–Pero los espejos dan luz y calor a una casa, que es precisamente lo que desesperadamente necesita la vuestra, capitán Nichols.

–Llamadme Robert, por favor. Tanto espejo puede marear a un hombre y ponerle enfermo. La primera vez que os vi, estaba ya tan mareado que temí ponerme a vomitar.

–¿Por eso parecíais tan disgustado y contrariado? ¡Yo creía que me estabais mirando mal!

–No, elfo. Pese a lo que podáis pensar de mí, no tengo costumbre de mirar mal a las bellas mujeres –se levantó y le ofreció la mano–. Se está haciendo tarde y todavía tengo mucho que hacer. ¿Os reuniréis después conmigo a cenar?

–Me encantará –contestó con una radiante sonrisa–. Ah, y... ¿Robert?

–¿Sí?

–Yo... –¿qué podía decirle? ¿Que lamentaba haberlo seducido? No era el caso. Se moría de ganas de hacerlo de nuevo–. Os culpé de cosas de las que no erais culpable y lo lamento de verdad. Os dije algunas cosas la otra noche que, a pesar de nuestras diferencias, ahora sé que no eran ciertas. Sois un hombre de honor, o al menos lo habéis sido conmigo.

Robert le hizo entonces una profunda reverencia.

–Yo hice con vos lo mismo, señora. Creía que habíais tomado parte en el plan de Carlos y estaba molesto con vuestra persona por ello, como lo estaba conmigo mismo por haber aceptado. Haré todo lo posible por hacer cómoda vuestra estancia aquí, que es lo que debí haber hecho desde un principio.

–Gracias, milord. Tal vez, a vuestro regreso de Londres, podamos recomenzar de nuevo. Me agradaría de verdad que fuéramos amigos.

Robert esbozó una cálida sonrisa cuando se inclinó para besarle la mano. El roce de sus labios le provocó un estremecimiento que le recorrió la espalda. Se preguntó cómo sería hacer el amor dulcemente con aquel hombre, sin enfado, ni dolor, ni motivo alguno más allá del deseo. ¿Sería quizá como amar a alguien que la amaba a su vez?

–Os aseguro que a mí también me agradaría. Aunque creo que es mejor que llevemos cuidado, dadas las circunstancias, para evitar repetir lo que ocurrió la otra noche.

Capítulo 16

La vuelta de Robert Nichols a Londres fue mucho más discreta de lo que lo había sido su última visita. Lucía una ropa sobria y anodina, con el sombrero de ala ancha bien calado sobre las cejas. No resultaba fácil disimular su llamativa estatura, pero sentado e inclinado sobre una mesa, llamaba tan poco la atención como cualquier otro. Había llegado a la ciudad justo a tiempo de contemplar el desfile de la nueva reina de Hamptom Court a Whitehall. Deslizándose por el Támesis a bordo de una galera dorada, rodeada por una flotilla de falúas, tanto ella como su séquito de frailes de hábito y damas de severo aspecto le habían recordado una banda de estorninos que hubieran soltado de pronto entre pavos reales.

Había experimentado una punzada de compasión. Confesores, dueñas y vestidos oscuros no lograban más que hacer el ridículo en un ambiente semejante. Incluso una sonriente lady Castlemaine, destacando entre los amigos y favoritos del rey, había lucido más joyas que la reina y la propia duquesa de York juntas. Se preguntó por lo que habría pensado Hope de todo aquello. No se habría regodeado como Castlemaine, seguro. «Se habría sentido más inclinada a la piedad», pensó.

Sus reflexiones le recordaron, sin embargo, que ella también pertenecía al rey. «Dicen que Su Majestad no siente celos, pero yo sí. Nunca debí haber permitido que sucediera lo de la otra noche. Cualquier hombre la desearía, pero jamás imaginé que llegaría a gustarme tanto».

En verdad que su conversación había transcurrido mucho mejor de lo que había previsto. Hope no parecía una mujer tan difícil de complacer. La cortesía de rigor, un poco de respeto, su nueva doncella irlandesa y una gatita: todo ello, en conjunto, era un precio muy pequeño a cambio de verla sonreír. Porque cuando sonreía, todo se iluminaba. Su rostro resplandecía, sus ojos brillaban de entusiasmo y despertaba sentimientos en su interior que, durante largo tiempo, había creído muertos. «Ojalá hubiera podido quedarme para haberla acompañado a Nottingham».

Ciertamente había disfrutado de su primera visita... en su mayor parte. Contemplarla cuando sopló el cristal, o escuchar su tono entusiasmado cuando le preguntó por las leyendas que circulaban sobre la ciudad y el bosque de Sherwood... Nunca llegó a entender cómo había empezado su discusión. De alguna forma había llegado a ofenderla, y luego ella lo había ofendido a él. Evocó sus palabras: «os diré con cuántos hombres he fornicado si vos me decís cuántos habéis matado».

Ahora lo sabía. Tres, le había dicho después. Un número sorprendente por su moderación. Pero ella se habría quedado consternada más que sorprendida si hubiera conocido la respuesta a su pregunta. O si hubiera sabido lo que estaba haciendo en aquel momento en Londres, sentado en un discreto rincón de aquel café de la calle Russell, con su peste a tabaco y su frenético bullicio de borrachos, mientras esperaba a William de Veres.

A Robert le desagradaba pedir ayuda, sobre todo tratándose de un asunto de honor personal, pero era un mal necesario. No se trataba solo de venganza, o de redención. Por primera vez en mucho tiempo, tenía algo que proteger. Harris era peligroso y había desaparecido. De modo que espía, salteador de caminos o cualesquiera que hubieran sido sus anteriores aficiones, esperaba que William de Veres tuviera algo interesante que decirle, porque después de dos infructuosas semanas, lo único que quería era despachar aquel asunto de una vez por todas y volver a casa.

Un barullo de excitadas conversaciones llamó su atención. Bajó su jarra y dirigió la mirada hacia la entrada justo cuando un alto y elegante caballero trasponía el umbral. De Veres se quitó el aparatoso sombrero de plumas y saludó a los presentes, intercambiando unas pocas reverencias y saludando con una respetuosa inclinación de cabeza a un fornido caballero de patillas de hacha que permanecía cerca de la puerta. Robert lo reconoció de inmediato como Joshua Greathead, pequeño aristócrata rural que había luchado en la guerra civil a las órdenes de Cromwell, y que capitaneaba también una compañía de hombres propia. Se estaba preguntando qué relación podría tener con él cuando el poeta favorito del rey fue a sentarse en su rincón.

—Buenas tardes, lord Newport —el poeta apoyó las botas sobre la mesa mientras cruzaba los brazos sobre el pecho—. Vaya gran espada que gastáis... Resulta difícil de creer que el encantador ángel de Drury Lane haya podido cansarse de vos tan pronto después de ver esto. ¿O acaso no le permitís tocarla?

—Llamadme capitán Nichols... o Robert, si lo preferís. Uno esperaría que no fuerais tan lechuguino como parecéis. Mis enemigos luchan con espadas, De Veres, no con palabras.

William sonrió agradado por su pulla y citó unos famosos versos, como tenía por costumbre:

—*¿Cómo puede alguien, sobre hombres inermes, demostrar su valor? Hace tiempo ya que a mí me desarmó el amor.*

—Por el amor de Dios, señor. ¿Es necesario que habléis rimando? Resulta tremendamente irritante.

—Mis disculpas, capitán, si el vuelo de mi imaginación pone a prueba vuestro cerebro.

—Me enviasteis recado de que nos viéramos aquí, lord Rivers. ¿Por qué?

—Me preguntasteis vos por lord Harris. ¿Por qué?

Robert se recostó en su silla mientras trazaba lentos círculos con el dedo sobre la gastada superficie de la mesa, sin contestar.

—Quizá Lizzy tenga razón y con el tiempo y el trato lleguéis a caerme bien. Ciertamente podríais necesitar algunos amigos, porque enemigos tenéis muchos, capitán. Es algo difícil de sospechar, dado vuestro amable carácter. Afortunadamente para vos, soy tan aficionado a la espada como a la pluma. Sé que os desagrado, pero amo a Lizzy: llevo amándola desde mucho antes incluso de que vos la conocierais. Si llegué a ponerla en peligro fue por accidente, y no puedo arrepentirme del todo de ello, ya que eso fue lo que volvió a unirnos. Pero vos jugasteis ahí un gran papel. La mantuvisteis a salvo y velasteis por ella. Sé que lo hicisteis por su persona y no por la mía, pero de cualquier forma me siento en deuda con vos. Os envié recado porque pensé que debíais saber que lord Harris ha estado haciendo inquisiciones sobre vuestra persona.

La mano de Robert dejó de trazar círculos sobre la mesa. Alzando la cabeza, se quedó mirando fijamente a William a los ojos.

—Eso resulta interesante.

—Así me lo pareció a mí también.

—¿Qué es lo que sabéis de él? —le preguntó Robert con tono suave.

—Que es un sádico, un perverso y un asesino, con buena mano en las cartas y las apuestas. Se hace llamar coronel, aunque fue expulsado del ejército hará una década atrás. Fue dos veces acusado de violación y una de asalto, aunque se las arregló para salir airoso de ambos cargos.

«Debí haberlo matado hace años. ¿A quién más habrá perjudicado por culpa de mi fracaso?», se preguntó Robert.

–¿Existe algún motivo por el que Carlos querría recompensarlo?

–Quizá. Pero yo no estoy tan cerca de Su Majestad como antes. Carlos es bastante indolente por lo que se refiere al papeleo. El diablo está en los detalles, como se suele decir, literalmente en este caso. Dudo que el rey sepa de sus crímenes, ya que en ese caso no le habría abierto las puertas de la corte. Harris es acaudalado, posee varios burdeles y tiene vastas propiedades en Lancashire y Escocia. Está bien relacionado y protegido, y además es acreedor de grandes sumas de hombres importantes. Ha hecho varias generosas contribuciones a la causa de Su Majestad. Lo que resulta realmente curioso es que se muestre tan interesado por vos.

Robert asintió mientras acariciaba inconscientemente la empuñadura de su espada.

–Me habéis sido de gran ayuda, lord Rivers. Tenéis mi agradecimiento. ¿Sabéis dónde podría encontrarlo?

–Una vez más, debo preguntaros por qué.

–Tengo asuntos de naturaleza privada que tratar con él, y tal parece que él también conmigo.

–Puede que no sean nada buenos, Nichols –miró significativamente su espada–. Sabréis que el rey ha puesto fin a los duelos. Tenéis vuestras tierras y contáis con la gratitud del rey y su beneplácito. Y la muchacha... es encantadora, ¿verdad?

Sin responder, Robert le lanzó una acerada mirada.

–Mmm... Sí. Ya me lo parecía. Me refería, por supuesto, a su encantador carácter. Era demasiado selectiva y casta para hacer de cortesana. Habéis tenido una gran suerte, capitán. Si hay algo personal entre vos y Harris, os sugiero que lo dejéis estar y disfrutéis de las mercedes con que os ha favorecido el destino, no vayáis a enfadar a nuestro querido Carlos y perderlo todo.

«Elizabeth confía en este hombre», se recordó Robert una vez más.

—Hay algo *muy* personal entre Harris y yo, Rivers. Una deuda que debe ser saldada. Aunque quisiera dejarlo estar, no podría hacerlo. Me pasé años rastreándolo para, al final, perderle la pista en Europa. Ahora ha vuelto, y representa un peligro para mí y para los míos. Fue él quien debería haberse quedado con Cressly. Demandó específicamente mis tierras al rey. Él no sabe que yo llegué a enterarme, como tampoco que sé que ha vuelto. Necesito... tratar con él antes de que lo descubra.

William se sonrió mientras se recostaba en su silla.

—Lizzy me hizo prometerle que actuaría con discreción y madurez, y que intentaría disuadiros de cometer actos impulsivos. Sois testigo de que lo he hecho. Pero las intrigas, el espionaje, el peligro... Estoy casado, capitán, no muerto.

—¿Informasteis a Elizabeth del mensaje que os envié?

—Por supuesto que sí. Yo le cuento todo. No hay nada que podáis hacer por el momento. Vuestra presa está en Escocia. Rodeado de hombres de armas. Se marchó justo después de que vos lo hicierais, supuestamente para recaudar dineros con que financiar las ambiciones de Su Majestad en el extranjero. Para cuando consigáis llegar allí, probablemente él estará de regreso en Londres. Idos a casa. Tened paciencia. Yo seré vuestros ojos y vuestros oídos. Quedad tranquilo de que os mantendré informado de todo cuanto necesitéis saber. Os ayudaré en todo lo que pueda.

—Gracias por vuestro ofrecimiento, De Veres... —el orgullo, uno de sus más acérrimos aliados durante todos aquellos años, lo impulsó a negarse... hasta que se vio asaltado por una súbita visión de la hermosa hechicera de rostro tiznado de hollín. Estaba obligado a cuidar de ella, después de todo, algo que difícilmente podría hacer a kilómetros de distancia—. Aprecio enormemente vuestra ayuda. Y, por favor, transmitid a Elizabeth mi más cordial saludo.

—*De rien*, capitán. Yo siempre pago mis deudas. Además de que esto debería resultar entretenido.

Robert partió para Cressly con un sentimiento de euforia que no había experimentado en años. En el poco tiempo que llevaba de conocerla, Hope se había convertido en una parte tan fundamental de su vida... que era como si llevara desde siempre en ella. Por primera vez en mucho tiempo, se sintió como si tuviera a alguien esperándolo en casa.

Capítulo 17

–Una es tristeza; dos, alborozo; tres, matrimonio; y cuatro de parto. Mi madre me cantaba esa canción –declaró Lucy, orgullosa–. Me pasaba contando las urracas que veía. Las urracas saben cosas.

–Esa canción la cantan todas las madres –replicó Patience, desdeñosa.

–Pues yo nunca la había oído antes –Hope permanecía de pie, con la cabeza ladeada, mientras dos fornidos hombres del sargento procedían a colocar un cuadro por enésima vez–. Ojalá hubiera sabido eso antes de *mi* boda. Habría salido corriendo.

Todo el mundo se echó a reír, incluida la señora Overton, que no pudo evitar añadir:

–El amo es un hombre bueno. La tercera urraca os dará buena suerte, milady.

Mientras trabajaban, todos ellos competían por impresionar a su nueva ama de ciudad con dichos y canciones tradicionales, procedentes de la sabiduría popular conservada en el campo. Dichos y canciones que solían terminar derivando en historias de fantasmas y hechos crueles. Afortunadamente, el sargento Oakes intervenía antes de que se pusieran a contar relatos de la misma clase sobre Cressly. Hope seguía oyendo ruidos que la inquietaban, y el graznido de las aves nocturnas por la noche la había alarmado más de una vez.

La plantilla de criados al completo tenía verdadera sed de resucitar la casa durante tanto tiempo descuidada. Debajo de las canciones y los tarareos, de la alegría y las bromas, Hope creía escuchar el orgullo. Durante las últimas semanas, desde que regresó de su excursión de compras, todo el mundo había trabajado codo con codo y el resultado estaba a la vista. Día tras día, en un plazo increíblemente corto, la casa había cobrado una nueva vida y un nuevo lustre. Las paredes de mampostería habían vuelto a ser encaladas. Los paneles y los suelos de madera estaban pulidos y encerados. La luz volvía a entrar a raudales por las ventanas.

En ese momento estaban concentrados en la decoración: colgar pinturas y tapices, retirar cubiertas de muebles, desenrollar alfombras. No había necesitado comprar tanto como había esperado una vez que descubrió el tesoro de muebles, pinturas y otros objetos que había almacenados en la casa. Mientras tomaba su té de la tarde, se atrevió a preguntar a la señora Overton al respecto.

—Primero los guardamos por seguridad, durante la guerra, milady. El amo apenas paraba por la casa: solo estábamos los criados y yo. En siete años que estuvo fuera, solamente vino una vez. Cuando finalmente regresó, no pareció mostrar mucho interés por ellos. Luego el señor Oakes nos informó de que la casa y la finca iban a ser entregadas a otra persona y que todos tendríamos que trasladarnos a la ciudad, de manera que tuvimos que empaquetar y almacenar todavía más cosas. Me alegra el corazón, señora, ver todo esto por fin fuera, brillando tanto... Nunca pensé que volvería a verlo.

Hope había tenido buen cuidado en recomponer su relación con el ama de llaves. La capacidad y experiencia de la mujer resultaban inestimables, y no tenía interés alguno por usurpar sus responsabilidades.

—¡Dios mío, señora Overton! ¿Gobernasteis sola este lugar durante siete años? Debió de haber sido una tarea colosal. ¿Qué habría hecho el capitán sin vos?

–No lo sé, milady, esa es la verdad. El sargento tampoco estaba aquí. Sospecho que la casa se habría venido abajo, y el amo ni siquiera se habría enterado.

–Bueno, pues agradezco al cielo que pudierais preservarla. Entre las dos la devolveremos a su antigua gloria y esperemos que esta vez se dé cuenta.

–Sí, señora –repuso la mujer, sonriendo–. Me atrevo a esperar que así será. Al menos una vez que reciba las facturas...

El corazón de Hope dio un vuelco de emoción cuando dos días después llegó un carruaje de Londres, pero solo era la vajilla y cubertería que había mandado traer de allí, no el capitán volviendo a casa. Acompañaba el envío una carta de Carlos, que arrojó al fuego sin abrirla. Era un mensaje privado, no una misiva real, y no sintió la obligación de tratarla de manera diferente a lo que habría hecho con cualquier otro hombre. No había esperado que echaría tanto de menos al capitán, pero, al parecer, la tórrida noche que habían compartido en medio de la tormenta había cambiado las cosas entre ellos. Incluso aunque se hubiera marchado para Londres sin explicarle los motivos que le habían movido a hacerlo.

No podría llamar con justicia «hacer el amor» a lo que habían hecho aquella noche. Había sido demasiado violento, demasiado urgente, demasiado furioso, y por ambas partes. Pero había habido pasión, atracción, deseo y un delirante placer. Aunque él le había dicho que no volvería a suceder, se sentía como si la hubiera marcado a fuego. Como si reclamara toda su persona, incluidos sus pensamientos.

No había imaginado que le había faltado tan poco para perder su hogar. ¿Habría estado endeudado? No lo parecía. ¿Sería por haber luchado por la causa parlamentaria durante la guerra? Quizá. En cualquier caso, ello ayudaba a explicar lo que había querido decir cuando le confesó que no se había casado con ella por un título. Le había dicho otras cosas, también.

Recordó sus palabras: «no sois vos quien atormenta mi sueño». ¿Quién podía ser, entonces? Robert se negaba a hablar de su familia y de su pasado, y muy rara vez reía o sonreía, pero incluso en aquellas ocasiones había una expresión de tristeza en sus ojos. Un hombre como él no podía haberse pasado toda la vida solo. Ella no había sido la única mujer que lo había contemplado con deseo en Londres. ¿Sería un amor perdido? ¿Un corazón roto? ¿O alguna tragedia del pasado? ¿Con quién soñaba él? Pero incluso aunque no fuera con ella, esperaba con impaciencia su regreso.

Pese a la prohibición de Robert, concentró su atención en el jardín. No en la crecida jungla que rodeaba la casa; allí habían estado buscando y saqueando flores para alegrar el comedor y demás estancias, pero el resto lo habían dejado en paz. El jardín trasero que se extendía detrás del mágico cuarto, sin embargo, parecía en cambio reclamarla a gritos. Era hermoso en su asilvestrada gloria, y no era su intención domesticarlo. Lo podó un poco y expurgó de malas hierbas, removiendo la tierra dura y retirando las hojas muertas. El sargento Oakes acudió a ayudarla con la fuente, y Hope aprovechó la ocasión para agradecerle el precioso dormitorio que le había procurado la primera noche.

—No fui yo, señora —repuso—. El capitán dejó muy claro que tenía que ser para vos. Dijo que os gustaría su luminosidad y sus vistas.

—¿De veras? —«¿pensó en mi comodidad incluso mientras nos estábamos peleando?». La fuente era un trabajo duro, y entregó al sargento un vaso de vino de la jarra que había sacado al jardín.

—Desde luego que sí, señora. «Es como un alegre duendecillo, Oakes», me dijo. «Encontrará todo esto muy triste. Dale la habitación soleada que mira al río, y llénala con todas las plantas que puedas encontrar».

—Vaya, pues fue algo muy delicado por su parte. A mí nunca me dijo nada.

—No es de extrañar, señora —el vino estaba volviendo locuaz al sargento, y ella se aseguró de que su vaso estuviera en todo momento lleno–. Es bueno cuidando a la gente, pero no hablando con ella. Según Maggie, su antigua niñera decía que de muchacho era más sociable, pero desde que yo lo conozco, y ya va para veinte años, tiene tendencia a guardarse la mayoría de sus pensamientos para sí.

–¿De veras?

–Así es. Cerrado como una ostra, así es él. Le hicieron teniente con dieciséis años. A mí no me gustó estar a las órdenes de un chico tan verde, y lo mismo a los otros hombres. Pero ni siquiera entonces era un muchacho normal. Os juro que todos llegamos a pensar que había nacido viejo. Había algo... oscuro en él. Nunca reía, ni sonreía, y siempre estaba ocupado. Nunca se sentaba a beber cerveza con los demás muchachos. Yo mismo llegué a pensar que estaba endemoniado.

–¿Endemoniado?

–Sí. Esos ojos de tiburón que tenía a veces, antes de la batalla. Habríais podido mirar a través de él como si estuviera hecho de hielo. Os juro que podía asustar a un hombre hasta la muerte. Para conseguirlo, no necesitaba esa monstruosa espada que porta –soltó una corta carcajada y escupió al suelo como si hubiera estado conjurando al diablo–. Pero no tenéis nada de que preocuparos, señora. Es feroz en la batalla, pero jamás lo he visto maltratar a un hombre suyo ni a un prisionero, y menos aún a una mujer o a un niño. Cosa por cierto rara entre los hombres que han estado mucho tiempo en guerra. Caballero como es, es un comandante tremendamente bueno. En la guerra, algunos oficiales consideraban que era su deber utilizar a su gente como carne de cañón, pero el capitán hacía su trabajo y se esforzaba al mismo tiempo por mantenernos vivos.

Hope asintió con expresión seria. «Es justo lo que imaginé la primera vez que lo vi», pensó.

El sargento se enjugó el sudor de la frente mientras se sentaba en un banco a la sombra. Hacía calor para tratarse de principios de junio. Agarró la jarra y se sirvió él mismo.

—¿Sabéis una cosa, milady? Vos sois la primera persona que recuerdo que le ha hecho reír o sonreír. Una sonrisa de verdad, quiero decir. No una de aquellas frías sonrisas que le hielan a uno la sangre.

Se sintió complacida de escuchar aquello. Las sonrisas y carcajadas de Robert eran breves y fugaces, excepto aquella ocasión en que ella le habló de Orange Moll. En una sola hora con el sargento Oakes había aprendido más cosas sobre el capitán que en todo el último mes, de modo que continuó insistiendo, aprovechándose de su locuaz humor.

—Decid que es bueno cuidando a la gente...

—Oh, sí —la interrumpió antes de que pudiera terminar—. Hombres con cicatrices, mozos de cuadra tuertos o con miembros amputados... bueno, yo mismo. La mayoría de los hombres que veis aquí sirvieron bajo sus órdenes, señora. Terminada la guerra no había mucho trabajo, y éramos demasiados buscando ocupación. Muchos de nosotros nunca llegamos a cobrar nuestras soldadas, y muchos otros se dieron al crimen o terminaron en la cárcel por deudas... o muertos de hambre. Si encontrar ocupación ya era difícil para alguien joven, capaz y entero, para gente como Jemmy y como yo era casi imposible. El capitán se esfuerza por conseguir empleo a cualquiera de sus antiguos hombres que lo necesita. Siempre ha cuidado a los suyos.

—¡Ah! Eso explica muchas cosas. Me lo había estado preguntando, sargento. ¡Estaba empezando a pensar que erais todos un nutrido pelotón de torpes! —bromeó, y ambos se echaron a reír.

—Vos le hacéis bien, señora. Habéis excitado su interés, y eso es algo muy raro. No es fácil saber cómo terminará, pero os garantizo que el esfuerzo bien vale la pena.

—Lo tendré en mente, sargento, pero seguro que tuvo que haber otras... otros intereses... antes de que yo apareciera.

—¡Ah! Bueno, estuvo aquella dama Walters. Muy protector con ella se mostró el amo. Sirvió a su padre durante un tiempo durante la guerra. Él la admiraba, creo, y consideró su deber cuidar de su persona, pero ella nunca le hizo reír, y él nunca llegó a mirarla de la manera en que os mira a vos.

Hope se ruborizó y bajó la mirada.

—Pero es un hombre muy apuesto, sargento. Seguro que habrá habido otras...

—¡Ah! —encogió sus anchos hombros—. Los soldados tienen necesidades, al igual que los otros hombres... y algunos de ellos más de una esposa —sonrió—. El capitán, bueno, ha habido alguna viuda, o varias, y más de unas pocas taberneras dispuestas a calentarle el lecho. Pero nunca ha sido aficionado a los romances. Muchas damas lo han intentado y fracasado. Yo nunca lo he visto enamorado, aunque lady Rivers llegó a gustarle. Mi amo siempre ha estado casado con esa fría y oscura arpía que es la guerra. Vos sois la primera mujer que ha traído a Cressly. Para todos nosotros, vuestra boda ha constituido una gran sorpresa.

—Creedme, sargento, que para mí lo ha sido tanto como para vos.

Robert recorría la casa en medio del más absoluto asombro. En las paredes colgaban acuarelas de botánica, preciosos paisajes y exóticas pinturas de ciudades del Oriente. Coloridas alfombras y tapetes adornaban paredes y mesas. Una caótica mezcla de tapices flamencos y belgas describían episodios de la historia, antiguas leyendas y mitos clásicos. Se detuvo frente a uno que cubría toda una pared de la biblioteca, describiendo un grupo de astrólogos ataviados con vistosas ropas que enfocaban su telescopio hacia un cielo estrellado. Muchas de las escenas de aquellos tapices las reconocía de su infancia: se había olvidado de que los había almacenado. La decoración que había elegido Hope no guardaba coherencia alguna en cuanto a estilo o temas. Claramente había buscado dar luz y calor a aquella casa: que resultara agradable a la vista.

Era un Cressly que nunca había imaginado. Sosegador, invitador, cómodo y brillante. Estaba impresionado de lo mucho que había hecho Hope solamente en unas pocas semanas. «Ha tomado mi casa vacía y la ha hecho suya». El pensamiento no lo molestó. De hecho le arrancó una sonrisa, hasta que vio los ramos de flores en el comedor. «Las flores de Caroline. ¡Solo le pedí una única cosa!», exclamó para sus adentros. Llamó su atención el brillo de la cubertería sobre un aparador. Había bellas palmatorias de forja, un plato grabado, un cuenco y una torre de servilletas de lino, todas ellas bordadas con las iniciales *H.M.*

Una vez que el sargento Oakes se hubo marchado, Hope se tumbó sobre la verde hierba. El sol le acariciaba la cara y el delicioso murmullo de la fuente ponía digno remate a un día maravilloso. Alzando la mirada al cielo salpicado de nubecillas blancas, se atrevió a pensarlo: «quizás, gracias a la magia de un extraño May Day, haya finalmente encontrado mi hogar. Y tal vez haya encontrado también a mi...».

—En el nombre de Dios, ¿qué estáis haciendo aquí?

Dio tal respingo de sorpresa que se golpeó la cabeza contra el borde de la fuente, mordiéndose la lengua y viendo las estrellas. «¡Maldito sea!», exclamó para sus adentros.

—¡Pues disfrutando del sol, estúpido! No deberíais acercaros así a la gente. ¿Cuándo habéis vuelto?

Cualquier placer que pudiera sentir de volver a verlo quedó empañado por el tono furioso con que se había dirigido a ella, así como por el sordo dolor que latía en su cabeza.

—Ahora mismo. Y justo a tiempo de evitar que os enseñoreéis de los jardines. ¿Es que debéis entrometeros y trastear con todo, señora?

—Me dijisteis que hiciera todo cuanto me placiera. Dijisteis que este también era mi hogar. Y mientras esté aquí, vi-

viré así –su tono era desafiante, pero en realidad estaba perpleja. Había imaginado que apreciaría todo el trabajo que se habían tomado; que le agradaría y se pondría contento. Había reparado una fuente y cortado unas cuantas flores del jardín. ¿Qué diantre le pasaba a aquel hombre?

–Os he entregado la casa, señora. Lo único que os pedí fue que dejarais en paz los jardines. ¡Vos y vuestro amante no podéis arrogaros el derecho a hacer todo lo que os plazca!

–¿Mi amante? ¿Os referís al rey?

–Sí, me refiero al rey –se fijó en sus pies descalzos y en su cabello despeinado. Pese al disgusto que sentía, su mente estaba llena de imágenes de Hope con sus pezones duros, sus muslos cremosos... Le arrojó una servilleta a los pies–: Vendedlas, guardadlas o tiradlas, pero no uséis las iniciales de Su Majestad, *His Majesty*, para adornar mi casa.

Hope recogió la servilleta y se la guardó en un bolsillo.

–¡Las iniciales son de *Hope Mathews*! –replicó con un brillo de desafío en los ojos.

–Bueno... pero vos ahora sois Hope Nichols, ¿no? –repuso él tras unos segundos de incómodo silencio.

Detectó un leve rubor en sus mejillas. ¿Estaría celoso? ¿Avergonzado?

–Lo he entendido perfectamente, capitán. No necesitáis extenderos más. Retiraré las ofensivas servilletas para que no os molesten.

Robert se aclaró la garganta.

–Siempre podéis ir a Nottingham y encargar otras nuevas

–El rey ya no es mi amante –dijo, ignorando sus palabras y ofreciéndole la mano para que la ayudara a levantarse.

–¿Eh? ¿Cómo?

–Lo habéis llamado mi amante. No lo es. Si lo fuera, yo nunca habría... –aspiró profundamente y lo miró a los ojos–. Sea lo que sea que penséis de mí, yo no complazco a dos hombres a la vez, capitán. Él me traicionó. Por lo que a mí respecta, nuestro arreglo ya no existe: terminó el primer día de mayo. Resulte lo que resulte de esto, nunca volveré a confiar ni a estar con él.

–Pero vos dijisteis la otra tarde, cuando os pregunté... que si él mandaba a buscaros, iríais –la ayudó a levantarse. La sensación de sus delicadas manos en las suyas se tradujo en una dolorosa punzada en la entrepierna. Sus manos, sus pies, sus miradas lo inflamaban.

–Dije que *tendría* que ir. Es el rey. No puedo desobedecer su llamada, y vos tampoco. Pero nunca volveré a estar con él –retiró las manos y se sacudió las faldas, recordándose que seguía furiosa con él–. Y ahora, si me disculpáis, me iré para no mancillar vuestros preciados jardines. Jardines, por cierto, destinados a dar vida a un hogar, a ser motivo de celebración, y que vos estáis dejando morir con vuestro descuido. Casi parece que queréis convertir este encantador lugar en una tumba. Aseguraos de dar las gracias a vuestros criados por el gran trabajo que han hecho. Han obrado milagros y lo menos que podéis hacer es advertirlo. Ah, y bienvenido a casa.

Capítulo 18

«¿Bienvenido a casa?». Era una triste bienvenida cuando la muchacha lo evitaba y había vuelto a encerrarse en su dormitorio para cenar. Y todo por culpa de aquellos malditos jardines. ¿Era acaso un monstruo por haber esperado que guardara una promesa? Si tantísimo significaba eso para ella, debería defender su caso en lugar de enfurruñarse en su habitación. Los jardines siempre habían sido dominio de Caroline: los había amado desde el día en que empezó a caminar. Había correteado por ellos sobre sus gordezuelas piernas, riendo y cazando mariposas. Aquellos jardines habían sido su pasión mientras creció; todos los que vivían en Cressly los habían reconocido como su territorio particular. Hope los cambiaría y se los apropiaría, y el último recuerdo de Caroline desaparecería así para siempre. No podía devolver la vida a su hermana, pero le debía justicia, y hasta que lo hubiera hecho, aquellos jardines permanecerían tal como estaban.

Pero Hope amaba las flores con locura. Quizá pudiera hacer algo para complacerla. No quedaría contenta hasta que tuviera algunas que cultivar y que cuidar. Estaba seguro de que un arbusto de flores y una carretilla, como regalo, le agradarían más que unas joyas. Sonrió al pensarlo.

Al tercer día de su regreso la descubrió sentada al borde del estanque, dando de comer a los cisnes. Él se encontraba en el prado norte, dispuesto a comenzar su entrenamiento de esgrima. Vio que se había puesto calzones cortos, de niño, y se había soltado la melena. Lanzaba migas a los majestuosos cisnes y se volvía luego para hacer lo mismo con un pintoresco grupo de tordos y gorriones, que se le acercaban temerosos para abalanzarse sobre el alimento y alejarse luego como bandidos con alas, portando orgullosos su trofeo.

—¿Qué tal se está adaptando, Oakes? —preguntó a su compañero de entrenamiento—. ¿No ha causado demasiados problemas mientras estuve fuera?

—Ciertamente que no, capitán. En verdad que la plantilla entera está encantada con ella. Incluso se ha ganado el aprecio de Maggie. Con vuestra esposa dentro, esta es una casa más feliz. Es todo encanto y alegría.

—¿Saben quién es?

—Eso no les importa, milord. Una mujer bella puede atrapar a un rey, pero solo una buena y bondadosa podría domesticar pajarillos silvestres y ponerlos a comer de su mano. Ella les hace sentirse importantes y valorados. Hace que sintamos esta casa como un hogar.

—Mmm... Bien harían en no encariñarse demasiado con ella.

—¿Y vos, capitán?

—Oh, lo mismo rige para mí, sargento. Aunque en mayor grado.

Lanzó una estocada y el sargento apenas tuvo tiempo de pararla con su espada.

—¿Es por eso por lo que no cenáis con ella, capitán? ¿Y por lo que se queda en su dormitorio desde que volvisteis? ¿Porque no queréis encariñaros demasiado?

—¡Maldita sea! —rezongó Robert cuando la espada del sargento lo sorprendió con la guardia baja, rasgándole la camisa y arañándole la piel. No había anticipado aquella pregunta. Atacó a su oponente con una serie de mandobles y fintas, teniendo buen cuidado de concentrarse.

—No, Oakes. Si se encierra en su habitación toda enfurruñada es porque está molesta... debido a que le he prohibido tocar los jardines.

El combate se había vuelto interesante. No era ya un entrenamiento de rutina, y cada uno estudiaba al otro con un brillo depredador en los ojos.

—¿Por qué en el nombre de Dios habríais de hacer tal cosa, milord? Seguro que no querréis alejarla de vuestro lado.

—No, sargento. Solo quiero mantener intacta, sacrosanta, una pequeña parte de Cressly... por razones que no os incumben —su voz era tranquila, inmutable, sin dejar de mirarlo un instante a los ojos.

—No sois bueno con la gente, señor —Oakes se lanzó hacia delante, intentando encontrar un hueco en su guardia, pero su espada fue interceptada por la *main-gauche* de Robert, el puñal zurdo comúnmente utilizado para parar golpes y desarmar al oponente, como fue el caso—. Pero sois un guerrero condenadamente brillante —añadió con una reacia sonrisa.

Robert sonrió y le hizo una reverencia.

—Vos también, señor. ¿Probamos de nuevo?

El distante entrechocar de espadas invadió de pronto la pacífica mañana de Hope y ahuyentó a sus alados amigos. ¿No le bastaba con haberla expulsado de su santuario sin razón ni explicación alguna? No era ese el reencuentro que había previsto. Antes de marcharse se había mostrado bueno y amable con ella, enternecedor incluso. Lo había echado de menos. Había anhelado su regreso. Pero, una vez más, tal parecía que se había imaginado cosas. A su vuelta se había mostrado hosco y gruñón, como si el deshielo de su relación nunca hubiera tenido lugar. Al menos se había ganado a los criados y hecho la casa mucho más habitable durante su ausencia. Algunas cosas habían mejorado.

Pese a su disgusto, salió a la terraza para verlos entrenar. Su esposo tenía un cuerpo fascinante. Siempre había encontrado especialmente atractivos a los hombres altos y fuertes, de belleza dura: un cuerpo como el de Robert no se veía todos los días en la corte. ¡Y la manera en que se movía! Le costaba apartar la mirada de él. Años de lucha y práctica lo habían esculpido, afinado... y sin embargo se movía con la misma fluida elegancia que tanto la había fascinado en Londres. Le recordaba a uno de los tigres que había visto en la torre.

Había damas de la corte que practicaban la esgrima por diversión y por ejercicio, y también porque parecía excitar a cierta clase de hombres. Era algo que Hope siempre había querido aprender. «Me pregunto si querrá enseñarme». Se imaginó a sí misma plantada frente a él, mirándolo fijamente a los ojos, enzarzados ambos en un excitante desafío, imitando sus movimientos mientras bailaban aquella extraña danza. Adelantándose, retrocediendo, anticipándose, estirándose, esquivando, parando sus golpes toda sudorosa, dolorida... Mientras lo veía ejecutar giros y fintas, pudo sentir cómo su cuerpo se calentaba por momentos. La camisa medio abierta se le pegaba al cuerpo. Un largo mechón de pelo había escapado de su coleta. Siguió contemplándolo fascinada, con el aliento acelerado y los labios entreabiertos, como preparándose para recibir un beso...

Lo maldijo en silencio. Incluso después de que él la hubiera expulsado de su preciado jardín, ella seguía soñando con su boca... ¡por el amor de Dios! La culpa era suya por haberlo seducido durante la tormenta. Con un resoplido de disgusto, le dio la espalda y entró en la casa.

Una hora después subía las escaleras procedente de la cocina, hundida la nariz en la *Guía de las Damas*, el popular libro de Hannah Woolley. Estaba lleno de maravillosas recetas, remedios médicos e instrucciones para hacer perfumes, así como consejos sobre cómo llevar una casa y lidiar con incómodas situaciones sociales. Por desgracia no recogía ninguna entrada sobre como tratar con huraños esposos de mentira o...

Soltó un chillido de alarma cuando se encontró de frente con su corpulento marido, que bajaba de dos en dos las escaleras con un par de liebres. Aunque ambos hicieron todo lo posible por evitar la colisión, el codo de Robert impactó en su mejilla, justo debajo del ojo. Como resultado, perdió el equilibrio y empezó a caer hacia atrás, pero él consiguió sujetarla a tiempo de la muñeca y enderezarla. Entre maldiciones y atropelladas disculpas, la alzó en brazos y la llevó escaleras arriba, llamando al mismo tiempo a la señora Overton a gritos.

–No hay necesidad de montar tanto escándalo, capitán. Es solo un golpe en la cara. Haced que alguien me traiga hielo y en uno o dos días estaré como nueva –en verdad que no se sentía tan mal: más sorprendida que dolorida, aunque el ojo se le había llenado de lágrimas y sentía la cara tirante y pesada.

–Silencio, elfo. Soy un tipo grande y te has llevado un buen golpe. Debí haber tenido más cuidado. No debí haber bajado tan rápido y además sin mirar por donde iba... ¡Maldita sea! La mejilla se te ha puesto de un negro azul y tienes el ojo casi cerrado por la hinchazón. Vas a tener un moratón de lo más feo.

–¿Cuánto de feo? –inquirió, nerviosa.

–Lo suficiente como para asustar a los niños pequeños y a los adultos pusilánimes.

Su involuntaria sonrisa le provocó una punzada de dolor que le repercutió en los dientes, la sien y la mandíbula. Reprimió un gemido de dolor.

–Lo siento, amor mío. Te compensaré, te lo prometo.

La transportó como si no pesara más que una pluma y, a pesar del dolor, Hope apoyó la cabeza contra su pecho. No era un alma confiada por naturaleza, pero supo instintivamente que podía confiarse a sus cuidados. «Es algo que siempre he sabido», pensó. Representaba un inusual alivio relajarse y dejar que alguien se encargara de ella para variar. La reconfortante sensación de sus brazos la envolvía en un delicioso calor que se imponía a cualquier dolor o molestia.

Al menos así fue durante los primeros veinte minutos. Mientras Rose y su repentinamente solícito esposo la acostaban en su cama con la cabeza y los hombros bien apoyados sobre los almohadones, tanto el dolor como la hinchazón se incrementaron. El sordo dolor de la sien llegó a impedirle mover la cabeza, y el de la mandíbula era todavía mayor. La piel le ardía, y además la sentía tensa, como si fuera a rompérsele. Reprimió un gimoteo cuando su esposo, Rose y la señora Overton se inclinaron sobre ella, solícitos, mientras se consultaban entre sí sobre la mejor manera de proceder.

—Por favor, cerrad las cortinas —pidió con voz ronca, peligrosamente cercana a las lágrimas. Rose se apresuró a complacerla y el capitán se sentó en la cama, a su lado. Gimió de dolor cuando sintió sus cuidadosos dedos rozándole la sensible piel.

—Tranquila, amor mío. No tardaré más que un momento. El tuyo no es el primer ojo morado que he tenido que tratar. Mis hombres se rompían la cara y la cabeza todos los días.

Su voz era tierna y acariciadora. Sus dedos expertos exploraron ojo, oído, mandíbula, dientes y mejilla, a la busca de algún hueso roto y evaluando el daño. Hope esbozó una mueca cuando, dando por terminado su examen, el capitán le apretó suavemente un hombro.

—Y pocos eran tan valientes como tú, por cierto.

Quiso decirle que ella no era valiente. Le latía la cabeza y el ojo le dolía tanto que era incapaz de abrirlo y mucho menos de pestañear. No podía pronunciar palabra. Se sobresaltó en el instante en que sintió algo frío y húmedo sobre el ojo y la mejilla. Se quedó sorprendida por un momento, pero luego aquello le refrescó la cara y aplacó el dolor. Finalmente se vio invadida por una bendita oleada de alivio.

–Mejor, ¿verdad? –el capitán le apartó con ternura el cabello del rostro y le besó la frente.

–Sí. ¿Es realmente tan feo?

–No tanto como lo será mañana, me temo –replicó sin pensar, con lo que de inmediato soltó un triste gruñido de arrepentimiento–. Pronto te sentirás mucho mejor. Aquí llega Rose con algo que aliviará todavía más el dolor y te ayudará a dormir –tumbándose en la cama con ella, deslizó un brazo por detrás de sus hombros y la incorporó lo suficiente para que pudiera beber la infusión de opio, azafrán y nuez moscada, mezclada con vino caliente.

–He traído hielo, señor, y más paños. La señora Overton dice que con el láudano debería dormir tranquilamente durante el resto de la noche. Yo puedo quedarme con ella, si no tenéis inconveniente.

–Gracias, Rose, pero la culpa de esto es mía, así que me quedaré yo a velar su sueño.

–Por supuesto, señor –la muchacha le lanzó una extraña mirada mientras abandonaba la habitación.

–Ella piensa que me golpeaste –le explicó Hope, soñolienta, mientras el brebaje hacía su trabajo.

El día anterior jamás se habría imaginado que su marido terminaría yaciendo en la cama con ella, y menos en aquellas circunstancias. Suspirando, se acurrucó contra él. Apoyó la cabeza en el hueco entre su cuello y su mentón. Sus movimientos eran lentos y lánguidos, como si estuviera nadando en un mar de melaza. Pese a la dureza de sus músculos, se sintió maravillosamente cómoda.

–Y tiene razón: te golpeé –pronunció el capitán con tono arrepentido mientras presionaba levemente el paño frío como el hielo contra su mejilla.

Sintió que su miembro se desperezaba cuando ella se removió ligeramente, presionando la suave curva de su cadera contra su entrepierna.

–Mmmm... –asintió ella, feliz–. Pero no a propósito. No debería haber subido las escaleras leyendo. Ahora estoy incapacitada para hacerlo.

Robert pensó que si una voz podía hacer un puchero, la última afirmación de su esposa lo había logrado.

–Lo lamento muchísimo, amor mío –en verdad que estaba mortificado. Ella era frágil como una niña y él se sentía como un bruto sanguinario–. Nunca le había hecho el menor daño a una mujer antes.

–Mmmm. Lo sé, Robert. No te sientas mal. Fue un estúpido accidente por ambas partes –bostezó y volvió a removerse, arrancándole un gruñido.

Se le aceleró la respiración y tensó los músculos de las nalgas y los muslos. Un chorro de calor nació de sus testículos para extenderse por todo su cuerpo, despertando sus sentidos e hinchando su falo. El rebelde órgano se irguió, estremecido de la base a la punta, y las restricciones de su ropa actuaron como suplementario estímulo, excitándolo todavía más.

Cambió de posición, pero ella lo hizo con él, y el calor de su trasero no hizo sino empeorar las cosas. Nunca había sentido aquella avidez por ninguna mujer. Pese a su herida y su evidente intoxicación con el brebaje, se moría de ganas de poseerla. De deslizar la mano bajo su vestido y recorrer sus suaves y cremosos muslos hasta rozar el caliente centro de su feminidad, de acariciar su vientre plano, de amasar sus senos y pellizcar sus pezones, preparándolos para...

–Te perdonaré completamente si me cuentas una historia –su voz apenas era un murmullo.

–¿Una historia? –tardó un momento en recuperarse.

–Mmmm. Para que me ayude a dormir –susurró.

Suspiró. Ella estaba en aquellas condiciones por su culpa, pero en aquel momento era como si se estuviera paseando desnuda delante de él. Le había incendiado la sangre; incluso el sonido de su voz lo excitaba. Le rozó la mejilla herida con los nudillos, contento de sentirla fría. A partir de la sien, deslizó lentamente un dedo todo a lo largo de la línea de nacimiento de su pelo, deteniéndose para recogerle un sedoso mechón detrás de la oreja.

–¿Qué historia te gustaría que te contara, esposa mía? –le acarició el cuello con la nariz, respirando su perfume. Olía a rosas y a nuez moscada. Se moría de ganas de saborear sus labios.

Hope se estremeció en aquel instante, pero no de frío. Experimentó una deliciosa laxitud al sentir su cálido aliento abanicándole el cabello. Las mariposas que sentía en el estómago flotaron perezosamente mientras un agradable calor se extendía por su bajo vientre. Sentía la piel madura y sensible, estremecida desde los pezones hasta los dedos de los pies, y sin embargo todo ello era como si le estuviera ocurriendo a otra mujer, o como si estuviera a miles de kilómetros de allí. Quizá estuviera soñándolo todo.

–Robin Hood –dijo con un suspiro–. *Mi* Robin Hood, no el tuyo.

–Me lo tomaré como una penitencia, entonces –repuso él, riendo–. Muy bien. Pero deja de moverte, amor mío, y de presionar tu precioso trasero contra mí. Sabes perfectamente lo que estás logrando con ello.

Hope sonrió, al mismo borde del sueño.

–¿Te ha hablado alguien del Gran Roble?

Su voz era como una caricia. Tenía un tono vibrante y acariciador que le recordaba al chocolate fundido. Negó con la cabeza. Una sorda punzada de dolor le atravesó la mandíbula, pero era como si estuviera demasiado lejos para molestarla.

–Pues bien... –le acarició el cabello con las puntas de los dedos–. Había una vez un venerable y añejo roble cerca del pueblo de Edwinstowe, en el corazón del bosque de Sherwood. Algunos sostienen que podría tener un millar de años. Treinta y tres pies de diámetro mide su base, con una cálida y seca gran oquedad en su centro, y gruesas ramas que se extienden a su alrededor como brazos invitadores. La gente decía que Robin y sus hombres dormían dentro. Mi... una persona de mi infancia, a la que le encantaban las historias de Robin tanto como a ti, solía recitarme este poema. Es muy antiguo. No sé quién lo compuso.

Un feroz dolor lo atravesó de golpe. Fue repentino, más amargo que dulce. Sintió un ardor detrás de los ojos, un nudo apretado en la garganta. Por un instante temió verse atrapado, engullido por su pasado.

–¿Robert? –se volvió hacia él, apoyando una mano sobre su pecho.

Él aspiró profundo varias veces, luchando contra algo oscuro y terrible.

–Lo siento. Tienes que dormir. Quizá en otra ocasión...

–Noooo. Por favor. Quiero oírlo ahora.

Le tomó la mano sin pensar, y la atrajo con fuerza hacia sí. El calor de su cuerpo lo abrigaba, derritiendo parte del hielo que parecía haberse apoderado tan bruscamente de su corazón.

–Entonces te lo contaré tal como me fue contado. Cierra los ojos e imagínate en el bosque de Sherwood, con Robin y sus alegres compañeros, bajo un cielo de estrellas y refugiados dentro del inmenso y poderoso roble –tras un instante de vacilación, empezó a recitar con melodiosa voz un poema que no había vuelto a evocar desde el último día de su infancia:

Dormían muchos una noche de verano bajo el árbol de la verde floresta.

De arcones de ricos abades, y abundantes bodegas de patanes

que con frecuencia robaba, repartíalo Robin entre los pobres:

Ningún altanero obispo cruzábase en su codicioso camino.

A él debía acudir y pagar si el bosque quería atravesar.

A la afligida viuda generosamente consolaba

y remediaba los males de tanta virgen apenada.
Del lecho de su marido a ninguna casada sacaba,
viviendo como vivía para su Marian amada,
sabido era de todos, dondequiera por donde iba,
que era ella la soberana del bosque, la reina de la parti-
da:
Recogidas las faldas hasta la rodilla, su cabello en pri-
morosa trenza,
de arco y flechas armada, de aquí para allá vagaba
entre bosques y selvas; nunca conoció Diana
tales placeres ni venados tales como cazó Mariana...

Se interrumpió al sentirla vencida por el sueño, apoyada blandamente contra él. Le acarició la mejilla con los nudillos.

—Buenas noches, lady Nichols —susurró contra su pelo.

Hope se deslizó por la pendiente del sueño como bajo una verde enramada, con su mano en la de su marido. Su último pensamiento antes de dormirse fue que Robin se parecía llamativamente a su Robert.

Capítulo 19

Durante tres largos días estuvo encamada Hope. Su hinchada cara era tratada con hielos veinte minutos cada hora. Sintió tener que dar tanto trabajo a su nueva doncella, que tuvo que hacer innumerables viajes al pozo de hielo de la bodega. El tratamiento pareció estar surtiendo efecto, sin embargo. El dolor había quedado reducido a una tolerable molestia y ya podía abrir el ojo, aunque el esfuerzo le dolía y escocía. Le costaba leer, así como comer o beber, y tenía poca cosa que hacer aparte de escuchar la charla de Rose o jugar en la cama con Daisy. Las gracias de la gatita la mantuvieron entretenida durante un tiempo, pero estaba empezando a sentirse inquieta.

Su marido era un tirano. Había dado orden de que no se le permitiera levantarse de la cama hasta que él lo dijera, pero durante aquellos tres días apenas la había visitado más que para examinarle brevemente la hinchazón y marcharse. Conservaba un vago recuerdo de Robert tumbado a su lado el día en que resultó herida, pero estaba empezando a pensar que se lo había imaginado. Recordaba haber tenido una especie de delirio con Robin Hood; al fin y al cabo, todo el mundo sabía que el láudano podía hacer que la gente se imaginara cosas muy extrañas.

Le sorprendía la facilidad con que se había acostumbrado a considerarlo y a pensar en él como su marido, y suponía que debería sentirse afortunada de la forma en que había evolucionado todo hasta el momento. Robert era un hombre taciturno, nada fácil de interpretar, pero era joven, guapo y tambièn honesto, según parecía. Esa era una característica motivo de chanza en la corte, y sin embargo importante para ella. Pero no iba a mantenerla indefinidamente en cama. No estaba dispuesta a dejarse gobernar. Era la cara lo que tenía herida, no las piernas. Caminar seguro que podía.

Su determinación se marchitó tan pronto como Rose le llevó un espejo. Su cara ya no estaba negra y azul. Estaba negra, violeta, verde y amarilla, y aunque podía abrir el ojo, seguía teniendo el párpado inflamado y deformado. Soltó un gemido.

—¡Santo Dios, Rose! ¿Por qué no me has dicho nada? ¿Qué me ha hecho ese hombre? Parezco un monstruo. No puedo abandonar la habitación con esta pinta.

—Un poco de polvos de cara, milady, ayudará a disimularlo y...

Ambas levantaron de pronto la mirada para descubrir al capitán en la puerta. Rose lo fulminó con la mirada, echando chispas por los ojos, mientras Hope se llevaba involuntariamente una mano al rostro para escondérselo.

—Damas... —tenso y colorado, hizo una reverencia y se marchó.

—¡Robert, espera! No quería decir que... —se interrumpió. Ya se había marchado—. Rose, estoy horrible... No me extraña que no pueda soportar verme así.

—Más bien diréis que no puede soportar la vista de su propia obra —replicó la doncella con un gesto desdeñoso.

—Oh, querida... Puede que tengas razón. Pero no es lo que tú piensas. Te he dicho varias veces que...

—Que chocasteis con su puño, milady. Eso es lo mismo que mi madre solía decir.

—Bueno, pues lo lamento por tu madre, Rose, si ese era el caso. Pero te aseguro que el capitán *no* es así. Es un caballero. Y no fue su puño. Choqué con su codo. No deseo tener que explicártelo otra vez.

–Sí, señora –Rose abandonó la habitación con su recado de costura y una expresión rebelde en la cara.

Dos días después, Hope abandonó la habitación. La hinchazón había bajado considerablemente, apenas le dolía y ya podía ver. Se rebajó a usar polvos de cara, lo cual casi la incomodó aun más que el propio moratón, pero estaba decidida a salir de la casa. Hacía una preciosa mañana de verano. Los rosales, cargados de abejas y de perfume, trepaban por las puertas del jardín así como por la pérgola y los rotos y abandonados enrejados.

Atravesó el césped hacia el sendero del río, para pasear por el borde. Era como un estudio de contrastes. Las altas ramas formaban una umbría bóveda sobre su cabeza, mientras el sol arrancaba reflejos de diamante al agua en una encantadora danza de luz y de sombras. Tras pasar por delante de algunos remolinos, dobló un recodo del río y llegó a un lugar donde el agua se remansaba lentamente. Allí se instaló sobre una ligera pendiente, con la espalda apoyada en un majestuoso tejo.

Todavía era temprano y podía escuchar el leve ruido y ver rizarse el agua allá donde saltaba algún que otro pez. Provista de su caña, lanzó el sedal a la resplandeciente superficie. Oakes le había dicho que el río estaba repleto de lucios y gobios, pero la pesca solo era una excusa para disfrutar de un hermoso día en sus orillas.

«Me encanta estar aquí. Me gusta la gente. Robert me fascina y pienso en muy poco más. Pero Carlos ya está casado y podría convocarme pronto a la corte. En el nombre de Dios, ¿qué se supone que voy a hacer?», se preguntó.

«Relájate y disfruta», pareció responderle una voz, y decidió que, mientras tuviera oportunidad, haría exactamente eso.

Acababa de adormilarse, arrullada por el suave susurro del río, cuando una aterrada Rose la sacó de su sueño.

–¡Milady! ¡Milady! ¡Vuestra presencia es requerida en la casa! ¡Debéis venir de inmediato! Ha llegado un mensajero del rey.

El corazón se le paralizó. ¡No! No estaba preparada. No quería verlo. No tenía deseo alguno de ir.

El visitante, vestido con la elegante librea de los Estuardo, esperaba en el salón con Robert. Cuando la vio, pareció sobresaltarse para recorrerla luego de arriba abajo con la mirada.

–¿Milady Newport?

–Sí, señor. ¿Y vos quién sois? –era agudamente consciente de su ojo morado, su rostro magullado y su desarreglada apariencia.

–John Carpenter, a vuestro servicio, señora –se quitó su colorido sombrero de plumas mientras le hacía una profunda reverencia–. He venido con presentes para vuestra cocina, y un mensaje de Su Majestad. ¿Podemos hablar en privado?

Hope miró a su ceñudo marido, que se hallaba sentado en un rincón con los brazos cruzados y las piernas estiradas.

–Lo que tengáis que decirme, podréis hacerlo delante de mi esposo, señor Carpenter.

Robert le lanzó una rápida mirada, pero ella fue incapaz de interpretar su expresión.

–¡Muy bien! Su Majestad os ha enviado diez barriles de vino del Rin y un buen pernil de venado para celebrar vuestra boda y la felicidad conyugal que él, a su vez, está disfrutando. Desea que sepáis que se acuerda a menudo de vos y que espera que os encontréis bien –y se volvió para mirar a Robert como si fuera alguna especie de insecto.

Al ver que Robert se erguía de pronto, presto a levantarse, Hope se apresuró a reunirse con él y le puso una mano en el hombro. Su ceño se profundizó, pero se limitó a gruñir mientras volvía a recostarse en su silla.

En lugar de sentirse intimidado, el mensajero continuó. Su voz, sin embargo, había subido algo de tono, y su ojo parecía haber desarrollado un tic nervioso.

–Su Majestad está vivamente preocupado por no haber sabido nada de vos. Os ha enviado varias cartas, sin que haya recibido respuesta.

Miró fijamente a Robert mientras hablaba, como acusándolo. Él, por su parte, la estaba mirando a ella con expresión sorprendida.

–Yo... yo he recibido las cartas de Su Majestad, por supuesto. No había pensado que requerirían una respuesta. Yo... –«las arrojé al fuego sin siquiera leerlas. ¿Me habrá ordenado que vuelva a la corte en alguna de ellas?», se preguntó.

–Su Majestad desea simplemente saber que estáis bien. Me ha pedido que le informe al respecto, señora.

–Oh. ¡Oh! Oh, esto... El moratón. No necesitáis preocuparlo con eso, señor Carpenter. Su Majestad es bien consciente de lo torpe y tarambana que soy. Estaba subiendo la escalera sin prestar atención, con la nariz metida en un libro, cuando mi marido bajaba la escalera con grandes prisas al mismo tiempo. Nos dimos cuenta de que íbamos a chocar en el último momento. Di un salto a un lado para esquivarlo, y él hizo lo mismo, con tan mala fortuna que fuimos a dar al mismo sitio. Todo ello no será más que una divertida anécdota en cuanto desaparezca el moratón –añadió con pesar.

–Desde luego, señora. ¿Y dónde está el moratón de vuestro marido?

–¿El de mi marido? ¿Por qué habría de tener alguno? Él bajaba cuando yo subía, y él es mucho más alto que yo. Os aseguro, señor, que no soy una mujer mansa y acobardada, y que si osáis dudar de...

–¡Basta! –el capitán se levantó. Sacaba al mensajero más de una cabeza–. Este caballero simplemente está haciendo su trabajo, Hope. Procura darle de comer y un lecho también, si así lo desea. Y en cuanto a vos, Carpenter, vuestro mensaje está entregado. Habéis hecho vuestras preguntas y mi esposa os las ha respondido. Una vez que hayáis descansado, os pondréis en camino. Sé que habéis venido a ver a mi esposa, pero aseguraos por favor de dar las gracias de mi parte a su Majestad por *todos* sus regalos.

Ignoraba Robert por qué la visita del mensajero le había puesto tan furioso, pero lo cierto era que había tocado una fibra sensible. A través de su persona, el rey había invadido su hogar, su intimidad. Para controlarla. Para recordarles a ambos a quién pertenecía. No había sido el caso, pero... ¿y si aquel mensajero hubiera venido para convocarla de nuevo a la corte? Aquello era precisamente lo que más había temido cuando consintió participar en aquella farsa.

El hecho era que se había acostumbrado a Hope más de lo que había esperado. Había llegado a pensar en ella como su verdadera esposa. ¿Sería eso lo que le esperaba? ¿Ver a su mujer a la disposición y capricho de otro hombre? Ella no parecía estar de acuerdo. Le había dicho que había roto con el rey. Y no había contestado sus cartas. Pero Hope tenía que saber tan bien como él que un día Carlos la llamaría de nuevo a la corte. ¿Y qué pasaría entonces?

Hope había percibido su distanciamiento durante la cena. Robert apenas le había dirigido la palabra excepto para desearle una buena noche. Había sentido verdadero pánico de que el mensajero se hubiera presentado para convocarla de nuevo a Londres, pero él no le había ofrecido consuelo alguno. En aquel momento, sola en su habitación, no pudo menos que maravillarse de la rapidez con que había deseado y esperado una reacción semejante por su parte.

Una ráfaga de viento agitó las cortinas de su lecho. Inquieta, se levantó para asomarse a la ventana. La luna estaba alta y borrosa aquella noche, atravesada por negras nubes sin forma. No se oía el eco del trueno, ni olía tampoco a lluvia. Solo un airado viento que azotaba los árboles que aparecían teñidos de un tono gris plata, a la pálida luz lunar. Oyó lo que parecía un suspiro a su espalda, y se giró rápidamente, con el corazón acelerado, pero no había nada. Recogió a Daisy de la camita que le había preparado entre los almohadones, reconfortada por su sedoso calor y su sensual ronroneo. «¿Por qué el viento sopla con tanta fuerza cada vez que discutimos?», se preguntó. «¿Y por qué esta casa parece a veces como si respirara?».

Al oír un ruido procedente de un rincón del dormitorio, se apresuró a encender una vela al tiempo que apretaba a Daisy contra su pecho. «Quiero a esta casa, pero no estoy segura de que ella me quiera a mí», pensó. Haciendo frente a sombras y crujidos, se dirigió a la habitación donde siempre se sentía cómoda: el gabinete de curiosidades del ala norte. Hacía demasiado calor para encender la chimenea, así que encendió varias velas para iluminarse. Incluso aquella pequeña habitación, su refugio particular, se le antojaba ajena aquella noche. Por debajo del lastimero aullido del viento, le parecía oír gritar a alguien.

–No pasa nada, Daisy. No hay nada que temer.

De repente una tabla del suelo crujió a su espalda y soltó un gritito de terror.

Robert sonrió al contemplar la escena. La gatita se había escondido detrás de su espalda, buscando su propia protección, mientras Hope alzaba su palmatoria como si fuera un arma, preparada para lanzarla o para golpear con ella.

–Lo siento, no quería sobresaltarte. ¿Qué estás haciendo aquí a esta hora, Hope?

–No podía dormir. Ya te había dicho que me levanto con frecuencia por las noches.

Se acercó a ella y le retiró suavemente la palmatoria de las manos, para reemplazarla por un vaso de brandy.

–Lo mismo me pasa a mí –reconoció con un cansado suspiro–. Son pocos los que se atreven a internarse en esta parte de la casa durante el día, y mucho menos de noche.

–¿De veras? –lo miró expectante.

–Sí –la guió hasta una butaca, le quitó a Daisy de las manos y la hizo sentarse–. ¿Por qué no te has quedado tranquilamente en tu habitación a leer un libro? –tomó asiento en una silla a su lado y apoyó los pies sobre una elegante mesa de marquetería.

–A veces oigo ruidos. Como... una mujer llorando, o alguien chillando, pasos o cosas así. Es... es una casa muy vieja. Hay muchos ruidos extraños.

–Ya. ¿Estuviste hablando con los criados durante mi ausencia?

–¿Por qué?

–Porque a lo mejor te han llenado la cabeza de historias absurdas. Almas en pena, fantasmas y todo eso.

El brandy la reconfortaba un tanto, y su presencia todavía más.

–Dicen que...

–Que la casa está encantada, ya lo sé. No es así. Lo que oyes por la noche son aves nocturnas, llamando a sus parejas. El canto del cárabo suena muy lastimero, y la llamada de la lechuza se asemeja mucho a un grito humano. Los ruiseñores son capaces de imitar muchos sonidos, tales como chirridos de puertas, ladridos de perro e incluso silbidos de gente. No hay absolutamente nada que temer.

–Que tú no tengas miedo no quiere decir que no haya nada que temer... La propia señora Overton me habló de la Dama Rubia de Clifton, que se casó con un hombre rico cuando su prometido desapareció. Según ella, el hombre se volvió loco de dolor y se ahogó en el río. En este mismo río. Aquí al lado.

–Sí, he oído la historia... solo que ocurrió a sus buenos quince kilómetros de aquí.

–¿De veras? ¿Sucedió de verdad? –inquirió, excitada.

–Sí, pero eso no es todo. Cuando Margaret Clifton se enteró del destino de su amante... –bajó la voz hasta convertirla en un teatral susurro–: Aguijoneada por la culpa, se reunió con su amado en su húmeda tumba...

–Tú no crees en los fantasmas, ¿verdad, Robert?

La gatita se había subido a sus piernas para tumbarse sobre su pecho, y Robert le rascó la cabecita con gesto ausente.

–No. No creo.

Había tal tono de tristeza en su voz que Hope deseó preguntarle más.

–Si algo te atormenta aquí, elfo mío, no es más que un producto de tu imaginación.

–¿Es eso lo que te sucede a ti?

Gruñendo, se sirvió otra copa.

–Hay cosas peores que los fantasmas o los demonios.

–¿Qué puede ser peor que eso? –preguntó, aprensiva.

–Los recuerdos –respondió después de un largo silencio–. Son los recuerdos lo que me atormenta, Hope.

–Ah, así –asintió–. Yo también tengo malos recuerdos –deseó poder acariciarlo sin que pudiera malinterpretar su gesto.

Tenía una expresión distante, como si estuviera muy lejos de allí, pero le regaló una cansada sonrisa.

–Los jardines eran el lugar favorito de mi hermana –le confesó tras otro largo silencio.

Lo miró sobrecogida. Había terminado aceptando que ciertos temas de conversación le estaban vedados. Sabía que era un hombre terriblemente reservado.

–¿La niña de la miniatura? –inquirió.

–Sí, Caroline. Murió hace años. Tienes que perdonarme. Sé lo muy duro que has trabajado, tú y los demás, para restaurar la casa. De verdad que estoy muy complacido con los resultados. Yo no quería gritarte, es solo que...

–No querías que invadiera tu intimidad.

–Sí... No... No tiene nada que ver contigo. Nadie ha tocado esos jardines en años. Ella tenía lugares especiales allí. El jardín secreto y esas cosas. Nosotros... –exhaló un doloroso suspiro–. Prefiero dejarlos así, tal como están. Es como conservar una última prenda suya. Están los huertos, sin embargo y el viejo jardín de invierno, aunque se halla muy deteriorado. He estado pensando que quizá te gustaría ocuparte de todo ello. Quizá hasta podrías intentar cultivar piñas...

–Quizá lo consiga –sonrió Hope.

–Eso si no vuelves a Londres. ¿No respondiste sus cartas?

–No. Ni siquiera las leí. Ya ni siquiera estoy enfadada con él. Simplemente... no tengo interés. Hoy tuve miedo...

–¿De que te hubiera convocado a la corte?

–Sí. Yo nunca tuve un hogar de verdad, Robert. Un hogar que pudiera llamar mío. Lo más cercano que he tenido nunca a eso es esta casa. Tuve miedo también de que me dejaras marchar de aquí... sin que te importara nada.

Robert se echó a reír y le tomó una mano.

–Mírame, Hope –su mirada era cálida y su voz reconfortante–. ¿Cómo has podido pensar en eso? Cressly ha vuelto a la vida desde que tú estás aquí. Esta casa estaba sola y vacía, y tú le has insuflado tu alma. *Tienes* un hogar. Estás instalada en él. Suceda lo que suceda, Cressly siempre te estará esperando, y siempre serás bienvenida aquí.

Luchó ferozmente para contener las lágrimas, pero una se le escapó y rodó por su mejilla. Él se la enjugó delicadamente con el pulgar.

–Si el rey me convoca a Londres... ¿me acompañarás? ¿Me acompañarás en calidad de esposo, y me traerás de vuelta a Cressly?

–Sí, si eso es lo que quieres. Y ahora... ¿crees que podremos empezar de nuevo? ¿Desde el principio?

–¿Qué quieres decir? –le brillaban los ojos, expectante. No estaba segura de que estuviera hablando en serio. Todo podría cambiar la siguiente vez que tuvieran una discusión. Ya le habían dado antes una casa para que la usara. Pero era la primera vez que le habían ofrecido un hogar.

–Como si acabaras de llegar de Londres. Antes de que te gruñera y te echara de los jardines, o te derribara en las escaleras...

Hope esbozó una radiante sonrisa.

—Por supuesto que sí —y empezó en aquel mismo instante, empleando un tono formal—: Estoy tan contenta de que volvierais sano y salvo de Londres, capitán... ¿Cómo os fue por allí?

Realmente no se había esperado aquella pregunta, pero la respondió lo mejor que pudo: con sinceridad.

—Tengo un poderoso enemigo con el que lidiar, lady Nichols. Un enemigo que, después de haber permanecido escondido durante años, ha decidido ahora atacarme. El viaje resultó infructuoso. El asunto permanece sin resolver. Es lo único que puedo deciros esta vez.

—Entiendo —parpadeó varias veces, desprevenida. Pero ella nunca se había caracterizado por su falta de insistencia—. ¿Estáis vos o Cressly en situación de inminente peligro?

—No. Me ha surgido un insólito aliado en Londres que vigila mis espaldas. Y ahora, si no os importa, hablemos de otra cosa.

—Muy bien. ¿Llegasteis a contarme un cuento de Robin Hood?

—En efecto. Me sentí obligado a ello después de haberos machacado la cara. Por cierto —continuó con su tono a medias formal, a medias bromista—, me permito observar que ahora mismo deberíais estar descansando en la cama.

—¿Seríais tan amable de escoltarme hasta mi dormitorio y de arroparme como un buen esposo? Esta noche mi habitación me ha puesto muy nerviosa —lo miró por debajo de las pestañas con una traviesa sonrisa en los labios, aunque la ligera tensión de su voz era real.

La ayudó a levantarse y le entregó su gatita; acto seguido, le pasó un brazo por la cintura y la atrajo hacia sí. Sintiéndola temblar, le dio un rápido abrazo antes de empezar a caminar con ella por el pasillo.

—Os aseguro, lady Nichols, que en estos días no hay en Cressly ninguna presencia más peligrosa que la mía.

Hope se quedó sorprendida cuando llegaron a su habitación: la atmósfera era pacífica, luminosa. La tensión anterior había desaparecido. Era ya muy tarde y, cuando se tendió en la cama, él se dejó caer a su lado.

–Capitán Robert Nichols a su servicio, señora. De guardia en esta noche espectral. Os garantizo una noche tranquila y serena –recogió la manta para taparle delicadamente los hombros. Al hacerlo, descubrió el pequeño cisne de cristal sobre la mesilla. Sus labios esbozaron una leve sonrisa.

–¿Te he dado las gracias alguna vez, Robert, por esta habitación tan maravillosa? Tenía muchas ganas de hacerlo.

–¿Te refieres a la misma que está plagada de fantasmas? –la envolvió en un cálido abrazo, y ella se acurrucó contra su pecho–. Duérmete ya. Tienes que descansar. Conmigo estás a salvo.

Sintiéndose segura y protegida, empezó a adormilarse.

–Que me aspen si no eres una pícara sinvergüenza, Hope Nichols –susurró él un momento después, con tono divertido.

–¿Mmmm? –por mucho que se esforzó por despabilarse, la fatiga se había apoderado de ella.

–Acabo de descubrir el espejo que has hecho instalar encima de la cama. ¿Dónde has escondido los demás? Tendré que mirar en el salón, la biblioteca... o encima de la mesa de billar.

Con una traviesa sonrisa, Hope se quedó por fin dormida.

Capítulo 20

Robert Nichols habría jurado que no quedaba sentimiento intenso alguno en su alma. Pero Hope se los había despertado: de eso no tenía ninguna duda. Al margen de cual hubiera sido su pasado, había algo dulce y genuino en aquella mujer. Su pasión por la vida encendía una chispa en todo lo que la rodeaba, él incluido. A Caroline le habría gustado. Y ya no podía seguir fingiendo que a él no. Le gustaba demasiado, y se sentía además harto de estar solo. Si hasta le había hablado de Caroline, aunque solo hubiera sido un poco... Era algo que jamás había hecho con nadie antes. Y, sin embargo, Hope no debía saber la verdad sobre él, lo que había hecho y no había hecho. Porque si lo hacía, se alejaría de su lado, horrorizada. Se imaginó la temible pregunta: «¿a cuántos hombres has matado?».

Cuando estaba en la guerra, solía soñar que volvía a casa. Pensaba que era Cressly lo que quería. Pero había descubierto que Cressly no era más que una vacía montaña de piedra y ladrillo, llena en todo caso de dolorosos recuerdos. Hope la había convertido en un hogar. La noche anterior, él mismo se lo había confesado. La noche anterior, ella le había pedido que la acompañara, en caso de que la llamaran a la corte. Como resultado, en ese momento, él tenía alguien a quien proteger. Alguien que le importaba. Y alguien también que perder.

Todo aquello le complacía a la vez que lo llenaba de terror, pensó mientras la buscaba con la mirada. Un soldado sabía bien lo fina que era la línea que separaba la vida de la muerte. Era como el filo de un cuchillo, un instante, un suspiro. Solo un loco se negaría a sí mismo el calor y el consuelo cuando se había tropezado con ellos como si fueran un regalo caído del cielo. El pasado de Hope no le importaba, siempre y cuando ella no insistiera en saber demasiado del suyo. Y aunque estaba seguro de que aquella relación por fuerza tenía que terminar en desengaño, no podía evitar buscarla.

La encontró en la orilla del río justo antes de la puesta de sol, cuando el paisaje estaba bañado de verde y oro. Una caña descansaba en el suelo a su lado, junto a una pequeña cesta de corchos y moscas de pluma. Inconsciente de su presencia, daba lentas vueltas a una margarita entre los dedos, arrancando sus pétalos uno a uno y musitando en *francés*:

—*Il m'aime un peu, il m'aime beaucoup, il m'aime pas du tout.*

Se había recogido y apartado la melena del rostro con una cinta que amenazaba con desatarse. Un brillante mechón había escapado para acariciarle la mejilla y el cuello. Si no hubiera sabido de sus antecedentes, Robert habría podido jurar que se encontraba ante un ángel. Y quizá lo fuera, después de todo.

Se le acercó fascinado, con un fulgor de deseo en los ojos.

—*Il m'aime...*

—Buenas tardes, Hope.

—¡*Merde!* —en su sorpresa, dio una patada a la caña y tuvo que levantarse para evitar que se le cayera al río.

Robert la agarró de la falda del vestido justo cuando ella se estiraba peligrosamente para alcanzarla, y la ayudó a enderezarse una vez recuperada.

—Santo cielo... ¡me has dado un susto de muerte!

–Y te he ahorrado también un chapuzón. ¿Con quién estabas soñando despierta para torturar a esa pobre e indefensa flor?

Estuvo segura de que la vio ruborizarse.

–Es solo un estúpido juego infantil –pero no había nada infantil en el estremecimiento de placer que experimentó cuando Robert le ofreció su brazo. Ni el que solía recorrerla cada vez que lo veía sonreír. O la manera en que se erizaba el vello de sus brazos, o se le aceleraba el corazón, en cuanto sentía su contacto.

–¿Querrás pasear conmigo? Tu caña y tu cesta estarán bien seguras bajo el árbol.

Contestó aceptando su brazo, y empezaron a caminar juntos por la orilla. Estaban casi a mitad de verano y las noches eran tibias. La luz del crepúsculo bañaba con pinceladas anaranjadas los arbustos de lavanda. Una neblina baja cubría el río y el valle como un manto, con las copas de los árboles asomando a manera de islas en un lago.

El cielo estaba despejado y, para cuando iniciaron el regreso del paseo, hacia el este, las primeras estrellas empezaron a aparecer una a una, como encendidas por una mano invisible.

–Todo esto es tan bello, Robert...

–¿Echas de menos Londres?

–No. Al principio estaba demasiado enfadada. Luego demasiado ocupada. Y luego...

–¿Y luego?

–Luego empecé a disfrutar de todo esto. Con Rose, con Daisy, con Oakes. Y a veces incluso contigo –le lanzó una rápida mirada de reojo.

Robert la hizo detenerse bajo el gran tejo.

–¿Y ahora? –su voz era ronca, cálida.

–Ahora me descubro a mí misma anhelando algo. Pero no sé lo que es –el cielo se había encendido, estallando de colores. A su espalda podían oír el sordo rumor del río. Y, entre ellos, el acelerado latido de su corazón–. Lamento,

Robert, que te hayas visto forzado a esta situación. Has sido muy bueno conmigo, teniendo en cuenta las circunstancias. La primera vez que te vi me recordaste un caballero andante, de los viejos tiempos. Y me lo sigues recordando. No sé muy bien lo que pensarías tú de mí.

Robert dio un paso adelante, inclinándose sobre ella. Cuando habló, lo hizo con voz ronca y seductora:

–¿No lo sabes? Lo recuerdo con gran claridad. Siempre lo recordaré. Aquella mirada traviesa, aquella melena adornada de flores –le acarició una mejilla con los nudillos antes de tomar el descarriado mechón que tanto lo fascinaba entre sus dedos–. Pensé que eras una mágica criatura llena de luz, elegancia y un tremendo poder –la sintió temblar cuando le acarició el cuello y la línea de la mandíbula con la punta del mechón–. Por un momento me quedé paralizado, y me olvidé hasta de respirar. Una dolorosa punzada me atravesó el corazón. Me quedé aturdido. Fue como si de repente todo desapareciera. Como si no existiera nada excepto tú –se llevó el rebelde mechón hasta sus labios y lo besó, antes de sujetárselo delicadamente detrás de la oreja–. Fui fulminado por un elfo. Porque nada más verte supe que lo eras.

Vio que esbozaba una sonrisa radiante, que sobrepasaba en brillo a las estrellas.

–Me dijiste que te habías mareado por culpa de mis espejos.

La fuerte y sincera carcajada que lanzó Robert resonó río abajo.

–¿Qué es lo que estabas haciendo aquí, Robert? ¿Para qué me querías? –le preguntó, traviesa.

–Oh, te estaba buscando, siguiendo. Y mi intención no era otra que cortejarte, supongo.

–¿Supones? ¡Oh, mira! Mira a nuestro alrededor. ¡Todo esto es tan hermoso...! –exclamó en voz baja, maravillada.

Sus labios eran hermosos, pensó Robert. Y sus ojos. Pero desvió la vista. Aunque la luna no era más que un pálido gajo, el bosque parecía hervir de vida con fugaces fulgores a la manera de rápidos fogonazos. Eran las luciérnagas. Algunas bailaban divertidas en el aire; otras respondían majestuosas entre la espesura, y otras tantas sobrevolaban el suelo como señalando el sendero.

–¿Son parientes tuyos?

Hope sonrió, bajando la cabeza con expresión maravillada.

–Ha pasado tanto tiempo desde la última vez que he disfrutado de una noche de verano como esta... ¿Querrás acompañarme? –le preguntó él mientras se sentaba en el suelo, con la espalda apoyada en un árbol, y estiraba una mano hacia ella para invitarla a hacer lo mismo.

Se disponía a complacerlo cuando perdió el equilibrio y fue a aterrizar sobre su regazo.

–¡Uf! Eres bastante sólida para estar hecha de luz... –se apresuró a agarrarla cuando ella intentó zafarse, haciéndose la ofendida.

Al final apoyó la espalda contra su pecho, deleitada.

–Casi parece como si estuvieran hablando las unas con las otras –pronunció sin aliento, refiriéndose a las luciérnagas.

–Y así es. De chico, yo solía pasarme noches enteras observándolas. Es la época del año en que salen a aparearse.

–Es fantástico. Mágico. ¡Una criatura que emite luz propia!

–Sí, elfo mío. Como tú. Indudablemente una rara y maravillosa criatura –frotó suavemente la nariz contra su cuello y empezó a sembrar de dulces besos la línea de su mandíbula.

Acto seguido le mordisqueó la sensible piel de detrás de la oreja, arrancándole un gemido, y Hope entreabrió los labios cuando él se apoderó del inferior, acariciándoselo con el pulgar. Bajó luego la boca, deteniéndose a unos milímetros de la de ella.

Hope se apretó entonces contra él, echándole los brazos al cuello mientras se dejaba estrechar con fuerza. Dulces sensaciones empezaron a enroscarse en su interior. Sintió de repente como si algo en lo más profundo de su persona se estuviera derritiendo: no solo en su cuerpo, sino en su alma. Aquel hombre la hacía sentirse tierna, natural, vulnerable.

Robert volvió a acariciarle la mejilla con los nudillos antes de tomarla delicadamente del mentón. Le acarició los labios con los suyos en un beso leve como la caricia de una pluma, soltando un ronco gruñido mientras los saboreaba. Aquella mujer olía a sol y a verano, y su boca era dulce como la fresa. La abrazó con fuerza, disfrutando de la sensación de su cuerpo contra el suyo. Su miembro duro e hinchado presionaba contra sus nalgas, separado de ellas por unas simples y finas capas de lino y seda. Cada vez que ella se movía, cada vez que se meneaba o retorcía, cada vez que emitía un exquisito gemido de agonía, Robert tenía que apretar los dientes para no estallar.

Le desató la cinta del pelo y liberó su melena, que se derramó sobre sus hombros como una cascada. Enterrando los dedos en ella, se apoderó de sus labios en un beso devorador. Hope podía sentir la dura e insistente presión de su falo en su trasero, tentándola. Vivificada por aquella sensación se arqueó contra él, incapaz de contener un gemido de gozo cuando su lengua encontró la suya, para empezar a explorar su boca en una tentadora danza sin prisas. Y suspiró contra sus labios mientras un exquisito fuego comenzaba a arder en su interior.

Las insistentes manos de Robert recorrían el contorno de su vestido, frotando y apretando, explorando cada curva. Otro gemido escapó de su garganta cuando sus dedos rozaron las endurecidas puntas que presionaban contra la fina tela de su corpiño. Acogió la caricia con un grito incoherente al tiempo que le alzaba la camisa para deslizar una mano por su cálida piel, y deleitarse con la sensación de sus duros músculos bajo la palma. Nunca hombre alguno la había excitado de aquella forma, con un simple roce y un beso. Como tampoco ningún hombre se había tomado tanto cuidado y delicadeza con ella.

Gruñendo, Robert la apartó de su regazo antes de que pudiera quedar ante ella como un inexperto adolescente. Hope gimoteó cuando él la tumbó sobre el lecho de musgo salpicado de violetas que alfombraba el suelo bajo el árbol. Acallando su protesta con un sensual beso, cubrió su cuerpo con el suyo.

—Llevo mucho tiempo esperando para besarte así... sobre un lecho de flores bajo las estrellas —le confesó con un ronco murmullo—. Llevo deseándolo desde que te vi bailando descalza en aquel parque. Incluso cuando discutíamos, cuando estábamos enfadados y sin hablarnos, no podía quitarme esa imagen de la cabeza.

Mientras hablaba, delineaba suavemente con un dedo el contorno de su escote. Hope contuvo el aliento. Cerró los ojos y se estremeció mientras sentía endurecerse sus pezones como si reclamaran con voz propia sus atenciones. Tragó saliva, observando hipnotizada el recorrido de su dedo por el frente de su vestido conforme desataba cintas y lazos.

—Por favor, Robert, no me tortures más.

—Pero si eres como un precioso regalo, esperando a ser desenvuelto. La espera y la tortura constituyen la mitad de la diversión —hablaba perfectamente en serio. Un hombre debía tomarse su tiempo para saborear a su amante o a su esposa. Y un caballero no podía dejar a su mujer deseosa. Con una perversa sonrisa, le soltó los broches del vestido.

Hope sintió su mirada como una sensual caricia. Se sentía tierna, excitada, anhelante, y el corazón se le aceleró enloquecido cuando su dedo empezó a rodear lentamente un rígido pezón. Relámpagos de placer atravesaron su cuerpo en el instante en que le amasó un seno y se llevó la punta a la boca. Se la mordisqueó delicadamente para luego lamérsela con su ardiente y húmeda lengua, a través de la tela empapada de la camisola. Hope gimió mientras se aferraba a su pelo, presa de salvajes sensaciones que viajaban a través de sus nervios para concentrarse en su entrepierna.

Enterrando una mano en su brillante melena, Robert se

retiró para apoderarse nuevamente de sus labios. Le devoró la boca mientras con su mano libre continuaba acariciándola, hasta que la hizo gritar de placer y luego la besó aun más. Se besaron con lentitud y ternura, con ferocidad y ansia, jugando y atormentándose. Aún la arrastró a la cima del placer dos veces más.

Se quedó dormido justo antes del amanecer, con la cabeza apoyada sobre su seno, junto a su corazón. Ella le acarició el pelo y se inclinó para besar la fina y blanca cicatriz que atravesaba su mejilla, apenas visible bajo la sombra de la barba. Una estrella solitaria brillaba en el cielo. No brillaba: resplandecía. Retazos de niebla flotaban entre los árboles, reacios a evaporarse como si fueran los últimos espíritus de la noche en el río. Ella también resplandecía, todavía transportada por aquella dulcísima sensación, aunque en su conjunto apenas habían hecho otra cosa que besarse. Porque la noche que habían pasado juntos era un comienzo. Una peligrosa y jubilosa nueva experiencia. Pensó sobre lo que le había sucedido. La habían subastado, mandado, manipulado, vendido... pero nunca antes la habían cortejado.

Capítulo 21

Por primera vez en su vida, Hope temió haberse enamorado de verdad. Había visto antes sus efectos. Era como una enfermedad, que dejaba a sus víctimas rotas, temblorosas. Los que antaño habían sido felices quedaban convertidos en sombras de sí mismos: tristes, desgraciados, inseguros. Le sobraban dedos de una mano para contar las parejas felices que conocía. Todavía no conocía al hombre en quien pudiera confiar completamente, y con Carlos ya había tenido bastante. Ni siquiera alcanzaba a imaginarse lo terrible que sería amar realmente a un hombre para luego verse traicionada por él.

Pero el capitán gozaba de la absoluta confianza de sus hombres y criados, gentes que lo habían conocido durante buena parte de su vida. Aunque atractivo, no era un mujeriego, y había demostrado ser hombre de honor. Su palabra significaba algo, también cuando se la daba a una mujer. Le prestaba atención, le hacía sentirse valorada y apreciada. La cortejaba cuando no tenía ya necesidad de ello. ¿Sería Robert diferente de los demás? Esperaba con fervor que lo fuera, porque ya era demasiado tarde para dar marcha atrás. La había sorprendido con la guardia baja y estaba disfrutando enormemente de su cortejo.

Se la llevó consigo de visita al pueblo y para mostrarle la extensión de sus propiedades. Propiedades que le aseguró eran de los dos: de ella también. La acompañó a pescar, y ese día incluso consintió en enseñarle a manejar la espada, cuando ella se lo pidió. Se había quitado la camisa y Hope se estaba dando un verdadero festín visual con su torso desnudo.

–Tienes que mantener el peso de tu cuerpo bien equilibrado sobre ambos pies, para que puedas golpear bien o parar golpes sin que ni te alcancen. Los pies separados a la misma distancia que los hombros, y cuando te muevas, separa bien las piernas. El juego de pies es la clave.

La rodeó, examinándola con ojo crítico. Hope blandía un ligero estoque e iba ataviada con ropa de muchacho. Se detuvo detrás de ella, colocándole bien brazos y hombros. Lo mismo hizo con sus pies, deslizando una mano a lo largo de sus piernas.

–Así. Mucho mejor –asintió con gesto aprobador–. Cuanto mayor sea la superficie de tus pies plantada en el suelo, mayor será tu potencia de ataque. Desliza los pies más que levantarlos: así conseguirás guardar mejor el equilibrio. Mantenerte bien erguida y sacar pecho te garantizará una mayor estabilidad en el ataque.

Le colocó bien los codos y le plantó una mano en el trasero, obligándola a erguirse más. Hope entrecerró los ojos al sentir un firme apretón. Robert se inclinó entonces sobre su hombro, acariciándole la nuca con su aliento.

–Y te permitirá también esquivar el golpe del enemigo con un simple giro de cintura... *si* mantienes la posición adecuada.

–¿Así?

Sonrió y volvió a ajustarle la posición, empujándole el trasero hacia delante y rozando la cara exterior de sus senos cuando le colocó brazos y hombros. Todavía deslizó las manos una vez más todo a lo largo de sus muslos, hasta los tobillos, para colocarle mejor los pies.

–Demasiados errores. No puedo menos que preguntarme si será o no inteligente entregarte un arma.

–Soy torpe –reconoció ella–. Supongo que necesitaré muchísima experiencia. ¿Podré ganar alguna vez un combate? ¿Contra alguien como tú, por ejemplo? –le preguntó con voz repentinamente seria.

–No, amor mío. Soy más fuerte y rápido. Llevo blandiendo una espada casi desde que aprendí a caminar y... en mis años jóvenes practiqué mucho. Contra alguien como yo, necesitarías de la astucia y del engaño. Un buen espadachín es consciente en todo momento de lo que le rodea. Todo el mundo tiene un punto débil. La mayoría de los oponentes te subestimarán, con lo que podrás utilizar eso como una ventaja. No intentes vencer a alguien como yo. Mira a tu alrededor y acecha su punto débil, y cuando llegue el momento, huye. Aparte de tus ojos color violeta y tu trasero respingón ¿cuál crees que es mi punto débil?

–¿Tu tamaño?

–¿Por qué? Gracias a la longitud de mi brazo, tengo un gran alcance. Y soy rápido.

–¿No tendría eso el efecto de que te cansaras más rápido?

–¡Chica lista! Si no practicara todos los días, podría llegar a ocurrirme –se rio y le acarició el pelo–. Así que recuerda que tu mejor opción es una buena defensa. Moverte de un lado a otro hasta que consigas cansar a tu rival.

–¿Pero y si quiero lucirme y exhibir mis habilidades? Para impresionar a otras damas, por ejemplo.

–¡Ah! Comprendo. Vamos. Te enseñaré algunas posiciones de ataque y alguna que otra bonita floritura.

Observar el juego y flexión de sus músculos, así como la fuerza y elegancia de sus movimientos le suscitó a Hope una cierta inquietud que no ayudó a su concentración. Se humedeció los labios mientras lo veía voltear su espada, saltar alto y girar sobre sí mismo. En uno de sus saltos, aterrizó sobre una rodilla con la punta de su espada clavada en un cuerpo invisible. Su melena color arena, casi rubia por el sol, se derramaba sobre sus bronceados hombros. Se quedó mirando como hipnotizada su estómago plano mientras ejecutaba fintas y molinetes hasta que, terminada la exhibición, se dirigió hacia ella. «¡Dios mío!», pronunció para sus adentros. «¡Cuánto lo deseo!».

–¿Suficiente práctica por hoy? –la miraba divertido.

«¡Se ha estado luciendo él conmigo! ¡Quería impresionarme!».

–Sí, gracias, Robert.

Se le dibujaron unos deliciosos hoyuelos en las mejillas cuando se echó a reír, algo que le sucedía a menudo, mientras un brillo travieso asomaba a sus ojos. Pero fue el seductor contoneo de sus caderas, bien ceñidas por sus pantalones de muchacho, lo que, mientras la veía alejarse, lo impulsó a tomar una repentina decisión. Le daría clases de esgrima todos los días.

Capítulo 22

Hope no vio a su marido durante la cena. Había ido al pueblo con el sargento Oakes, para tratar de la construcción de un puente y una nueva carretera. Eso daría empleo a algunos de aquellos cuyas fortunas más se habían resentido durante y después de la guerra. No dudaba de que eso fuera cierto, pero sabía que Robert hacía también otras cosas durante aquellas salidas. Tenía hombres vigilando las carreteras que llevaban a Londres, y había visto campesinos sospechosamente bien armados y con catalejos recorriendo campos y colinas. También tenía la sensación, cuando lo veía practicar, de que se estaba entrenando con un propósito determinado. «¿El enemigo de Londres?», se preguntó. Eran tantas las cosas de él que no sabía... Sabía lo que quería, sin embargo. Ese día lo esperó en el salón de la planta superior, ataviada con su vestido de seda azul, mientras veía jugar a Daisy con una pelota de lana.

No le paso desapercibido el brillo de sus ojos en cuanto la vio.

—He visto esa expresión antes, señora. Pensáis seducirme.

—¿Y tendré éxito?

Le ofreció la mano. Él se la tomó, y ella lo llevó directamente a su dormitorio, sin la menor vacilación.

Se sentó en la cama, con el corazón acelerado. Robert se

sacó las botas y se estiró junto a ella, con la cabeza apoyada sobre su brazo flexionado. Jugueteó durante unos segundos con los rizos que le caían sobre la espalda, y tiró luego de un hombro del vestido. Con un silbante suspiro, la prenda de seda se deslizó para caer en torno a su cintura. La tomó entonces suavemente de la muñeca para atraerla hacia sí, y, con un leve gemido, ella se refugió en sus brazos.

Mientras le sembraba el cuello y la mandíbula de ardientes besos, Hope trabajó con su camisa hasta que se la abrió del todo. Deslizó los dedos por su torso, apretando la palma en el lugar del corazón, y acarició luego delicadamente su cintura y sus caderas antes de inclinarse para hacer lo mismo con su vientre. Gruñendo y retorciéndose, Robert se arqueó contra ella al sentir el roce de sus dedos en la bragueta de sus calzas. Abriendo bien los dedos, Hope se apoderó entonces de su tenso miembro y se lo apretó con fuerza.

—¡Cristo! Amor mío... —gimió sobresaltado mientras su mano buscaba la de ella, en su apresuramiento por soltarse los botones.

—No —le susurró Hope, acariciándole una oreja con la lengua—. Quédate quieto, mi dulce Robert, con las manos detrás de la cabeza... o el juego se habrá acabado.

Robert exhaló un profundo y tembloroso suspiro y juntó las manos detrás de la cabeza mientras su falo se henchía de la base a la punta. Hope fue desabrochando parsimoniosamente los botones uno a uno, jugueteando con ellos, al tiempo que su indefensa erección saltaba y reclamaba a gritos su contacto. Robert apretó los dientes cuando por fin soltó el último botón. El aire de la noche barrió su piel como una suave caricia. Ella le bajó las calzas con brusquedad, y él alzó las caderas para ayudarla, maldiciendo con una mezcla de placer, frustración y violento anhelo.

Sus ojos ardieron de pasión cuando Hope empezó a acariciarlo con la lengua.

—Mmm... —lo miró, arqueando una ceja. Con una sonrisa seductora, señaló hacia arriba. El espejo.

–Oh, Dios... –soltó él una débil carcajada, tendido boca arriba.

Ella se dedicó a masajearle el escroto con una mano mientras agarraba la base del pene con la otra y deslizaba la lengua todo a lo largo, hacia arriba y hacia abajo.

Todavía con la mirada en el espejo, Robert le peinó suavemente la melena con los dedos, extendiéndola como una oscura cortina. Tenía la esbelta espalda arqueada, con su redondeado trasero, que tanto admiraba, en deliciosa perspectiva. Su fascinación duró solo un instante, sin embargo. El hecho de mirarse en el espejo parecía distanciarlo de lo que estaba sucediendo, y sintió incluso un leve mareo.

Gruñendo, la levantó y atrajo hacia sí para reclamar su boca en un beso abrasador. Poco después la tumbaba de espaldas sobre la cama, cruzando una pierna sobre las suyas. Hope sentía la piel como si le quemara. Sus pezones se erguían dolorosamente, y él trazó un sendero de besos a lo largo de su mandíbula y su cuello antes de besar una punta y succionársela con los labios y la lengua. Ella comenzó a retorcerse mientras sus manos saqueaban su cuerpo, frotando, acariciando, pellizcando, hasta que cada nervio pareció encenderse. Luego, bajando la cabeza, la apoyó sobre la suave curva de su vientre para acariciar la finísima piel con lo áspero de su barba y hacerle cosquillas.

Hope se rio en protesta y lo empujó de los hombros. Él alzó la mirada y le sonrió. Su sonrisa era arrebatadora: literalmente le robó el aliento. Y supo entonces que el desconocido con quien se había casado le había robado el corazón.

–Deberías sonreír más a menudo –susurró mientras le acariciaba el pelo.

En lugar de responder, le agarró los muslos y se los separó. Acto seguido, se inclinó para saborearla y acariciarla con la lengua. Hope ahogó un grito y se aferró a sus hombros, mientras violentos estallidos de placer recorrían su cuerpo derritiéndola por dentro. Empezó a convulsionarse presa de un verdadero delirio cuando sus dedos se reunieron con su lengua. Lamió y torturó, mordisqueó y acarició el húmedo y ardiente nudo que se escondía en su sexo.

Su vida, su futuro, su propia supervivencia siempre habían dependido de su capacidad de autocontrol, pero aquel hombre era capaz de quitársela con la misma facilidad con que le quitaba la ropa. Gritó su nombre, suplicándole que la tomara mientras oleadas y oleadas de placer barrían su cuerpo. Y cuando él se incorporó para capturar sus labios y hundirse en su interior, empujando con fuerza mientras ella acudía a su encuentro avanzando las caderas, Hope dio la espalda a una vida entera de lecciones duramente aprendidas. Suspendida al borde del abismo, se entregó y se dejó ir de buen grado.

La arrastró a una violenta tormenta que la dejó temblando como una hoja mientras explosiones de salvaje energía se sucedían en su interior, tronando a través de su cuerpo. Fue como volver a nacer. Se sintió renovada, como si un nuevo mundo la estuviera esperando en compañía de aquel hombre. Un gemido de temor escapó de su garganta. «¡Que Dios me ayude... estoy perdida!», exclamó para sus adentros.

—¿Elfo? —su voz era tierna, reconfortante, preocupada, mientras la envolvía en un cálido abrazo—. No te habré hecho daño, ¿verdad?

—No —murmuró, acariciándole la mejilla. «Pero ahora sí que puedes hacérmelo. Puedes hacerme más daño que nadie», añadió para sí—. Ha sido maravilloso, Robert —sintió la aterradora necesidad de conocerlo mejor. Necesitaba saber cómo protegerse a sí misma, aunque fuera demasiado tarde. No había mejor ocasión para hablar con un hombre que cuando su mente y su cuerpo estaban desprevenidos, relajados.

Se arrebujó contra él, apoyando la barbilla en su pecho, y decidió empezar con algo fácil.

—¿Has tenido muchas amantes, Robert?

—¿Estás celosa, esposa mía? Contigo, una sola.

—¿Pero dónde has aprendido a hacer eso? ¿De quién?

¿Cómo aprendiste a ser tan... atento con las necesidades de una mujer?

–Soy un soldado, no un monje. Y, como te dije antes, un hombre que lucha debe aprender a observar y a ser consciente de lo que le rodea. Complacer a una mujer no es tan distinto. Se trata de prestar atención, calcular la reacción.

«¿Es eso todo lo que ha sido para él?», se preguntó Hope. «¿Un deporte, un simple ejercicio?».

–Pero contigo me ha resultado muy difícil. Tienes que disculparme si he sido demasiado brusco. Habitualmente suelo controlarme mejor.

–Y yo –confesó con una feliz sonrisa–. ¿Disfrutaste con el espejo?

–Disfruté ciertamente con la original vista de tu delicioso trasero –mientras hablaba, acarició con mano cálida el objeto de su admiración.

–¡Ah! Temía que eso te mareara un poco...

–La novedad estuvo bien, pero sí, al poco rato me mareé. Me hizo sentirme como si estuviera fuera de las cosas, además. Más observador que participante.

–Me desharé de él. En realidad era una broma. Se me ocurrió cuando me dijiste que el único lugar donde podía instalar espejos era en mis aposentos...

Robert se echó a reír y le acarició el pelo.

–Te diría que los instalaras en el jardín de invierno. Pero tengo miedo de que, si lo haces, acabe chocando constantemente con ellos al confundir los verdaderos senderos y caminos.

–Mmm. ¿Robert?

–¿Sí?

–¿Has estado enamorado alguna vez?

–¿A qué vienen todas esas preguntas? –le acarició la cara exterior de un seno con las puntas de los dedos–. Seguro que, dadas las circunstancias, tenemos mejores cosas que hacer...

Hope alzó la cabeza para mirarlo a los ojos.

–Aunque mi vida ha sido muy diferente de la tuya, mi supervivencia también ha dependido de mi capacidad de observación. A veces veo tristeza en tus ojos, y otras veces algo oscuro, inquietante. Dijiste que te atormentaban los recuerdos. Me pregunto si será por alguna amante perdida, que aún se impone a tus afectos.

Robert interrumpió la caricia y terminó retirando la mano. Hope temió haber cometido un grave error.

–No. No hay ninguna amante de cuya pérdida aún me duela. Solo una... No importa. En su momento, profesé gran admiración a Elizabeth Walters. De joven serví a las órdenes de su padre. Era una chiquilla triste y solitaria, y yo disfruté ofreciéndole mis atenciones. Consideré mi deber cuidar de ella cuando murió su padre... pero me quedé más contrariado que descorazonado cuando eligió a otro.

–¿Entonces qué...?

–Mis recuerdos no están hechos para tus oídos, Hope –su voz era fría.

–¿Que no están hechos para mis oídos? –resopló, enfadada–. ¿De qué mundo te crees que vengo, Robert? ¿Qué es lo que piensas que no he oído ni visto?

–El verdadero horror, corazón. Eso solo lo has visto en tus obras de teatro.

–Te olvidas de que crecí en las calles de Londres. He visto gente muerta por las calles, con los brazos extendidos pidiendo limosna. He visto niñas violadas. He visto hombres asesinados por culpa de un simple insulto. He visto más de lo que tú te crees.

Ladeando la cabeza, Robert la miró de una forma extraña.

–Y sin embargo pareces tan inocente, tan pura... ¿Cómo lo consigues?

Hope se irguió, ofendida.

–Porque soy una gran actriz, supongo. Quizá debí haberme quedado en el teatro –dolida y furiosa, se levantó para marcharse aunque estaba en su habitación, pero él la sujetó de la muñeca y la atrajo nuevamente hacia sí.

–No quería insultarte, amor mío. No era esa en absoluto mi intención –su voz era reconfortante, tierna de nuevo–. Sencillamente me preguntaba por la clase de magia que te permite mantener viva esa luz que hay en ti... en medio de la oscuridad. Porque eso es algo que yo nunca he conseguido.

–Yo... –parpadeó varias veces, sorprendida de que él acabara de abrir una puerta que, hasta el momento, había estado firmemente cerrada. Aunque solo hubiera sido una rendija.

–Quizá porque tú fuiste testigo de todo eso, que no parte.

–Perdí mi virgo en una subasta, Robert. Claro que fui parte.

–He oído la historia. Tu madre te vendió. Tú no tomaste decisión alguna.

–En aquel entonces no. Pero después sí que me vendí a mí misma.

–Para sobrevivir.

–Para medrar –lo corrigió ella.

–Pero no se te dio muy bien, ¿verdad?

–¿Por qué me ofendes? ¿Te refieres a que no se me dio muy bien complacer a Carlos? ¿O complacerte a ti?

–Tranquila, amor mío. No era un ataque –la envolvió en sus brazos–. Te estuve observando la noche en que nos casamos. Tu alegría y espontaneidad eran genuinas. Tuve la impresión de que no encajabas bien con tu papel, como si te faltara la frialdad y distancia necesarias para evitar que resultaras herida. Esa no es una actitud muy inteligente en una cortesana, ¿no te parece?

–No, Robert. Tienes razón. No es nada inteligente –no sabía bien por qué de repente estaba llorando. Demasiados disgustos, demasiadas decepciones. Y no le pasó desapercibido que él no había respondido realmente a su primera pregunta.

Robert la arropó con la manta, y utilizó su camisa para enjugarle las lágrimas.

–Háblame de tu vida, Hope. Muchas veces me he preguntado quién eres realmente.

¿De verdad quería ella recordarle quién y qué era? Pero si no compartía su pasado con Robert, ¿cómo podía esperar que él compartiera el suyo con ella?

Capítulo 23

—Si te cuento mis fantasmas, Robert... ¿me contarás tú los tuyos?

—Mis recuerdos, mis pesadillas, son altamente desagradables. Solo contigo puedo olvidarlas. Eso me molestó al principio. Me pareció como una especie de... traición. Pero me he acostumbrado a que me guste. A pesar de... —hizo un gesto con la mano, como ahuyentando algo—. Hacía mucho tiempo que no me despertaba por las mañanas contento de comenzar un nuevo día. Pero... ¿podemos dejarlo así por el momento? Esta noche me gustaría que me contaras tu historia.

—Seguro que ya la sabes. Circulan muchas historias, y sátiras, sobre mí. Me han llamado la Muchacha Cenicienta y La Ramera Cenicienta, a causa de mis humildes orígenes.

—¡Calla! —le puso un dedo en los labios—. Quiero escuchar *tu* historia. No las palabras de celosas rivales y desdeñosas cortesanas.

—Me crié en un burdel, Robert. Se llamaba La Feliz Meretriz. Eso no es una invención. Pertenecía a mi madre, así que fui como una princesa allí. Tenía una preciosa gatita y un cuarto propio. Me dijeron que mi padre había sido capitán como tú, pero que murió en una prisión, encarcelado por deudas. Mi madre, antes de convertirse en alcahueta, se prostituía.

–¿Tu padre era militar? Eso explica tu espíritu combativo.

–Soy de natural pacífico cuando... ¡cuando no ponen a prueba mi paciencia!

–Estaba bromeando, Hope. Aunque tu reacción confirma mi hipótesis. Pero... ¿cómo fue que tu madre terminó cayendo tan bajo?

–¿Te refieres a como llegó a convertirse en una alcahueta aficionada al brandy que subastó el virgo de su hija para luego morir borracha en una cuneta de la ciudad?

–Er... sí... bueno.

–Eso no es asunto mío. Le encargué una bonita misa en St. Martin-in-the-Fields y ya está. Yo no me avergüenzo de ser quien soy, Robert.

–Teniendo tales orígenes, ¿cómo es que eres tan cultivada y hablas tan bien? Incluso un acento muy marcado te habría perjudicado en la corte. ¿Cómo es que convertiste tus defectos en virtudes, tus demonios en gracias?

Se ruborizó. Nunca antes le habían llamado cultivada y bien hablada. Ni poseedora de gracia alguna.

–Llevad cuidado, capitán, porque a este paso terminaréis hablando vos también como un cortesano –bromeó–. Es porque soy una buena imitadora. Intento sacar todo lo bueno posible de lo malo, y, cuando se me presenta la oportunidad, observo y aprendo. Cuando mi madre me vendió, aún era virgen, pero sus libidinosos clientes ya me rondaban desde que tenía diez años. Muchos eran gente acaudalada y bien viajada, aristócratas incluso. Me contaban historias de todo el mundo. Aprendí a sentirme cómoda y confiada en las conversaciones, y a alternar con caballeros de todas las edades.

–Lo dices casi como si resultara fácil.

–Tenía catorce años cuando me vendieron. Él... sir Charles Edgemont... no se creyó que era virgen. Pensó que mi madre le había engañado, y en un principio se mostró muy áspero y furioso. No fue nada fácil.

–Debiste de haberte sentido aterrada... y terriblemente sola –comentó Robert. Pensó en Caroline, y en sí mismo, y una violenta punzada le desgarró el corazón–. Eras tan joven... Lo siento, elfo –de repente no supo qué otra cosa decirle excepto ofrecerse a matar a aquel tipo, lo cual estaba seguro de que no era lo más adecuado en aquellas circunstancias. Pero la idea de que alguien le hubiera hecho daño le enfurecía sobremanera.

Hope estiró una mano hacia la jarra de vino que había sobre la mesa y se llenó una copa, que casi bebió de un trago.

–Al principio le odié, aunque no llegué a manifestarlo. Llevaba tiempo queriendo huir del burdel y comprendí que aquel hombre representaba la oportunidad de hacerlo. Lo utilicé al igual que él me utilizó a mí, pero en realidad era a mi madre a quien odiaba. Nunca volví a verla ni a hablar con ella. Y la misa que le pagué cuando murió... fue como desafiar a aquellos que me despreciaban, solo que a través de ella. Sigo alegrándome de haberlo hecho, pero por otras razones. He llegado a verla de una manera muy diferente desde entonces.

Su voz, de ordinario tan expresiva, había adquirido un apagado tono monocorde. Bien habituado al arte del disimulo y del encubrimiento, Robert supo por su elaborada indiferencia que aquello le había dolido más de lo que aparentaba. Se estiró para recoger a Daisy del suelo y la depositó sobre la cama. Luego atrajo nuevamente a Hope hacia sí y le dio un tierno abrazo. Ella se resistió en un principio, incluso le propinó un codazo; pero no tardó en ceder, para apoyarse contra su pecho con un suspiro cansado.

–Era lo que me había tocado en la vida, supongo, y no había escapatoria. Mejor era ser juguete de un solo hombre que de muchos. Estaba sola en el mundo, y me prometí que en el futuro no confiaría en nadie más que en mí misma. A partir de entonces, tengo que decir que no siempre me las arreglé tan bien como habría podido hacerlo –pensó en Carlos y en la manera en que se había aprovechado de su confianza para engañarla, y se preguntó qué nuevos dolores y desengaños podría acarrearle Robert. A través del espejo, le lanzó una escrutadora mirada que él no llegó a ver–. También me prometí que tomaría lo que la vida me ofreciera y lo convertiría en una ventaja. Al final, llegué a una especie de relación de negocios con Edgemont, que honramos ambos. Fue con él cuando me convertí verdaderamente en una cortesana, por decirlo así. Aprendí a controlarlo, a tolerarlo, a servirme de mis encantos y de su sentido de la culpa, y él a su vez me enseñó gran cantidad de cosas útiles.

Robert se quedó sorprendido y un tanto intimidado por su candor y su sinceridad. Se le antojaba una suerte de desafío. «¿Esperará ella lo mismo de mí?», se preguntó.

–Se arrepintió de su comportamiento inicial, por supuesto, y buscó compensarme con vestidos y joyas, algunas de las cuales fui capaz de convertir en moneda y hacerme así con unos ahorros. Me quedé con él durante varios años, tiempo durante el cual me enseñó buenas maneras, educación. A insistencia mía, contrató un maestro de baile y un tutor que me enseñó a leer y a escribir. Nos separamos cuando él se casó. Para entonces el rey había regresado a Londres, los teatros habían vuelto a abrir sus puertas y Edgemont me metió en ese mundo gracias a que conocía a Orange Moll.

–¡Ay! –se quejó Robert cuando Daisy le atacó un hombro, clavando las garras en la piel y dejándole un buen arañazo. Esbozando una mueca, volvió a recoger al animal para depositarlo esa vez en el regazo de Hope–. Maldita sea, mujer. ¡Tú tienes la culpa de que Cressly albergue seres tan monstruosos y sanguinarios!

Hope sonrió mientras la calumniada y ofendida gatita se refugiaba en sus brazos para instalarse cómodamente y proceder a lavarse, toda digna. La abrazó y besó en la cabeza, mientras Robert hacía lo mismo con ella. Experimentó entonces una maravillosa sensación de calidez, de consuelo. Nunca le había contado a nadie la historia de su vida. La reacción de su esposo no podía ser más reconfortante. Si su intención hubiera sido mostrarse rígido y condenatorio con ella, seguro que ya lo habría hecho a esas alturas. Y le sentaba bien hablar de ello con otra persona, como si de repente se viera aliviada de una pesada carga.

Robert interrumpió sus reflexiones robándole la copa y apurando el resto de vino.

—Así que aprovechaste la oportunidad y te lanzaste a la aventura trabajando para Orange Moll, la famosa actriz y vendedora de naranjas. La misma a la que acabarías tumbando de un puñetazo.

—¡Sí! Era terriblemente alta, supongo que lo sabes.

Robert le recogió delicadamente un mechón de cabello detrás de la oreja.

—Entonces seguro que se parecía a ti.

Hope lo fulminó con la mirada a través del espejo, y él se sonrió complacido con su broma.

—¿Y bien? ¿Cómo pasaste de vendedora de naranjas a anfitriona de fiestas en Pall Mall, con asistencia de Su Majestad?

Pese a su fingido disgusto, la voz de Hope sonó más animada mientras proseguía su relato:

—Moll tenía una licencia para vender naranjas, fruta dulce y golosinas en el entonces nuevo Teatro del Rey, y a mí me contrató como una de sus chicas. Me alojaba en la taberna El Gallo y el Pastel, a un tiro de piedra de allí. Tenía muy poco sitio, pero disponía de una ventana que daba a la calle. Vendiendo naranjas en la primera fila del foso, trabajaba seis días por semana y me embolsaba una sexta parte de las ventas. También llevaba mensajes, a cambio de generosas propinas, entre caballeros y actrices entre bastidores. De esa forma llegué a conocer a muchos actores y autores de obras, y grandes señores y caballeros. Me fijaba en cómo se vestían. Escuchaba sus conversaciones y me aprendía su acento. Descubrí que al margen de sus ropas y de su florida manera de hablar, no eran mejores que yo, y empecé a tratarles y a bromear con ellos de la misma guisa. Ello ofendía a algunas damas, siempre escondidas detrás de sus máscaras, pero no parecía molestar a los hombres. Desde que era una niña siempre me gustó fabular y hacer teatro, y trabajar en el foso fue un aprendizaje excelente para el escenario.

–Parece como si el ambiente del teatro te encantara.

–¡Oh, claro que sí! Nunca he estado en un lugar tan grandioso. Ricamente amueblado y brillantemente iluminado por lámparas y arañas, y sin embargo a la vez íntimo y acogedor. ¿Has estado alguna vez?

–No.

–El foso tiene bancos de cuero, y al fondo se levantan tres palcos o galerías. La primera es para la realeza y dignatarios; Carlos venía a menudo por allí. Nosotras estábamos entre el foso y el escenario, con la orquesta justo detrás, en medio de todo. Era algo mágico y, por supuesto, vi todas las obras. Me imaginaba subiendo a las tablas como una actriz famosa. Comprándome una casa elegante, viajando por toda Inglaterra... Era un sueño maravilloso.

Robert le peinaba el pelo con los dedos mientras la escuchaba. Le sorprendía la facilidad con que había entrado en una cómoda intimidad con Hope. Ella parecía pensar que la juzgaba o condenaba, pero eso solamente había ocurrido una vez, cuando se engañó creyendo que había formado parte activa del plan de Carlos. La verdad era muy otra: la envidiaba. Porque Hope podía afirmar sinceramente que no se avergonzaba de ser quien era, mientras que él no podía decir lo mismo.

–¿Y lo conseguiste? ¿Subiste al escenario?

–Sí. Y la oportunidad se presentó más temprano de lo que pensaba. Una noche, una de las actrices no se presentó; al parecer había pescado un amante. Y yo hice su papel.

–¿De veras? –se rio él–. Seguro que lo hiciste maravillosamente.

–Yo pensé lo mismo –repuso con una orgullosa sonrisa–.

Aunque no tenía guión y lo único que tuve que hacer fue sostener una antorcha.

–Con gran gracia y garbo, sin duda.

–¡Por supuesto! –su sonrisa se amplió aun más–. Lo suficiente para procurarme otra actuación, y luego un papel de verdad. Hice de doncella que ayudaba a su ama a escapar de un matrimonio no deseado. Nos disfrazábamos las dos de jovenzuelos y yo tenía que llevar chaleco y calzas. A partir de entonces, el rey empezó a asistir con mayor frecuencia. Le encantan las mujeres con calzas.

–Puedo imaginar por qué.

Hope cambió de posición, poniéndose más cómoda, y aprovechó para asestarle otro codazo.

–Dicen que es el primer monarca que ha apadrinado un teatro público. Cada vez que acudía, se podían escuchar los vítores en las calles hasta que el carruaje se detenía ante la puerta. Todo el mundo en el teatro permanecía de pie hasta que él tomaba asiento.

–Sin duda que quedaría impactado por tu... er... actuación.

–Qué amable... Él siempre llevaba a la Castlemaine pegada como una lapa. Yo tenía entonces a otro Carlos como admirador: Charles Hartley, lord Malcolm –de hecho, le sorprendió sobremanera la inflamada y apasionada proposición que le hizo una vez que cayó el telón.

–¿Lord Malcolm?

–Sí. Es muy ocurrente y encantador y...

–No hace falta que sigas. Lo conozco. Mide casi dos metros con sus altos tacones rojos, escribe versos repugnantes y salta de una mujer a otra como una abeja de flor en flor. Por lo general tengo a las mujeres por tanto o más inteligentes que los hombres, excepto cuando se enredan con lánguidos y altivos lechuguinos de cara bonita y engañoso talento. Ese tipo ni siquiera ha aprendido a manejar su espada. Por favor, no vayas a decirme que renunciaste a tu sueño por él.

Durante unos segundos solamente se oyó el constante ronroneo de Daisy.

–Hope, no quería decir que...

–Sí, querías decirlo, y no, no me enredé con él. Si renuncié a mi sueño fue porque pronto resultó evidente que no tenía verdadera madera de actriz. Había de hecho una superabundancia de actrices, todas ellas con más experiencia que yo. Fue *solo entonces* cuando decidí aceptar la oferta de Malcolm. Pero tienes razón en tu juicio sobre él. En conjunto, nuestra relación duró menos de dos meses. Él me enseñó algunos rudimentos sobre cómo llevar mis cuentas, por cierto.

–Así que absorbiste en menos de dos meses lo poco que su cerebro tenía que ofrecerte, te cansaste de él y te marchaste.

–¡No! –exclamó, riendo–. Fui a pasar el verano a Epsom con él. Fue bueno conmigo, incluso se mostró encantador en un principio, pero aunque se tenía por un libertino, intentó gobernarme como si fuera un marido, diciéndome lo que podía o no podía hacer, los lugares a los que debía y no debía ir. Eso provocó muchas discusiones entre nosotros y empecé a cansarme. Cuando se trajo a casa a dos amigos borrachos y me dejó claro lo que los tres esperaban de mí, hice las maletas y me volví al teatro.

–Tomaré nota de no intentar «gobernarte como un marido» y procuraré dosificar cuidadosamente las cosas interesantes que quieras absorber y aprender de mí. Te advierto desde ya que las clases de esgrima pueden durar años. Luego están el combate con las manos desnudas y las tácticas de batalla. También sé algo sobre construcción de carreteras y rotación de cultivos que quizá puedas encontrar excitante, y podría entretenerte durante seis meses con más historias sobre el bosque de Sherwood y ese infame villano de Robin Hood. Una vez haya agotado el tema, podría incluso enseñarte a manejar una pistola.

Hope suspiró de felicidad y le apretó la mano.

–Creo que te olvidas de otro campo de conocimiento lleno de fructíferas lecciones que me encantaría aprender –pensó que aquel era un Robert que apenas estaba empezando a conocer. Un Robert divertido, que sonreía y bromeaba. Y que le encantaba.

Le hizo la melena a un lado para mordisquearle delicadamente la nuca.

–Eso podría llevar años. Y ahora cuéntame el resto de tu historia.

Hope se estremeció como si se estuviera acercando a un terreno peligroso, deseosa ya de dar por acabado el relato de su vida.

–Seguimos siendo amigos, Malcolm y yo. Puede llegar a ser muy entretenido cuando hace el esfuerzo, y agradable cuando no piensa que una le pertenece. Una noche me llevó al teatro para ver la obra en su palco, y dio la casualidad de que Carlos estaba en el contiguo. Él y su hermano nos invitaron a cenar después en una taberna cercana. Cuando llegó la factura, ninguno de ellos llevaba dinero para pagarla. Parece que la real persona rara vez piensa en esas cosas, así que fui yo quien tuve que pagar. Les dije que eran la compañía más desconsiderada con la que me había tropezado nunca, un comentario que Carlos encontró especialmente divertido. Al día siguiente me llamó a palacio para devolverme el dinero. Desde entonces, y hasta la noche en que te conocí, estuvimos juntos durante cerca de un año. De modo que... ya lo sabes todo sobre mí. Soy una prostituta normal y corriente.

–No eres una prostituta. Eres la mujer más extraordinaria que he conocido. Una mujer que no puede cambiar sus orígenes, pero que enfrentándose a la adversidad se convirtió en una gran señora, con una ligereza de espíritu que encandila a todos los que la rodean –su voz se tornó ronca, anhelante, mientras le acariciaba los hombros–. Cuando te vi bailar la víspera del May Day, pensé que eras un hada. Te he visto manejar una espada, imponerte a la señora Overton y hasta pescar con sedal. He visto la vida y la belleza que has traído a esta casa vieja y triste, y estoy complacido y orgulloso de que seas mi esposa.

Ella sonrió, feliz. Robert no había respondido a su pregunta, pero le había dicho otras muchas cosas. Que ella le hacía sentirse complacido y orgulloso. Que le hacía despertarse con ganas de enfrentar un nuevo día. No era un insustancial cortesano, ni un falso adulador. Sus palabras rezumaban verdad. Todo lo cual le bastaría por el momento.

Capítulo 24

Hope Nichols era una mujer paciente. Y decidida. Conforme el otoño se acercaba y la casa entera empezaba a prepararse para el invierno, reconoció que, para su propia sorpresa, se había encontrado con la vida que siempre había querido llevar cuando y donde menos se lo había esperado. O casi. Era señora de una hermosa casa y tenía un guapo marido capaz de removerle la sangre con una sola mirada, pero seguía existiendo el pequeño problema del rey y de la inevitable llamada a la corte. Y aunque estaba profundamente enamorada, todavía no sabía bien lo que Robert sentía por ella.

Desde la noche en que se negó a hablar de sí mismo, era como si una creciente oscuridad se hubiera abatido sobre él, o como si sus preguntas hubieran hecho surgir algo peligroso, devorador, a la superficie. «Robert acudió en mi rescate varias veces, aunque yo estaba demasiado dolida y furiosa para notarlo. Me ha hecho sentirme bienvenida, valorada, cómoda. Pero si se mantiene tan a distancia... ¿cómo voy yo a poder ayudarlo?», se preguntaba.

Respondiendo a la necesidad que veía en sus ojos, se esforzó por llenar su tiempo, el tiempo de ambos, de momentos felices. Robert se trasladó a su habitación, de manera que ella pudo disfrutar de su cuerpo cada noche en la cama. Sus encuentros eran tórridos y febriles. Se despertaba por las mañanas en un lío de sábanas, harta y saciada, abrazada a él. Hablaban de Cressly y de la casa, de sus gustos y aversiones, compartían sus opiniones sobre asuntos grandes y pequeños, y cuanto más sabían el uno del otro, más cerca se sentían. Pero evitaban cualquier mención a su regreso a la corte, o cualquier cosa relacionada con el pasado de Robert, y todo ello había llegado a crear una especie de vacío entre ellos.

Septiembre fue un mes muy ocupado. Cisnes, patos y ocas llegaron para pasar el invierno, mientras vencejos y golondrinas remontaban el vuelo para empezar su viaje hacia el sur. Para cuando las primeras hojas empezaron a caer, las despensas ya estaban llenas y las mantas remendadas. El día de Saint Matthew, Nottingham celebró su Feria de las Ocas, de justificada fama. Tras pasar cinco días comprando y disfrutando de las fiestas, Hope regresó a Cressly con su marido y se retiró a su habitación, exhausta. Hacía una noche húmeda y, aunque era una extravagancia, alguien había dejado encendida la chimenea. Se puso un camisón y se metió en la cama con un vaso de brandy, a contemplar el fuego.

Sonrió cuando sintió hundirse el colchón a su espalda, y se quedó sin aliento cuando unos tibios dedos le pusieron un brillante collar de perlas al cuello.

—Era de mi madre —declaró simplemente Robert, acariciándole la nunca con su cálido aliento—. Era su voluntad que la tuviera mi esposa.

Aquellas sencillas palabras resultaban harto elocuentes. Hope se lanzó a sus brazos con el rostro bañado en lágrimas.

—Se suponía que era para hacerte feliz —protestó él con una sonrisa contrita.

—Lo sé. Y lo estoy. ¡Es precioso, Robert! —se apresuró a limpiarse las lágrimas con la manga del camisón.

—¡Bien! —tumbándose a su lado, le tiró cariñosamente del pelo—. Cuando lloras, resulta difícil adivinarlo. Sé que estás acostumbrada a regalos más bonitos, pero...

–No. Jamás había recibido un regalo tan hermoso. Un regalo tan lleno de significado.

Robert se removió incómodo, aunque no lo negó. La bondadosa naturaleza de Hope y su entusiasmo por la vida había derretido buena parte de su cerrazón, pero la reserva seguía siendo una actitud bien arraigada. Sabía que últimamente se había mostrado muy distante, aunque se sentía más cerca de ella que de ninguna otra persona. Aquel collar era una manera de demostrarle lo muy especial que era para él.

–Me asusta confesarte esto, Robert, pero nunca he sido más feliz.

Le sobresaltó escuchar aquel eco de sus propios pensamientos. Sabía bien lo que había querido decirle.

–A mí me sucede lo mismo. Es como una encantadora visión. Uno tiene miedo de tocarla o intentar retenerla, por miedo a que acabe desapareciendo.

–Es tan frágil... ¿verdad?

Le besó la mejilla, la nariz, los párpados.

–Hope... voy a tener que dejar Cressly por una semana, dos como mucho.

–¿Qué? –alzó la cabeza, escrutando consternada su rostro–. ¿Pero y si...?

¿Y si aquello que se negaban a tratar terminaba sucediendo? ¿Y si el rey mandaba a buscarla? Si realmente Carlos estaba decidido a convocarla a la corte, recibirían noticias suyas muy pronto. Seguro que no querría esperar a que se echara el invierno encima y las carreteras se tornaran intransitables. Recibiría noticias suyas a más tardar durante el próximo mes. Si no era así, ya no podría ser antes de la primavera.

–Tengo un asunto importante del que ocuparme en el norte. No puede esperar.

–Entiendo. ¿Puedo preguntarte por la naturaleza de dicho asunto? –su voz contenía un inequívoco tono de frialdad, aunque por dentro estaba conteniendo las lágrimas.

Robert había prometido acompañarla cuando la llamaran a la corte. ¿Cómo podría hacerlo si se encontraba ausente? ¿Acaso todos los hombres se olvidaban tan pronto de sus promesas?

—Hay un hombre con quien debo encontrarme en el bosque de Farnley.

—Había esperado que estarías aquí en caso...

—En caso de que te convocaran a la corte, ya lo sé. Pero este... es un asunto de suma importancia, Hope. Una obligación y un deber que durante mucho tiempo han pesado gravemente sobre mi ánimo. Me iré a caballo y cambiaré de montura durante el camino. Si Carlos hubiera querido convocarte antes de la primavera, ya habríamos recibido noticias suyas. De todas formas, haré todo lo posible por no tardar más de una semana. *Tengo que* irme. No tengo otra elección.

—¿Por qué?

La respondió con el silencio.

—Tus ojos están siempre tristes, incluso cuando sonríes. Tienes una puerta cerrada en tu mente y en tu corazón, que sigue permaneciendo cerrada para mí. ¿Por qué no me dejas entrar?

—Porque hay cosas que es mejor no remover. He visto cosas, he hecho cosas... que conviene callar. Si supieras quién soy realmente, no te gustaría tanto. Puede incluso que llegaras a temerme.

Un escalofrío recorrió la espalda de Hope. Sobre todo por la manera en que lo dijo, con una voz y unos ojos tan fríos, tan remotos. Pero ella no era una mujer pusilánime.

—¿Es peor que lo que tú sabes de mí? ¿Quieres que te cuente más? Mi madre me vendió, sí, pero cuando te dije que no tenía madera de gran actriz, te mentí. Me quedé con un hombre cuyo contacto me repugnaba y haciéndole creer que me gustaba. No tuve ni la delicadeza ni la decencia de morirme de horror o desengaño. ¡Encerré mi alma en una jaula dorada y reí, bromeé, prosperé! ¿Qué has hecho tú tan terrible? ¿Acaso es peor que eso?

–No te gustaría saberlo. Créeme.

–¿Por qué no te arriesgas conmigo como yo lo hice contigo, Robert? ¿Tanto te cuesta confiar en que lo comprenderé? Me gustas más cuanto *más* te conozco. ¿Cómo puedo confiar en ti si no sé quién eres?

Robert se sentó en la cama y alcanzó la licorera de brandy. Intentó decirse que, más tarde o más temprano, habría tenido que suceder.

–He matado a hombres, Hope, y volvería a hacerlo.

–Por supuesto que tuviste que hacerlo. Tú y miles de hombres más. No quiero ofenderte, Robert. Pero tu actitud me parece un tanto remilgada para ser un soldado.

Robert soltó una corta carcajada y apuró el licor de un solo trago.

–No soy remilgado, amor mío. ¿De verdad que quieres saber cuál es el negocio pendiente que tengo en el bosque de Farnley?

Algo en su tono hizo vacilar a Hope, repentinamente insegura. Le quitó la licorera de las manos y se sirvió otra copa antes de responder:

–Sí. De verdad que quiero saberlo.

–Voy de caza.

–¿De caza? No entiendo...

–Voy a dar caza a un hombre. He descubierto que podré encontrarlo allí. Y cuando lo haga, le mataré. No es el primero: ha habido otros –su voz era fría, carente de emoción. Abrió el puño y contó silenciosamente con los dedos: «uno... dos... tres»–. Este será el cuarto. Había otro, pero murió hace tiempo.

El corazón le martilleaba en el pecho mientras lo miraba fijamente, sin palabras.

–Haces demasiadas preguntas –añadió él, cansado–. Te lo advertí muchas veces –se dispuso a levantarse. A abandonar la cama, la habitación, la conversación. A abandonarla a ella.

Pero Hope se apresuró a retenerlo, agarrándolo con fuerza de un brazo.

–¡No, no te irás! No puedes darme una respuesta así para marcharte luego tranquilamente. Debes tener una buena razón y quiero escucharla. Matar en batalla lo entiendo. Incluso matar en un estúpido duelo. Pero dar caza a un hombre y matarlo suena como una especie de perverso deporte. No me lo creo. ¿En qué te convertiría una cosa así?

–Me convierte en alguien... a quien no te gustaría conocer, Hope. Alguien de quien deberías mantenerte alejada.

Soltándolo, se apoyó en la cama sobre los codos.

–Pero no puedo ¿verdad? Así que vas a tener que decirme quién o qué eres.

Robert se había quedado helado por dentro. Era como si todas las cosas desagradables que se había esforzado por dejar al margen mientras disfrutaba con Hope hubieran aflorado de golpe. Había estado batallando por contenerlas desde que recibió la última carta de William de Veres. Había llegado el momento de actuar.

–No debería estar aquí, amor mío. No debería estar contigo –susurró–. Esto es algo que nunca debí haberme permitido.

Pese a sus palabras la abrazó con fuerza, enterrando el rostro en su pelo. Por un instante, a Hope le pareció que estaba llorando. Permanecieron inmóviles durante un buen rato. Tardó bastante en volver a hablar.

–Estoy tan cansado de lidiar solo con esta carga, Hope, que no sé por dónde empezar.

–No tienes que cargarla solo. Háblame. Empieza contándome el porqué.

Suspirando, se tendió de espaldas.

–Pero eso, amor mío, es la parte más difícil. Jamás he hablado de ello con nadie.

Hope se tumbó de lado para abrazarlo, mientras esperaba en silencio a que continuara, llena de una absoluta convicción. «Amo a este hombre», pensó. «Lo conozco. Es bueno, justo y honesto. Jamás me haría el menor daño y no temo lo que pueda llegar a decirme».

–Eran cinco. Segundones de buena familia. Soldados borrachos que servían al primer rey Carlos. Se aburrían en su destino en el campo y necesitaban dinero para licor, mujeres y juego. Salieron a buscar el tesoro. El llamado tesoro de Cressly. Habían oído hablar de él en la taberna del pueblo, y sabían por la gente de allí que mis padres se hallaban ausentes –soltó una amarga carcajada–. ¡El tesoro de Cressly! Así era como mi padre llamaba a mi hermana. El tesoro de Cressly era Caroline.

Capítulo 25

–¡Oh, Dios mío! –susurró Hope, horrorizada.

–Debí haberme quedado en casa para protegerla. Pero era el día de San Valentín. Había una chica en el pueblo. Yo... cuando volví a casa, Caroline estaba sola con ellos. Uno de los guardias de la casa había sido asesinado; los otros habían huido. Estaban convencidos de que ella sabía dónde estaba el tesoro, e intentaban sonsacárselo a golpes. Ella lloraba y pedía misericordia, aterrada como estaba. Yo fui a buscar la espada de mi padre.

–¿La monstruosa espada de la cabeza de lobo?

Asintió, con un brillo de dolor y lágrimas contenidas en los ojos. Hope sabía que, en aquel momento, estaba de vuelta *allí*. Decidida a hacerle compañía, se apretó con fuerza contra él, apoyando la barbilla en su hombro.

–¿Qué edad tenías? –le preguntó con tono suave.

–La suficiente para levantarla. Estaba muy desarrollado para mi edad. Me tomé mi tiempo, esperando la oportunidad adecuada. Aquello fue lo más difícil que tuve que hacer jamás. Pero uno de ellos perdió la paciencia cuando Caroline no contestó. Ignoraban que no podía. Le... le rasgaron la ropa. Empezó a patalear y a chillar, y otro decidió acallarla con su cuchillo. Yo cargué contra él y lo maté. Ellos se quedaron tan sorprendidos como yo. Eso me dio alguna esperanza, pero luego... –suspiró profundamente–. Ella me gritó que corriera, y otro tipo, un tal Harris, la arrojó con fuerza contra la pared como si fuera una muñeca. ¡Dios mío, Hope! Si hasta oí romperse su cuerpo...

–Lo siento tanto, Robert... –murmuró ella mientras se esforzaba por contener las lágrimas, abrazándolo con rabia.

Tuvo que respirar profundo varias veces hasta que recuperó el control. Cuando habló, lo hizo con una voz triste, afligida.

–Yo no podía moverme, ni siquiera respirar, pero ella se las arregló para mirarme. Vi algo en sus ojos, como si me estuviera suplicando, pero yo estaba demasiado consternado para entenderlo, para interpretarlo. Entonces corrí, Hope. Solo me detuve para mirar atrás cuando estaba en el umbral, pero ella tenía ya los ojos cerrados y supe que estaba muerta. ¡Dios santo! –en un impulso, arrojó su vaso vacío contra la pared–. Mi hermana murió ante mis ojos y yo no pude salvarla. Se suponía que tenía que haber estado allí para protegerla, pero cuando ella más me necesitaba, yo hui. Lo último que vio fue mi espalda alejándose.

–¡No, Robert! No fue culpa tuya. Eras un chico. Ni siquiera un adulto habría podido salvarla de cinco hombres armados. Tú mismo has dicho que uno de los guardias de la casa estaba muerto y los otros habían huido. *Intentaste* ayudarla. ¡Incluso mataste a uno!

–Debí haberme quedado –la voz de Robert era apenas un susurro.

–Te habrían matado.

–Entonces debí haber dejado que me mataran –replicó, furioso de nuevo–. Era mi hermana. Estaba bajo mi responsabilidad. Debí haber muerto con ella: así al menos no habría dejado este mundo sola. Desde entonces, he hecho todo lo posible por compensar lo que dejé de hacer. Eran compinches del antiguo rey y pronto resultó obvio que no se haría justicia. Fueron llamados a juicio en Westminster Hall, donde declararon que no había sido más que un accidente durante una estúpida excursión de borrachos. Uno de ellos incluso llegó a reírse, sugiriendo que cargaran su muerte a su cuenta de servicios prestados.

Hope pudo sentir cómo su cuerpo temblaba de rabia, y continuó acariciándole el cabello.

—Yo habría preferido verlos condenados, humillados, ahorcados. Pero como no iba a haber retribución, vi claramente que tendría que buscármela yo. Quería hacerlo. Lo ansiaba. Así que me entrené. Crecí. Cuando estalló la guerra, me uní a la causa parlamentaria. Tardé años en comprender que Cromwell no era ni mejor ni peor que el rey. Los hombres son hombres. Ningún bando puede reclamar para sí el bien o el mal absolutos. La guerra... el asesinato... es un disfraz que permite al monstruo que habita en nuestro interior liberarse y campear sin trabas.

—¿El monstruo, dices?

—Por lo que yo he visto, todos tenemos uno. Bueno, quizá tú no. Mi perspectiva está sesgada. Demasiados años de guerra.

—¿Qué monstruo es el que habita en ti?

—Yo quería hacer algo más que matarlos. Quería que sintieran lo mismo que le habían hecho a ella. Quería que chillaran y lloraran, que temblaran, que pidieran misericordia. Era un ansia feroz.

—¿Y colmaste ese deseo?

—No —respondió, suspirando—. Aparte de un cierto ensañamiento con la espada, o de advertirles que iban a morir por haber matado a Caroline, nada fue como había imaginado. Ni gusté de torturarlos ni ellos imaginaron que podía vencerles. Yo era poco más que un muchacho y ellos caballeros del rey. Lucharon y maldijeron. Uno se me rio en la cara antes de que acabara con él. Murieron. Fue todo muy rápido. Al fin y al cabo, estábamos en batalla: había una guerra.

Estiró una mano hacia el vaso que ya no estaba allí, y Hope le sirvió otro.

—¿Cómo es? ¿Qué se siente al ser un soldado y luchar en una batalla tras otra?

–¿Por qué me preguntas esas cosas?

–Porque forman parte de tu ser. Porque yo tampoco quiero sentirme sola, y así es como me siento cuando te cierras tanto en banda y no permites que me acerque a ti –«porque te amo», añadió para sus adentros.

–¡Oh, corazón! –recostándose sobre las almohadas, la atrajo hacia sí para besarle el rostro y el cuello–. Si lo he hecho ha sido para protegerte. He visto tantas cosas... Escenas terribles, estremecedoras, de las que permanecen en la cabeza para siempre, que te cambian para toda la vida. Mi cabeza está llena de cosas de las que no puedo desembarazarme. Me acosan y atormentan continuamente. He visto mujeres violadas, niños asesinados y gente buscando refugio en una iglesia para acabar muriendo abrasada viva. En Naseby... nuestras tropas masacraron un campamento de seguidores realistas que no tenían armas: ollas de cocina como única defensa. En Bolton, las tropas del príncipe Rupert asesinaron a más de dos mil civiles. Y yo no pude salvar ni una sola vida –para entonces ya había amanecido, y era como si no pudiera detenerse–. ¿Quieres saber cómo es? Al principio te impresiona. Uno se queda horrorizado, enfermo... pero luego o te acostumbras o mueres. Tus compañeros mueren a tu lado y tú te alegras de que no hayas sido tú. Te sientes culpable por ello, frágil como la llama de una vela al viento, y a la vez invencible. Es como una poción extraña que embriaga a algunos hombres y otros los... disuelve.

–¿Qué quieres decir?

–A no ser que uno profese una ciega confianza y obediencia en sus líderes, o permanezca la mayor parte del tiempo borracho, como hacen tantos, las nociones de lo justo y lo injusto, de lo que es importante y de lo que no lo es, se acaban disolviendo. Uno acaba poniendo en cuestión a Dios, a sus superiores, a todo aquello en lo que antes creía.

–¿Eso te sucedió a ti?

–No, porque yo no era un fanático: si estaba allí era para buscar venganza. Me aproveché de la guerra para darles caza. Los fui matando uno a uno. A todos menos a Harris. Cuando el rey resultó derrotado, Harris se marchó al exilio. Pero ahora ha regresado a Inglaterra. Es a él a quien iré a buscar al bosque de Farnley.

–Ese era el asunto que te ocupaba en Londres.

–Sí. Bueno, ya lo sabes todo. ¿Es eso lo que querías escuchar? ¿Te sientes mejor ahora que ya te lo he contado?

–No lo sé, Robert. ¿Y tú?

–No es algo que me agrade tratar o comentar con una dama.

–Pero ambos sabemos que yo no lo soy.

–Para mí sí que lo eres –se quedó callado durante unos segundos. No llegó a ver su sonrisa–. Todo esto me remueve cosas que habría preferido dejar bien enterradas, pero supongo que, de alguna forma, me siento aliviado. Esperaba que reaccionaras... con repugnancia y horror.

–¿Por qué? Carlos permitió que sus hombres murieran por él. Él mismo se vengó de aquellos que firmaron la sentencia de muerte de su padre, disfrazando su venganza con el lenguaje de la política. Conozco al príncipe Rupert. Es guapo y encantador, todo el mundo le aprecia. Mata sin parar mientes. Para él es como un deporte, y las bajas forman parte del juego. Buckingham, Jermyn y muchos otros se baten y matan entre sí por mujeres o por cuestiones de orgullo herido. Tú mataste en batalla a hombres armados, buscando justicia para tu hermana. Yo... no sé, Robert. ¿Es acaso peor matar a un hombre por razones personales que por impersonales?

Él se quedó callado por un momento.

–No lo decía por ellos, elfo, aunque temía que eso pudiera impresionarte. No me arrepiento de esas muertes en concreto. Me arrepiento de lo que nuestras fuerzas hicieron en Naseby, y en Irlanda, y en Escocia. Odié lo que nosotros... lo que la guerra civil le hizo a Inglaterra. Allá adonde íbamos, saqueábamos pueblos, masacrábamos civiles. Yo no pude evitarlo. No participé directamente en esas cosas y tampoco lo permití entre mis hombres, pero tuve que estar allí para poder dar caza a mis presas.

—De modo que pasaste años haciendo algo en lo que no creías y que odiabas con el único fin de vengarte por Caroline. ¿Crees que ella habría querido eso? ¿Crees que, de no haber muerto, habría querido que te incorporaras al ejército?

—No lo sé. De niño, tenía sueños de gloria. ¿Qué niño no los tiene? Mi padre y mi abuelo habían sido militares. Era lo que se esperaba de mí, y yo tenía la cabeza fría y talento para la esgrima. Y sin embargo no me habría quedado en el ejército. Nunca habría seguido a Cromwell en su campaña irlandesa.

—¿Y si no hubiera habido guerra?

—No sé lo que habría hecho —parpadeó varias veces, confuso—. Lo cual es, en sí, terrible. Aquel episodio se tragó mi vida entera. Si no me hubiera casado contigo, es posible que ahora mismo estuviera luchando como mercenario.

—Me alegro de que no haya sido el caso. Creo que eres tan frío e insensible como yo, con lo que dudo que hubieras sido un buen mercenario. Pero ahora que ya todo ha terminado, tendrás tiempo más que suficiente para descubrir lo que habrías deseado hacer realmente.

—No ha terminado. Todavía no.

—¿Por qué no puedes dejarlo estar? ¿Es que la venganza te ha proporcionado alguna paz?

—No, ninguna. Me acuesto cada noche oyendo el llanto de una mujer, y me despierto cada mañana con sus gritos. Pero fallé a Caroline una vez y no volveré a hacerlo. El asunto está casi zanjado. Quizá después de Harris pueda por fin...

—¡Robert, tú no fallaste a Caroline! Demostraste una gran valentía cuando solo eras un muchacho. Atacaste a cinco hombres armados y mataste a uno. Intentaste salvarla cuando no tenías ninguna posibilidad. Ella lo sabía. Lo vio. Por eso te gritó que huyeras. *Ese* fue su último deseo, lo último que te pidió. Ella te amaba. ¿Se te ha ocurrido pensar que, con tu huida, le diste paz y esperanza? ¿Que el hecho de verte marchar le hizo pensar que estarías a salvo y que, por ello mismo, al final pudo morir en paz?

–¿Pero entonces por qué sigo escuchando su llanto? ¿Por qué atormenta mis sueños? ¿Por qué no me deja en paz? Te dije una vez que no creía en fantasmas, sino solamente en los recuerdos, pero a veces siento su presencia aquí. De noche. En los jardines. Recorriendo las estancias. Tanto si es un fantasma como un recuerdo, está inquieta. Procuro enterrarla una y otra vez, pero nunca me deja tranquilo. A veces, cuando el viento sopla entre los árboles, me imagino que es ella pidiendo ayuda a gritos. No me deja en paz, Hope. Me acosa de manera inmisericorde. Lleva años haciéndolo –parecía absolutamente desconsolado, como si estuviera reviviendo lo sucedido para contemplar de nuevo aquel antiguo horror.

Hope se estremeció. Ella también había escuchado similares gritos por la noche, aunque él mismo le había asegurado que no eran más que aves nocturnas.

–Hay veces que casi la odio.

–¡Oh Robert, no!

El corazón de Hope se desgarró por los dos. Por el bravo muchacho que se había empeñado en hacer lo imposible: salvar a su hermana de cinco crueles y endurecidos soldados. Y por la encantadora niña de pelo rubio que jamás crecería, ni tendría hijos... Se esforzó desesperadamente por contener las lágrimas, por encontrar palabras de cariño y de consuelo.

–No es la dulce hermana que jugaba en el jardín la que te atormenta, Robert: eres tú mismo. Ella buscaba salvarte, al igual que tú buscabas salvarla a ella. No puedo creer que Caroline quisiera que fueras desgraciado, o que te pasaras la vida doliéndote o queriendo vengarte. Estás atrapado en una prisión que has levantado tú mismo, amor mío... –su tono no podía ser más urgente– y quizá seas tú quien se niegue a liberarse. Quizá seas *tú* quien la mantenga atrapada a *ella*, y no al revés.

Su dolida y sobresaltada mirada buscó la de Hope. Aun así, continuó insistiendo; nunca antes se había abierto tanto a ella, y quizá nunca más volviera a presentársele la oportunidad.

–Si ella *está* aquí de alguna otra forma que no sea como recuerdo, entonces tal vez seas tú quien la retiene. Quizá se culpe a sí misma de tu tristeza y de tu dolor. Quizá se lamente y duela por ti. Debes permitirle que se marche, Robert: que descanse. Si dejas que su muerte alimente tu vida, que sea eso lo único que recuerdes de ella, entonces serás tú quien destruya todo lo bueno y hermoso que había en Caroline. Pensar en ella debería hacerte sonreír, y no ser motivo de temor. No me extraña que hayas sido tan desgraciado.

–¿Fue eso lo que hiciste tú con tu madre? –le espetó de pronto con tono áspero. Y sin embargo no se resistió cuando ella lo envolvió tiernamente en sus brazos.

–Yo no tenía muchos buenos recuerdos de ella, así que me los inventé. Te dije que le pagué una bonita misa como una especie de golpe dirigido contra aquellos que me despreciaban, pero en realidad fue para desafiar a los que la habían despreciado a *ella*. Organicé un impresionante desfile funerario con antorchas, criados de librea y cerveza gratis para todos aquellos que acudieran a verlo. A ella le habría encantado. Y ahora yo conservo un feliz recuerdo cuando pienso en ella. Sé perfectamente que esta actitud mía le habría hecho reír, y a mí misma me provoca el mismo efecto. Tuve que elaborar mis recuerdos, Robert. Tú amabas a tu hermana y estabais muy unidos. Debes de tener muchos y muy buenos recuerdos suyos. ¿Por qué no me cuentas algunos?

Estuvo a punto de soltar una exclamación. Invitarlo a pensar en Caroline era como invitarlo a padecer un dolor horrible, desgarrador. Hablar de ella se le antojaba insoportable. ¿Acaso no le había contado lo suficiente? ¿Por qué parecía pensar ella que lo evitaba por gusto? ¿Qué derecho tenía a entrometerse? A abrir antiguas heridas. Si ese era el precio por su confianza... *por su amor...* era demasiado alto.

Capítulo 26

–Lo lamento si me he metido donde no debía, Robert –le dijo como si le hubiera leído el pensamiento–. Tú dijiste que estabas cansado de cargar a solas con eso y yo... yo quería conocerte. Tanto tu lado oscuro como el luminoso. No imaginas lo mucho que tu actitud ha significado para mí. Quiero ayudarte, pero no sé cómo.

Su enorme cuerpo se había quedado frío, y Hope se arrebujó contra él en un intento por transmitirle su calor.

–Pero lo que más deseo es tenerte aquí, a mi lado. Y te conozco. Sé que eres un hombre bueno. Una parte de mí ha estado segura de eso desde el primer momento en que nos conocimos. No sé realmente lo que existe entre nosotros. Al principio me dije que era deseo, soledad, venganza. Luché contra ello como si fuera una debilidad, intenté manipularte como si fueras un juguete, pero no pude mentirme a mí misma. Yo te amo, Robert Nichols, y no necesito saber más. Dejaré de hacerte preguntas, si eso es lo que quieres.

Yacieron en silencio, como en un lugar intermedio entre su mundo y el de ella. En un momento determinado, Robert le tomó una mano. Le conmovía profundamente que Hope hubiera sido capaz de pronunciar aquellas palabras, después de lo que él le había dicho. Deseó poder hacer lo mismo. Esperaba que el gesto que había tenido al regalarle el collar se lo hubiera insinuado. Aun así, deseaba poder ofrecerle algo más.

—Recuerdo... —exhaló un profundo suspiro—. Recuerdo nuestros juegos. Hicimos una gran cometa naranja y negra que semejaba una mariposa: casi levantó a Caroline del suelo. La agarramos juntos y tuvimos que soltarla cuando estuvo a punto de arrojarnos al río —le pasó un brazo por la cintura y apoyó la cabeza sobre su seno, mientras ella le acariciaba tiernamente la nuca—. Recuerdo que cuando llovía mucho y no podíamos salir fuera, íbamos al gabinete de las curiosidades y hacíamos un castillo con muebles y mantas. Ella decía que era Nottingham y hacía de Robin Hood. Siempre quería que yo fuera el malvado sheriff —se rio a su pesar—. Pero yo siempre era Ricardo Corazón de León, por supuesto. Tenía una risa encantadora, que resonaba feliz en los pasillos. Eso es lo que más echo de menos.

Enronqueció de emoción y Hope pudo sentir el temblor de sus hombros. Había lágrimas en su rostro, y se las fue besando una a una.

—Lo siento —susurró ella.

—¿Por qué? —murmuró, volviéndose para mirarla desde un tiempo y un lugar de los que había estado huyendo durante años.

—Por tu dolor —le acunó la cara entre las manos y lo besó delicadamente en los labios.

—¿Hope?

—¿Sí?

—Has llegado a significar mucho para mí. No sé cómo ni por qué, pero incluso en medio de mi furia, cuando más irritado y resentido estaba... casi desde el principio me sentí cómodo contigo, como si me proporcionaras un consuelo que nadie más pudiera ofrecerme. Cuando estoy contigo, me siento en casa: tú eres mi hogar.

—Yo siento lo mismo —apoyó la frente contra la de él—. En algunos aspectos, siempre me has resultado familiar. Tú haces que me sienta segura y protegida... entre otras cosas

–sonrió y le dio un beso en la mejilla–. Cuando te vi en la puerta de mi casa de Londres, destacando por encima de la multitud, casi se me paró el corazón. Fue como si hubieras salido directamente de una fantasía infantil. Mi feroz protector, mi galante caballero. Tuve la inequívoca impresión de que te había visto antes.

–¿De veras? Nunca me dijiste nada.

–Me parece tan estúpido ahora que ya lo estoy diciendo...

–Cuéntamelo –le pidió, deslizando una mano por su hombro y su brazo hasta posarla sobre su rodilla.

–Solía tenía tener un cuarto propio, en una esquina. Yo me imaginaba que era la torre de un castillo, y soñaba con un hermoso príncipe, un rubio caballero que escalaría sus muros para rescatarme. Mi héroe particular. Un día de septiembre me despertaron las campanas. El ejército de Cromwell regresaba y todo el mundo acudía a ver el desfile. Encontré un buen lugar y pude contemplarlo desde muy cerca. Fue entonces cuando lo vi: era igual que mi héroe imaginado. Un gallardo caballero, alto y guapo... pero no pude verle los ojos por culpa de su sombrero.

Robert la escuchaba pendiente de cada una de sus palabras.

–Bueno, ya sabes que soy algo patosa. Me estiré tanto que perdí el equilibrio y fui a caer en medio de la calle, justo en el camino de la caballería. Pensé que moriría aplastada. Era lo que debería haber sucedido, ya que ningún jinete se detuvo, hasta que él, el hombre al que había estado observando y admirando, me rescató. Me aupó y me montó en su caballo. Cabalgué con él el resto del desfile, en sus brazos. Yo intenté desesperadamente encontrar algo ingenioso o profundo que decirle, pero lo único que pude hacer fue balbucear un simple gracias. Cuando me bajó al suelo, yo no sabía su nombre y seguía viéndole solamente medio rostro, pero no me importó –se rio al recordarlo–. Estuve segura de que era mi verdadero amor, que había venido a mi rescate. Me dije que estábamos destinados a encontrarnos de nuevo y que tendríamos otra oportunidad. Pero más tarde, ese mismo día, mi madre me vendió y comprendí que estaba equivocada. Mi infancia acabó en un instante, al igual que te sucedió a ti, y me olvidé de aquellos estúpidos sueños. Aquel caballero no fue más que un amable joven que se molestó en ayudar a alguien en apuros. Lo que no pudo hacer fue rescatarme de la vida que me esperaba. Me di cuenta de que nunca más volvería a verlo y que en adelante, si quería salvarme, tendría que hacerlo yo sola.

El denso silencio que siguió a sus palabras se prolongó durante varios segundos mientras Hope seguía ensimismada por aquel único luminoso recuerdo de su infancia. Fue entonces cuando se dio cuenta de que la mano con que él la estaba acariciando se había detenido.

—¿Robert?

—¿Y te compraste unos zapatos nuevos? ¿Con la media corona que te dio?

—No. Mis amigos me encontraron a medio camino de casa y nos atiborramos de tartas y pasteles. Escondí lo que me quedó y... ¿pero cómo sabes tú eso?

—Porque yo también estaba allí —pronunció, aparentemente tan sorprendido como ella—. Yo... ¡que me aspen! Debí haberte reconocido por esos ojos de color violeta. Era casi lo único que podía ver de ti, aparte de que ibas descalza y llena de hollín.

—¿Eras tú? —se había quedado sin respiración. Delineó sus rasgos con los dedos mientras lo contemplaba perpleja. Solo en ese momento se dio cuenta. La fuerte mandíbula, la sonrisa que tanto la cautivaba...—. ¡Eras *tú*! Yo también debí haberme dado cuenta por tu manera de sonreír. Ansiaba tanto verte los ojos... Fue lo mismo que cuando te vi al lado del rey. Quería saber de qué color eran. Me parecía tan importante... Oh, Robert... ¿cómo es posible? ¿Qué podrá significar esto...? ¡Eras *tú*! —riendo y llorando, le cubrió el rostro de frenéticos besos. Durante todo el tiempo había tenido razón. Robert Nichols era su verdadero amor.

–Significa que tú estás justo donde se suponía que debías estar –contestó con una radiante sonrisa–. Y parece que yo también. Significa que eres mía. Aparte de eso, ni sé por qué ni me importa –la despojó del camisón para poder admirarla mejor.

Recorriendo su figura con las manos, se detuvo para acunar sus senos de rosadas puntas, sintiendo el movimiento de su respiración, su firme pulso de vida, y se concentró en satisfacer su hambre. Sus manos, de palmas callosas y agrietadas después de años de manejar la espada, le arrancaron un estremecimiento de gozo con su áspero y sin embargo dulce contacto. Deslizó la palma por la suave curva de su cadera hasta apretar la sedosa mata de su entrepierna. Ella echó la cabeza hacia atrás mientras se removía inquieta, acalorada.

Sus labios reclamaron los suyos, cálidos y sensuales, y luego su lengua encontró también la suya mientras se revolcaban en la cama con feroz apasionamiento. Hope saboreó su sabor. Saboreó su fuerza y su realidad: el hecho de saberlo y sentirlo real, vivo, con ella. No una fantasía enterrada en su pasado sino un hombre de músculos duros y sangre ardiente, cálido contra su piel. Se arqueó al encuentro de su mano como una gatita mimosa, ronroneando con su cuerpo mientras acariciaba su esbelta figura, gozando con el dibujo de sus músculos, memorizando cada detalle. Hablaban y se decían cosas entre suspiros y gemidos, se besaban con locura mientras ella terminaba apresuradamente de desnudarlo con su ayuda.

–Dios mío... Te quiero, Hope. Te necesito. Me enciendes por dentro –dolorosamente enhiesto, instaló su falo entre sus muslos. Le rozó los labios con los suyos. La barba de su mandíbula le raspó la barbilla y la delicada piel de los senos. Gruñó contra su boca, susurrando palabras cariñosas en medio de una danza de manos y de bocas, caderas que empujaban y dulcísimas sensaciones, hasta que la tomó. No como un cortesano tomaba a su amante, sino como un guerrero reclamando a su mujer: abriéndola, levantándola, sujetándola, encontrando su húmedo calor y hundiéndose dentro. Acariciándola con las manos, la lengua y su pulsante órgano, le alzó las piernas para apoyarle las corvas sobre los hombros y percutió y se retorció cada vez con mayor fuerza, en una frenética y apasionada cabalgada.

La empujó cada vez más alto en la cumbre del placer, arrastrándola a cimas de sensaciones que jamás antes había experimentado hasta que, justo al borde de la exquisita liberación, redujo el ritmo y casi se detuvo, mientras la abrasaba con la mirada. Hope por poco lo maldijo. Se retorcía y convulsionaba, empujando contra él. Rabiando de deseo, le arañó los hombros y cerró los puños sobre su pelo.

–Hazlo, Robert. Ahora. Por favor.

Le mordisqueó un hombro, la aferró de la cintura con ambas manos y volvió a empujar una y otra vez. Una increíble explosión de placer al rojo vivo barrió el cuerpo de Hope en jubilosas oleadas. Sus tensos músculos se aflojaron por fin y lo abrazó, poseyéndolo, reclamándolo, gritando su nombre mientras una lenta, profunda y hermosa erupción la recorría por dentro, procedente de las entrañas de su amado. Una erupción que los reunió en un abrazo de amor que fue violenta celebración de consuelo y acogida, de gozo y liberación.

Una vez saciado su deseo, yacieron abrazados y jadeantes.

–Dios mío. Me siento como si acabara de visitar el cielo... Cada vez que estoy contigo es como un milagro. ¡Ha sido increíble! –le echó Hope los brazos al cuello.

Robert sonrió y le acarició el pelo.

–Y que lo digas.

–¿Será real? ¿No estaré soñando?

–Si tú estás soñando, yo también –le acarició con la nariz la sensible piel de detrás de la oreja.

–¿Realmente me has contado lo de tu hermana?

–Sí, amor mío –experimentó un dolor familiar y una parte de su alma se resintió. Pero la punzada no fue ni mucho menos tan aguda como recordaba.

–¿Y realmente fuiste tú? ¿El de Londres?

–A no ser que fuera otra la golfilla descalza que desfiló conmigo aquel día. ¡Ay! ¿Por qué me has pellizcado?

–Solo era por probar –respondió con una sonrisa de felicidad–. Para *asegurarme* de que eras real.

–Creo que la convención aceptada es pellizcarse a uno mismo –gruñó mientras la atraía hacia sí.

Ambos estaban exhaustos, tanto mental como física y emocionalmente, y, sin embargo, Hope intentó resistirse al sueño. Se sentía inmensamente feliz tal como estaba en aquel momento, refugiada en los brazos del hombre al que amaba, sabiendo que habían estado destinados a encontrarse y segura de que, al final, todo terminaría saliendo bien. Y sin embargo una parte de su ser temía lo que pudiera acechar al otro lado. ¿Y si aquello era un sueño, y se dormía para despertarse y descubrir que nada había sido verdad? «¿Y si él...? ¿Y si...?», se preguntaba sin cesar hasta que una oleada de fatiga la anegó, arrastrando consigo aquella mezcolanza de pensamientos.

Su sueño estuvo poblado de vívidas imágenes. Soñó con Robert de niño, un infante de caminar todavía inseguro. Riendo, rebosante de alegría, corría con sus gordezuelas piernas, con sus ojos verdes brillando de entusiasmo y deleite. Perseguía una hoja dorada, que arrancaba a volar cada vez que se agachaba a recogerla, empujada por el viento. Una niña rubia corría junto a él, con la falda de su vestidito pegada a las piernas. El cielo se tornó entonces oscuro y tormentoso, y el viento empezó a soplar con gran fuerza, azotando su pelo y sus ropas como empeñado en arrastrarlos y llevárselos en volandas. Hope gritaba y gritaba, con el corazón paralizado de terror, pero ellos no podían escucharla y continuaban caminando despreocupados en medio de la tormenta.

Soñó luego que Robert cabalgaba a su encuentro a lomos de un corcel enjaezado en oro, con el sol reflejándose en su espada y su armadura, el brazo tendido hacia ella para rescatarla y llevársela a casa. Al momento siguiente caminaban los dos de la mano, riendo y bromeando mientras un niño bailaba de alegría delante de ellos, entusiasmado por el descubrimiento de piedras de extraña forma y caracolas de alegres colores. Lo último con lo que soñó fue el sonido de su voz, leve y cada vez más lejana. «Te amo, elfo». Cuando se despertó, estaba sola.

Capítulo 27

Un fugaz ataque de pánico acometió a Hope mientras se llevaba una mano al pecho. Cuando sus dedos tocaron las tibias perlas de su collar, soltó un suspiro de alivio. Era real. Todo. La pasada noche, Robert le había regalado la clase de presente que un esposo solía entregar a su amada esposa. La pasada noche, él le había hecho el preciado regalo de su confianza, al confesarle los detalles de su tormentoso pasado. Y la pasada noche ella había descubierto que el hombre del que se había enamorado tan rápida y completamente era el mismo con el que había soñado desde niña. El mismo que le había salvado la vida y que ella había estado tan segura de volver a ver, aquel lejano septiembre.

Permaneció tumbada en la cama, casi mareada de felicidad, sin preocuparle ya que no estuviera a su lado. Robert se acostaba tarde y madrugaba mucho. A menudo salía a practicar con la espada justo antes del amanecer: una costumbre que ella estaba decidida a romper. No tardaría en volver. Hambriento de comida, hambriento de su cuerpo, y ella le impartiría una lección sobre los goces de pasar una mañana holgazaneando en la cama. Sonrió y se desperezó, saboreando el dulce y leve dolor de sus músculos. Acto seguido se levantó para acercarse al espejo de cuerpo entero que en ese momento decoraba la pared forrada de madera.

Sus dedos volvieron a acariciar el collar de perlas que

había pertenecido a la madre de Robert, y el corazón se le inflamó de gozo. «Un día se lo entregaré a mi hija», pronunció para sus adentros. Aquel sencillo collar, con lo que representaba, hacía que el resto de su joyería pareciera pobre y chabacana. Decidió venderla o regalarla. No quería que tocara su piel ningún regalo que no viniera de su marido. Girando lentamente sobre sí misma, sonrió de contento al detectar las marcas de su refriega amorosa. La leve huella de sus apasionados dedos le había marcado los brazos y los muslos. Aquí y allá la piel aparecía enrojecida donde su mandíbula sin afeitar la había raspado, y en la base del cuello ostentaba otro collar, allí donde sus besos habían dejado su marca como diciendo «esta mujer es mía».

«Yo también le he dejado marcas. Apuesto a que esta mañana, cuando practique con Oakes, no se quitará la camisa», pensó con una traviesa sonrisa, porque sabía que lo había marcado con las uñas y los dientes. Cuando uno tenía poco apetito, tanto la comida como el sexo perdían buena parte de su placer, si no todo. Pero cuando el hambre era voraz, la sensación podía ser sublime. Nunca había deseado a un hombre con tanta ansia. Robert tenía el poder de hacerle olvidarse completamente de sí misma, y solo en ese momento entendía el porqué. Él era su pareja. El hombre que le había estaba destinado.

Lo había vislumbrado fugazmente hacía años, pero la ocasión no había sido la adecuada. Ahora sí que lo era. *Él* era lo que había echado de menos durante tantos años. Lo que había necesitado, querido: lo que había estado esperando. Él le hacía creer en la magia, como si hubiera vuelto a ser una niña. Y si volverlo a encontrar no había sido lo suficientemente mágico, lo que le hacía con sus caricias lo era sin duda alguna. «¿Y su corazón?», se preguntó. «¿Lo habré marcado también?». Se puso seria al pensarlo. Robert había compartido con ella una parte de sí mismo que había mantenido secreta y oculta a todo el mundo. Le había abierto una puerta de su alma, y lo que ella había visto al otro lado la había hecho sollozar. «No quiero cargar a solas con esto», le había dicho él. Y no lo haría.

Rose interrumpió sus reflexiones, entrando en la habitación envuelta en un delicioso olor a café. Portaba una nota sobre la bandeja de plata.

—Un mensajero ha traído esta carta para vos, milady. La señora Overton dice que parece importante y por eso os la he traído directamente.

Hope asintió con gesto distraído.

—Ponla en mi escritorio: la leeré después. ¿Has visto al capitán, Rose? Esperaba que se reuniera conmigo a tomar el café.

Rose se la quedó mirando sorprendida.

—¿Lo sabía él, milady? La última vez que lo vi estaba con el señor Oakes. Parecía estar aprestándose a salir a cabalgar.

Experimentó una punzada de inquietud, pero procuró sobreponerse. Las cosas habían cambiado entre ellos la pasada noche. Había descubierto el íntimo vínculo que los ligaba. Todavía le costaba creérselo. «Habría muerto aquel día de no haber sido por él. Estoy donde se supone que tengo que estar, y él igual». Él mismo así lo había reconocido. Le había dicho que era suya, y era un hombre que cuidaba muy bien sus posesiones... Seguro que no podría abandonarla ahora para volver al mismo oscuro sendero cuya existencia tanto había temido revelarle. Saldría a montar, sin más. Tal y como solía hacer cada mañana. Quizá incluso gustara de que lo acompañara.

—Estoy pensando en reunirme con él, Rose.

—Tendréis que daros prisa, milady. Me pareció que iba a salir pronto.

—Nos apresuraremos, entonces. Trae mi casaca de montar y mis botas, por favor. Lo más rápido posible —acababa de recoger el cepillo de la mesa de tocador cuando un brillo plateado llamó su atención. La olvidada carta seguía descansando en la bandeja, sobre el escritorio. Un nudo de an-

gustia le atenazó de pronto el pecho, amenazando con aho-
garla.

–¿Milady? ¿Lady Nichols? ¿Os pasa algo?

–No –pronunció con voz débil. Carlos le había escrito
antes y ella se había deshecho de sus cartas sin leerlas. Todas habían llevado el sello real, como aquella que estaba sobre la bandeja. Le tembló la mano mientras despachaba a la
doncella con un gesto. No necesitaba leerla para saber lo
que decía. Era una llamada a la corte.

Robert se hallaba en las cuadras, hablando con el sargento mientras esperaba a que Jemmy terminara de ensillarle el
caballo. La saludó con un guiño y un abrazo que normal-
mente la habrían llenado de felicidad si no hubiera estado
tan enferma de miedo. «¡Es demasiado pronto!». Todo era
todavía tan frágil, tan susceptible de romperse...

–Espero que hayas dormido bien.

–Sí, gracias. Muy bien.

El señor Oakes la observaba con una enorme sonrisa y
Hope descubrió, para su propio disgusto, que aun era capaz
de ruborizarse en aquellas circunstancias.

–Me preguntaba si podría hablar un momento contigo,
en privado, Robert –se recordó que todo acabaría saliendo
bien. Él le había dado su palabra.

–Desde luego. Pero tendrás que darte prisa, amor mío.
La mañana está bien avanzada y necesito estar en camino
dentro de una hora.

–¿En camino, dices?

–Sí. Tal como hablamos ayer –miró por encima de su
hombro a sus hombres antes de tomarla de la cintura y
guiarla fuera de las cuadras.

–Pero... yo pensaba... ¡Estaba segura de que habías cambiado de idea!

–No, yo nunca te dije eso. Curaste mi corazón, amor mío.
Te juro que eres un ángel. Anoche soñé con Caroline y me
desperté sonriendo. Me siento años más joven, muchísimo
más ligero, pero todavía tengo un deber que cumplir. Es un...

–¿Y qué pasa con tu deber hacia mí? –le espetó al tiempo que le tendía la carta.

La miró extrañado, advirtiendo la palidez de su rostro y el temblor de sus manos, y leyó la misiva. El estómago le dio un vuelco. Era justo lo que había temido. «Se nos acaba el tiempo», pensó. Suspirando, le devolvió el mensaje.

–Tenía que suceder. ¿Qué quieres hacer?

–¿Que qué *quiero* hacer? ¿Qué le ha sucedido al *nosotros*? Yo ya te he dicho lo que quiero. Quiero que vengas conmigo. No lo entiendo –su voz sonaba dolida, perpleja.

–Ya te he explicado por qué no puedo. No ahora mismo, elfo. Presenta excusas al rey y espera mi llegada –fue a abrazarla, deseoso de proporcionarle consuelo, pero ella le dio un empujón y retrocedió dos pasos, consternada ante aquella nueva traición.

–¿Y qué pasa con la promesa que me hiciste? Dijiste que si él me convocaba me acompañarías, para estar a mi lado en calidad de esposo y traerme luego de vuelta a casa.

–Ya lo sé. Lo siento, pero estoy obligado por otras promesas. Si pudieras esperar a que yo...

–¿Te refieres a la que le hiciste a tu hermana, que lleva muerta cerca de veinte años? No descargues la responsabilidad sobre ella. No le debes nada: Caroline no te pidió que le hicieras promesa alguna... ¡fue un juramento que te hiciste a ti mismo! Y ahora me doy cuenta de que la promesa que me hiciste no vale nada...

–Hope... no. ¡Eso no es verdad! Pero Harris es el último. He esperado años, y en este momento no hay opción posible.

–Siempre hay opción. Puedes parar. Puedes cumplir el voto que te hiciste a ti mismo, o puedes honrar la palabra que me diste a mí –se volvió para mirar a su caballo, ya ensillado–. Pero parece que la decisión es fácil.

No podía creer que estuvieran teniendo aquella conversación. ¿Cómo podía haber dado aquel vuelco su mundo, cambiar tan completamente de la noche al día? «Soy tan estúpida... Cada vez que me imagino o me creo algo, termino sintiéndome traicionada. La culpa es mía. No puedo evitar imaginarme que las cosas y las personas no son lo que son», pronunció para sus adentros. Primero su madre, luego Carlos y ahora el único hombre que se había permitido amar. «¡Estúpida! ¡Estúpida! ¡Estúpida!».

–¡Maldita sea, mujer, no hay nada fácil en esto! Pero ya no puedo parar. Tengo que hacerlo. Ese hombre pretende hacernos daño. Fue él quien le pidió a tu *amante* Carlos que le entregara Cressly, y esta es la primera oportunidad que tengo de enfrentarme con él en años.

Hope se lo quedó mirando dolida y ofendida.

–¿Ahora me vas a echar en cara lo de Carlos?

Robert suspiró profundamente y juntó las manos detrás de la cabeza, con los puños cerrados, sintiéndose tan frustrado como culpable, aunque no sabía por qué. Cuando volvió a hablar, se esforzó por adoptar un tono dulce, consolador.

–Te pido disculpas. Eso ha sido completamente improcedente. Pero lo mismo podría decirse de tu ataque. No se trata de cumplir una promesa que me haya hecho a mí mismo, sino de acabar un asunto pendiente. Él sabe quién soy, Hope. Sabe lo que le hice a su compinche. Va a por mí. El muy estúpido sigue creyendo que hay un tesoro escondido aquí. Su miedo y su avaricia lo convierten en un ser peligroso, no solo para mí, sino para ti. Para todos los que habitan en Cressly –le hablaba como si estuviera consolando a una chiquilla–. Una vez que me haya encargado de él...

–Eso, una vez que te hayas encargado de él... ¿qué harás? Una vez que lo hayas matado, no te quedará nada, Robert. Has edificado tu vida entera alrededor de ese hombre. Evidentemente nada más te importa. ¿O acaso no fue él la razón por la que te casaste conmigo? –se sentía como si la hubiese apuñalado por la espalda, al borde de las lágrimas–. Ve, pues. Busca tu venganza. Rezaré para que esta vez eso pueda proporcionarte algún consuelo.

–¡Por el amor de Dios, mujer! ¿Es que no has escuchado una sola palabra de lo que te he dicho? ¡No... tengo... elección!

De pronto, Robert recordó las palabras que le había lanzado una vez el sargento: «no sois bueno con la gente, señor». Había creído haber mejorado algo con Hope, pero al parecer no había sido así. Lo que no quitaba que manejar una esposa era una de las tareas más difíciles que un hombre podía enfrentar.

–Oh, claro que te he escuchado, Robert. Me temo que eres tú quien no me ha escuchado a mí. Has esperado veinte años. Sí, lo entiendo. Ese hombre es un peligro. Eso lo entiendo también. Esta es la oportunidad perfecta para actuar, supongo que porque se encuentra tan lejos de Londres como de Cressly: eso también lo entiendo, no soy una estúpida. Y lo que entiendo también es me hiciste una promesa y resulta que cuando yo te necesito, algo que ha esperado más de veinte años no puede esperar unas pocas semanas más. Tienes granjeros y pastores con mosquetes en los campos. Cressly es, de hecho, un fortín. Ese hombre tendría que venir con un ejército para poder constituir una amenaza.

–Hope, yo... –dejó caer las manos a los lados con un gesto cansino, de resignación–. Tú no lo entiendes.

–No, no lo entiendo. Pero no necesitas preocuparte más por eso. Me las arreglaré perfectamente sola. De hecho, ya lo estaba haciendo antes de conocerte.

–¿Qué se supone que quiere decir eso?

–Mañana me pondré en camino. Al fin y al cabo, una no puede hacer esperar al rey. Como tú, yo tampoco tengo elección.

–¿En camino hacia dónde?

–¡De regreso a la corte!

–¿Con él? ¿Después de la manera en que te trató? ¿Después de que te traicionara y le diera un gusto a su amante? ¿Después de todo lo que me has dicho a mí? ¡Dijiste que habías terminado con él! *Podrías* esperar a que yo volviera. *Podrías* decirle que tu esposo te prohíbe viajar sola. Anoche me dijiste que me amabas. Que sabías que estábamos hechos el uno para el otro desde el mismo instante en que nos encontramos, que estábamos destinados a estar juntos...

Hope se maravilló del tono indignado de su voz. «El traidor se comporta como si hubiera sido traicionado», pensó. «Siempre es así».

–Y, sin embargo, por contra, tú nunca me dijiste que me amabas. La venganza es tu amante, y la has preferido a mí. En cuanto a Carlos, es el *rey*. Nadie desoye una convocatoria suya.

–¿Qué fue entonces lo de anoche? ¿Un juego, un concurso? ¿Satisfizo tu curiosidad? ¿Me conoces ahora?

–Lo de anoche fue un sueño. Si hubiera sido real, me habría despertado para encontrarte a mi lado. Si hubiera sido real, no habrías escogido abandonarme cuando más te necesitaba. Tú *no* eres el hombre con quien soñé, ni el hombre que creí que eras. Soy una estúpida, y tú... Aquel lejano día no es ahora para mí más que una casualidad sin significado alguno: nada más. Una casualidad de las que suceden todos los días.

–Mírame –Robert abrió los brazos–. *Soy* real. Soy quien ves. Anoche te lo conté todo porque tú me suplicaste que lo hiciera. Y te advertí previamente que no te gustaría. No soy un héroe galante y caballeroso, ni nunca he pretendido serlo. Tú no me amas: no soy yo quien buscas. Tu héroe es un ser imaginario que has encarnado en mi rostro y en mi cuerpo.

–Lo sé –suspiró, triste. Y, dándole la espalda, se marchó.

Aquella noche el viento estuvo aullando a través del valle con un sordo rugido. Atrapadas en su furia se oían miles de voces fantasmales. Unas lloraban y gimoteaban, otras chillaban y susurraban, y solo una parecía murmurar el nombre de Hope con un suave gemido. Enterró la cabeza bajo mantas y almohadas mientras una pesadilla hacía presa en ella. Una pesadilla que ya antes la había visitado de diversas formas. Lo único que recordó de ella cuando se despertó fue que siempre terminaba sola.

Capítulo 28

Antes de que el sol asomara sobre los árboles, Hope Nichols ya estaba de regreso hacia la corte, continuando así un viaje que había empezado muchos años atrás, sola. Bueno, no del todo. Había que tomar precauciones con los salteadores de caminos, y una de las consecuencias del matrimonio era que los enemigos de su esposo lo eran también suyos. Oakes y un séquito de hombres fuertemente armados, bien entrenados y ferozmente leales, la acompañaban.

Robert proseguía su propio viaje en dirección opuesta. Harris y la resolución de su cuenta pendiente, la justicia en fin, lo esperaban en el norte. ¿Cómo podía haber esperado Hope que renunciara precisamente ahora? A ella la conocía desde hacía seis meses, pero aquella carga la había arrastrado durante la mayor parte de su vida. ¿Y por qué no podía comprender el peligro que aquel hombre representaba? ¿Acaso no le bastaba con su palabra? Harris atacaba a mujeres y niños por puro deporte.

¿Y qué pasaría ahora? En lugar de haberse quedado esperando a que volviera, para luego desafiar juntos la contrariedad del rey, Hope había escogido complacer a su antiguo amante apresurándose a acudir a Londres. Él había asumido un riesgo con ella, exponiéndose tal y como era. Algo que jamás había compartido con nadie. Quizá, con la llegada del nuevo día, y desmintiendo sus anteriores palabras de consuelo y aceptación, Hope se hubiera aferrado a aquella convocatoria real a manera de oportuna excusa. En lo más profundo de su ser había sabido que confesarse con ella sería un error, y eso antes de haberse enterado de que lo había tomado por una especie de soldadito de plomo en carne y hueso.

Pues bien, él no era juguete de nadie: ni de Carlos ni de ninguna mujer. Un buen soldado seguía sus instintos. Cumplía con su misión. Se negaba a distraerse. Que Carlos se encargara de ella. El rey la había traicionado y humillado, y ella había jurado que nunca volvería a tomarlo como amante. Pero... ¿qué sucedería cuando estuviera de regreso en la corte, con el seductor y carismático monarca decidido a reclamarla? ¿Durante cuánto tiempo sería capaz de resistirle? En cualquier caso, en la corte, Hope estaría a salvo. Si Harris encontraba alguna oportunidad de perjudicarlo a él a través de su esposa, no dudaría en hacerlo, pero jamás osaría molestar a una invitada a la corte real.

Apretó la mandíbula. Hope llegaría a Londres al día siguiente. ¿Cómo la recibiría Carlos? Con diamantes y zafiros destinados a hacer juego con sus ojos. Con una suite en palacio, ahora que ya era una dama. Con disculpas y zalamerías y palabras que aplacaran su dolor y su furia. Los hombres como Carlos y William de Veres tenían talento para esas cosas, mientras que él no estaba familiarizado con los bonitos discursos. Por mucho que se esforzaba, nunca parecía capaz de encontrar las palabras adecuadas. «Tú nunca me dijiste que me amabas», le había echado en cara ella. Bueno, quizá no lo hubiera hecho. Quizás esas palabras no se hubieran derramado de su boca como la miel... ¡pero podría apostar lo que fuera a que nadie se había molestado nunca en contarle cuentos de Robin Hood, ni en estimular su interés por la esgrima, ni en esperar pacientemente durante horas mientras admiraba unos simples arbustos de flores!

Su caballo, como percibiendo su creciente furia, comenzó a mostrarse inquieto, sacudiendo la cabeza y tensando los músculos. Robert tiró de las riendas mientras el animal brincaba y retrocedía nervioso: podía sentir toda su fortaleza y frustración caracoleando bajo su cuerpo. Finalmente lo controló, se inclinó hacia adelante y picó espuelas. Con la luna llena iluminando su camino y su manto negro ondeando como si fueran alas, se internó raudo en la noche. Era la venganza personificada. La justa retribución. Cabalgaba por Caroline, y Harris era su presa.

Se aproximó a Gildersome, una aldea cercana a Farnley, sin saber muy bien qué esperar. El mensaje que había recibido no había podido ser más escueto: recelaba. Una taberna era el mejor lugar para curiosear, enterarse de las noticias y efectuar discretas inquisiciones a cambio de unas pocas monedas. Por lo general se necesitaba mucho tacto y mayores cantidades de alcohol para que la gente de la localidad se animara a suministrar alguna información útil sin llegar a sospechar, pero aquella noche la taberna de la aldea hervía de murmuraciones. Al parecer, decenas de forasteros de aspecto militar llevaban semanas instalados en la zona, alternando con los granjeros y comerciantes de la zona.

La boscosa zona que rodeaba la taberna estaba tan llena de gente que todavía le resultó más fácil pasar desapercibido en ella que en el exiguo local. Cerca de un centenar de hombres se hallaban congregados, hablando y discutiendo. Eran todos protestantes, muchos de ellos antiguos soldados de la causa parlamentaria. Reconoció a varios, incluido Joshua Greathead, a quien había visto en Londres. A quien no vio fue a Harris. Lo que llegó a escuchar no pudo menos que sorprenderlo, no tanto por su contenido como por la libertad con que parecían hablar de ello. Hablaban de traición, y en conjunto componían el grupo más imprudente, indisciplinado e indiscreto que cabía imaginar. Quizá pensaran que se habían internado lo suficiente en la provincia de Yorkshire como para no llamar la atención. El caso era que estaban planeando alegremente atacar a las fuerzas realistas de Leeds, con la intención de precipitar un levantamiento que destronara al rey. Comentaban incluso que el general Fairfax, su antiguo comandante, se presentaría para liderarlos.

Habría resultado risible si no hubiera sido tan peligroso. Encorvándose para disimular su estatura, calándose el sombrero hasta las cejas y embozándose en su manto, deambuló por entre los grupos. Aquello olía peor por momentos. Cualquier hombre que fuera reconocido en medio de aquel bosque como enemigo, se exponía a ser linchado, colgado y descuartizado. Y sin embargo había oído lo suficiente como para que el riesgo mereciera la pena. Parecía que una taberna cercana a Morley había sido ocupada por un grupo de matones tan brutales como fanfarrones. Cuando lo juzgó adecuado, abandonó el bosque tan sigilosamente como entró, para continuar rastreando a su presa.

La taberna denominada Las Armas del Rey se encontraba en el mismo arrabal del pueblo, páramo adentro. El paseo hasta allí de día habría constituido una experiencia harto agradable, pero su aislamiento lo convertía en el lugar perfecto de reunión para hombres de una cierta calaña, y un trayecto peligroso para alguien que no hubiera sido invitado. La puerta se abrió de golpe, entre un rugido de risas borrachas, dando paso a un fornido y maduro caballero que salió disparado para caer de cabeza al barro.

La voz que durante demasiado tiempo había habitado las pesadillas de Robert se alzó entonces sobre el tumulto:

—¡Vuelve cuando tengas el resto, si no quieres que tu esposa y tu hija salden la cuenta, inútil bola de estiércol!

Se vio asaltado por una sensación familiar. Expectación, euforia, una singular agudización de todos sus sentidos, concentrada y convertida en una decidida, mortal calma. Sus dientes brillaron a la luz de la luna mientras sus labios se curvaban en una sonrisa de fiera. Había rastreado a su presa hasta su guarida. Esperó a que amainara el tumulto y se deslizó luego discretamente dentro. Solo unos pocos clientes tenían aspecto de ser de la zona. Repantigado cerca del fuego, un hombre calvo acariciaba el seno de una mujer desnuda que parecía borracha, dormida o, a juzgar por los moratones de la cara, inconsciente. Media docena de hombres bien armados estaban con él. Todos se hallaban demasiado ocupados jugando a los dados para advertir su presencia.

Tomó asiento en un banco cerca del fondo de la sala y se acercó a un parroquiano con cara de sueño que parecía a punto de caerse de puro borracho.

–¿Quiénes son esos tipos? –le preguntó mientras empujaba hacia él una pinta de cerveza y media corona–. No parecen de la zona.

–Tú tampoco –respondió su bebido compañero con tono agrio, aunque se guardó la moneda y aceptó la bebida–. Demasiados forasteros vienen por aquí estos días.

Otro tumulto llamó la atención de ambos. Un desaliñado y escuálido joven portando una pesada jarra de cerveza había hecho algo para ganarse una sarta de maldiciones y un puñetazo que lo mandó al suelo. El chico se incorporó con gesto inexpresivo, fue a por otra jarra y continuó sirviendo como si nada.

–Ese de allí es el coronel Harris, poderoso héroe de guerra que nos honra a los pobres campesinos con su presencia. Es conde, o al menos eso dice él. Últimamente ronda a menudo la zona. *Demasiado* a menudo, según algunos. Otros dicen que está relacionado con lo que está sucediendo en el bosque, pero siempre termina viniendo aquí por las noches, a hacer trampas a los dados y a las cartas. Conviene llevar cuidado y no llamar su atención. Si te invita a jugar no puedes negarte, y no se marcha hasta que te ha sacado el dinero.

«Así que... ese estúpido arrogante ha estado usando su propio nombre», pensó Robert.

–¿Y la banda que lo acompaña?

–Son sus hombres y el motivo por el que nadie se atreve a contrariarlo. El muchacho en su hijo, pobre bastardo, y la mujer una de sus mujerzuelas.

–No soy torpe con los juegos de azar –dijo Robert con una lenta sonrisa–. Quizá pruebe suerte a ver qué puedo quitarle.

–Dicen que un tonto y su dinero están condenados a separarse. Buena suerte, amigo. Procura que no te quite él la vida.

Robert se levantó y palmeó el hombro de su compañero antes de arrojarle otra moneda.

–Para que bebas a mi salud en el velatorio.

Se movió sigilosamente entre las sombras hasta convertirse en una oscura forma expectante, a solo unos metros de su presa. Acarició la empuñadura de su espada. Podía distinguir las venas del cuello de su enemigo, pulsantes de vida a ritmo de su corazón. Que ese ser estuviera vivo cuando su hermana estaba muerta era un pensamiento que le sublevaba. Harris podría estar muerto en dos segundos, pero quería que antes reconociera y comprendiera lo que le iba a suceder. Tenía que ser consciente de que el asesinato que cometió con Caroline sería el motivo de su propia muerte.

Así que esperó, sorprendido de que aquellos hombres se mostraran tan confiados. Tan seguros de su invulnerabilidad como para no haber levantado ni una sola vez la mirada para contemplar la sala. Cuando al fin sintió unos ojos fijos en él, fueron los del chico. El muchacho lo miró directamente, con fijeza, de manera observadora, y él hizo lo mismo. Tenía profundas ojeras, las mejillas hundidas.

Sus ojos volaron hacia la espada y Robert retiró la mano de la empuñadura. Cuando volvió a mirarlo, el chico ya se había retirado.

Ya había esperado suficiente. Inclinándose, agarró a Harris de un hombro con fuerza.

–Disculpadme, coronel, pero me preguntaba si querríais mantener una discreta conversación conmigo ahí fuera.

La fuerza de Harris era similar a la de Robert. Se apoderó de su muñeca al tiempo que se levantaba de la silla, para empujarlo a continuación contra la pared más cercana. Los hombres, desprevenidos, contemplaron la escena con un sorprendido silencio hasta que estallaron de júbilo, esperando ver a su jefe rompiendo algunos huesos.

Estrangulando a Robert con un brazo, lo levantó con el otro, casi en vilo.

–¿Qué clase de perro se ha atrevido a molestarme? –tronó–. Me lamerás las botas, bellaco, o te abriré en canal.

Agarrándose entonces al brazo del hombre y utilizándolo como palanca, alzó ambas piernas y le propinó una patada tal en el estómago que lo mandó volando sobre la mesa, en un desparramo de comida, bebida, dados y naipes. Harris perdió incluso su espada, que fue a parar al suelo. Saltando luego sobre la misma mesa, Robert desenfundó la suya.

–¿No os parece que un hombre que confunde a un lobo con un perro está destinado a acabar mal?

Sonriendo, Harris escupió un diente y un poco de sangre.

–Bueno, bueno... El joven Nichols, ¿verdad? Te recuerdo. Has crecido mucho desde entonces. La última vez que te vi, saliste corriendo mientras tu hermana pedía misericordia.

–Así es. Se llamaba Caroline –saltó al suelo y empujó de una patada la espada hacia él–. Levántate.

Harris recogió su arma y se incorporó.

–Sigues siendo un tipo delicado, ¿eh, muchacho? Bonito gesto el tuyo.

El resto de los hombres de armas hicieron sitio para el duelo, mientras los pocos parroquianos que quedaban del pueblo corrían hacia la puerta y se perdían en la noche.

–Es que quiero tomarme mi tiempo contigo. Saborear el momento después de tantos años –y le asestó una meteórica estocada que le dejó un profundo corte en la cara, de la sien a la mejilla–. Considero que es más divertido así.

Empezaron a moverse en círculo, sin apartar los ojos el uno del otro. Robert era un consumado espadachín, que no un muchacho asustado, y podía ver que su rival era bien consciente de ello.

–Ella sigue pensando en ti. Me encargó te diera recuerdos.

Se lanzó de nuevo hacia adelante y Harris soltó un grito de rabia y dolor cuando la enorme hoja le alcanzó en el hombro izquierdo, cortando músculos y tendones. Destruidos los nervios, abrió los dedos y soltó la espada, que rebotó contra el suelo. Riendo y maldiciendo al mismo tiempo, Harris se apoyó en una mesa mientras intentaba frenar la hemorragia.

–Como puedes ver, soy incapaz de manejar una espada. El duelo ha terminado. Te diré una cosa, Nichols. ¿Por qué no saludas a tu hermana de mi parte? Matadlo, muchachos.

Los juramentos, los gritos, los chillidos y el estrépito de la vajilla al romperse eran indudablemente contemplados por la mayoría de la gente como signos de mal agüero, pero para Hope fueron verdaderas señales venidas del cielo. Desde que decidió dar media vuelta y poner rumbo a Yorkshire y no a Londres, había temido el recibimiento de su esposo, pero después de haberlo buscado por el desierto bosque de Farnley, así como por las poblaciones de Farnley, Gildersome y Leeds, lo que empezó a temer fue que algo malo le hubiera sucedido por el camino. Tanto ella como el señor Oakes acordaron que hacer preguntas sería más perjudicial que beneficioso, de modo que se resignaron a recorrer taberna tras taberna, posada tras posada, esperando poder encontrar alguna pista. Y si Oakes interpretaba aquellos sonidos de batalla como prometedores augurios, lo mismo hizo.

–Confío en poder encontrarlo ahí dentro, milady. Quizá deberíais esperar aquí fuera con algunos hombres.

–No sería la primera bronca de taberna a la que asistiera, Oakes. No soy una delicada florecilla.

Se encontraron con una escena caótica. Mesas y bancos volcados. Una mujer yacía inconsciente o muerta bajo la mesa. En el suelo había al menos tres hombres muertos, mientras otros tres luchaban contra un cuarto... que blandía una gigantesca espada. ¡Era Robert!

–¡Atención, muchachos! Acaba de entrar una de las furcias del rey –dijo un hombre calvo y de estatura colosal, todo cubierto de sangre. Hope lo reconoció al instante por la descripción de Robert. Se produjo una momentánea tregua en la batalla cuando todos los concurrentes se volvieron a mirarla. Ella les devolvió la mirada.

Robert seguía mirándola perplejo cuando uno de los hombres lo atacó por detrás. Sin mirar siquiera, alzó un puño enfundado en su guantelete y aplastó la nariz del tipo, que se derrumbó como un fardo. Oyó a continuación un ruido metálico a su espalda y se giró justo a tiempo de esquivar la hoja de una *main-gauche*. Su reacción, sin embargo, fue demasiado lenta, ya que alcanzó al agresor en el muslo en lugar de atravesarle el corazón.

–¡Agarrad a la muchacha, estúpidos! –tronó Harris, y los dos soldados que quedaban en pie la rodearon. Robert dio la espalda al hombre que acababa de atacarle y hundió su espada en la espalda de uno, mientras Oakes y uno de sus hombres se encargaban del otro.

Hope había quedado a salvo en un rincón, rodeada por cinco hombres de Cressly. Robert pensó que al menos había tenido el acierto de traerlos consigo. Satisfecho, se volvió de nuevo hacia el coronel.

–Y ahora... muere.

–No me siento nada inclinado a complacerte –Harris se escondió detrás de uno de los pilares de madera y volvió a aparecer agarrando del pelo al desdichado y escuálido chiquillo–. Nos marcharemos ahora mismo, Nichols –capaz todavía de manejar un cuchillo, acercó la afilada hoja a la yugular del muchacho–. Y espero que no se te ocurra impedírmelo, si no quieres que le rebane el cuello.

–No lo harás –la voz de Robert sonó helada, indiferente–. Es tu hijo.

Harris rio entre dientes mientras sacudía cruel la cabeza del muchacho.

–¿Crees que eso me detendrá? Su madre es una ramera y él un pobre bastardo.

–¿Y crees *tú* que eso me detendrá a *mí*? –inquirió Robert con tono curioso, casi divertido. Dio un paso adelante y apoyó la punta de su espada en el pecho del chiquillo, justo sobre su corazón.

–Detrás del pecho de este muchacho está el tuyo. Tú me arrebataste algo, ¿recuerdas? ¿Por qué debería importarme arrebatarte algo a ti?

–¡Robert, no!

–Haz caso a tu furcia, Nichols. La estás asustando.

Robert se volvió para mirarla, sin retirar la espada del pecho del chico. Lo que vio entonces Hope la dejó horrorizada: era el hombre que él mismo le había advertido que era. Un hombre feroz, salvaje, sanguinario, con un brillo asesino en los ojos.

–¡Maldita sea, Oakes! –gruñó–. Te arrancaré la cabeza por haberla traído aquí. Sácala. ¡Ahora mismo! Llévala a Londres con el rey, que es con quien tendría que estar.

Hope se lo quedó mirando consternada.

–Robert, por favor, no puedes...

–Márchate. Ahora. No tienes nada que hacer aquí. Vete y no vuelvas.

Capítulo 29

—¡Pero ese pobre muchacho...!

—No necesitáis temer por él, milady. El capitán...

—No le haría daño. Lo sé. Vos me dijisteis que el capitán nunca haría daño a un inocente, y os creo. Pero cuando nos marchamos, tenía la espada sobre su pecho. Y que tu propio padre te utilice como escudo... ¿Qué clase de hombre es ese?

—La clase de hombre que necesita matar, supongo, milady. El capitán no daría caza a un hombre si no tuviera una buena razón para ello.

—No. Razón tiene para ello, sin duda. Siento que por mi culpa hayáis tenido problemas con él, Oakes.

—Soy perro viejo y duro, milady. Soportaré la tormenta.

—No debí haberos ordenado que volviéramos, pero el capitán y yo habíamos tenido una terrible discusión y yo no quería que fuese detrás de aquel hombre. Me enfadó mucho que se hubiera negado a acompañarme a Londres. Al principio solo sentía dolor y furia, pero no tardé en convencerme de que había emprendido un camino que terminaría haciéndole más mal que bien. Fui una estúpida al pensar que necesitaba que lo rescatasen. Se ve a las claras que es un hombre capaz de cuidar perfectamente de sí mismo y yo no he hecho más que complicarlo todo. Nunca lo había visto tan enfurecido.

—Ni yo. Pero el asunto ya estaba liado antes de que llegáramos nosotros, milady.

—Supongo que ya no deseará saber nada de mí.

—¿Eso creéis? Yo creo que, más que furioso con vos, lo estaba de que lo hubierais visto así.

Hope asintió, pensativa.

—Hay hombres que liberan en la batalla la bestia asesina que llevan dentro. Dicen que hasta se regodean en ello.

—Sí. El capitán es un hombre temible en el combate. Es bueno a la hora de sobrevivir, y eso quiere decir que es bueno a la hora de matar. Pero eso no lo controla a él. Es él quien lo controla.

—Vos me dijisteis que a veces, antes de la batalla, sus ojos semejaban los de un tiburón. Que parecían hechos de hielos. Esta noche yo vi esa mirada —se estremeció al recordarlo.

—Sí, yo también lo noté. Pero un hombre enloquecido no detiene su espada en medio de la lucha ni se interrumpe para ordenar que pongan a salvo a su dama. Recordad eso cuando os preguntéis vos misma por las cosas que el capitán más ama en esta vida, por las que gobiernan sus actos.

Oakes le dio un cariñosa palmadita en la mano antes de dejarla a solas con sus pensamientos y reunirse con Jemmy en el pescante, mientras el coche enfilaba rumbo a Londres.

Se recostó en los almohadones, todavía atormentada por la imagen del muchacho de mejillas hundidas y aspecto magullado, un inocente atrapado entre los odios de dos adultos. «Oakes tiene razón. Robert no le hará daño», pensó. Pero había otras maneras de hacer daño, que no requerían usar la espada o el puño. Las palabras de Robert resonaban en su cerebro una y otra vez, como enredándose con el traqueteo del coche. «No quieras saber quién soy. Voy de caza. Si tú supieras quién soy realmente, no te gustaría tanto. Puede que incluso me temieras».

Le había dicho a Oakes que la llevara con el rey, que era con quien tenía que estar. Le había dicho a *ella* que no volviera, y la verdad era que, después de haberlo visto así... ya no estaba segura de desear hacerlo. Se lo había advertido, sí... pero había cosas imposibles de describir con palabras. No estaba segura de que pudiera olvidar algún día aquella imagen suya, cubierto de sangre y rugiendo en medio de aquellos cadáveres. Mucho se temía que hubiera quedado para siempre grabada en su memoria. Era parte de su persona, y ahora lo era también de la suya.

«¡Oh, Dios mío! Al igual que la muerte de su hermana será por siempre parte de Robert... y la de Harris lo será de su hijo». Experimentó una profunda sensación de desesperación. Robert no era el puro caballero andante de sus sueños, como tampoco era el monstruo de las pesadillas de *él*. Era un hombre bueno y honesto que se esforzaba por ser justo, pero tanto si había nacido para ello como si lo habían empujado las circunstancias de la vida, también era un guerrero. Un guerrero marcado por heridas tan hondas que quizá no curarían nunca.

Le había dicho que su amante era la venganza. Según Oakes, estaba casado con aquella fría y oscura arpía llamada guerra. ¿Podría un hombre semejante adaptarse a la vida que ella quería llevar? ¿Como esposo, padre, amante, amigo? ¿Había sido justa al pedirle que eligiera, o al culparlo por haber tomado el único camino que conocía? Y también: ¿importaba todo ello algo después de que la hubiera despachado de su lado para mandarla con Carlos?

Capítulo 30

Oxford Kate's, Londres

Robert Nichols se sentía mucho más cómodo prestando ayuda que pidiéndola, y William de Veres no le estaba facilitando las cosas.

–¡Por todos los cielos! ¿Me estáis diciendo que la habéis extraviado? Es una mujer pequeña y menuda, ciertamente, pero un marido debería recordar en todo momento dónde ha dejado por última vez a su esposa.

–¿Dónde está Elizabeth? –le preguntó Robert a su vez, apretando los dientes–. Quizá ella sepa dónde podría alojarse una dama en Londres, si no es en la corte. Siempre me ha parecido una mujer muy decidida.

–¿Lizzy? Que me aspen si lo sé. Probablemente estará en alguna casa de juego, desplumando de sus ahorros a unos cuantos criados fuera de servicio. Le gusta frecuentar su compañía, ya lo sabéis.

–No... No lo sabía.

–¿Estáis muy encariñado con la muchacha, entonces?

–¡Por supuesto que lo estoy! –interrumpieron la conversación cuando apareció una tabernera con pan y cerveza.

Estaba algo más que simplemente encariñado con ella. Mucho más. Había experimentado una especie de epifanía en aquella taberna, cuando había tenido a su enemigo a su merced, con la punta de su espada en el pecho de un muchacho que le había parecido tan consternado y furioso como lo había estado él a su edad, y la mujer a la que amaba saliendo por la puerta. No: el lugar de Hope no estaba con Carlos. Desde el instante en que la vio bailando descalza en aquel parque, había sabido que era suya. Ella le había regalado su risa, su pasión, su confianza. Y le había hecho sentir, por primera vez en años, que la vida merecía la pena de ser vivida.

«Solo me pidió una sola cosa, y mira cómo se lo pagué. Abandonando nuestro futuro juntos, abandonándola a ella, para cabalgar de regreso a un pasado que siempre he odiado». Hope había estado a su lado cuando revivió sus peores y más oscuros momentos, y había tenido razón cuando le recordó que le había tocado a él estar a su lado, apoyarla. Era por todo eso por lo que había renunciado a su venganza. Hope era más importante, y el chico también. Pero la decisión conllevaba sus peligros.

—Bueno... Carlos aún no la ha visto; si hubiera sido así, yo me habría enterado. ¿Desea ella que la encontréis, capitán?

—¿Eh? ¿Qué? Oh. Quizá no —Robert se removió incómodo—. Tiene buenas razones para estar enfadada conmigo. Dudo que me esté esperando. Quedó profundamente contrariada cuando decidí marchar en busca de Harris en lugar de acompañarla.

—Ese fue un mal movimiento, amigo mío. Habéis llegado a tiempo de redimiros, pero... ¿y si es a Carlos a quien quiere?

—No. Estoy seguro.

—¿De modo que habéis conseguido robar el corazón de una de las bellezas más encantadoras de Londres?

—Tanto su corazón como su mano son míos —al menos eso esperaba—. Pretendo llevármela de vuelta a casa.

—A salvo de la codicia de nuestro soberano; lo entiendo. ¿Pero qué pasa con Harris? Es una desgracia que no fuerais capaz de rematarlo. Una bestia herida siempre es peligrosa.

–Habría tenido que matar también a su hijo. Y el muchacho era inocente.

William asintió.

–No fui yo quien os envió el mensaje, por cierto.

–Lo sé. Sospeché inmediatamente que se trataba de una trampa, pero ya que estaba allí... –se encogió de hombros.

–Por fortuna, la trampa no funcionó. No fue más que un cebo, por supuesto, para cazar una pieza mayor. Harris confiaba en atraeros hasta allí para haceros pasar por un conspirador más, y así quedar como un providencial informante y salvador ante su agradecido rey. Vos luchasteis por Cromwell. Un rumor convenientemente difundido os habría convertido en un acérrimo puritano: un «quintomonarquista» airado contra un rey que además os habría puesto los cuernos. La gente se habría creído ese cuento sin prestar atención a los hechos, porque aunque pensar mal de los demás puede considerarse un pecado, rara vez es un error –se interrumpió, pensativo–. Haremos con él lo que pretendía haceros a vos. Él mismo se condenó al establecerse en Farnley, para esperaros allí. Varios hombres afirmarán haberlo visto en el lugar, incluido uno de los principales informantes de Su Majestad, Joshua Greathead. Nada será más fácil que involucrarlo con el complot. Sí, Harris fue realista, pero luego se pasó a las filas parlamentarias para regresar de nuevo al servicio del rey. ¿Quién puede confiar en un hombre así, o adivinar lo que podría hacer? Sobre todo cuando el rey lo humilló ante todo Londres, al prometerle una recompensa por volver al redil para luego negársela y ofrecerle en cambio una baronía menor en el campo. Son muchísimos los que le deben generosas sumas de dinero. Se alegrarán de creer en su traición y de verlo caer en desgracia.

Robert ladeó la cabeza, mirando a su interlocutor con ojos entornados.

–¿Qué es lo que hacéis vos *realmente* para el rey? ¿Aparte de escribir versos satíricos, quiero decir?

–Oh, un poco de esto y un poco de lo otro. Solo en algunas ocasiones y cuando estoy de humor para ello, pero la verdad es que siempre me ha parecido útil saber cosas útiles. Espero que seáis discreto al respecto...

—Lo soy siempre.

—¿En la taberna también?

—De los que sabían quién era yo, allí sólo quedó vivo Harris.

—¿Y el muchacho? Podría hacer preguntas.

—Un riesgo necesario. Y tolerable. Dejadlo fuera de esto.

—Si algún minúsculo pez escapa a la red, nadie se dará cuenta. Pero tendremos que recogerla rápido, para que no escape nadie más. Será mejor que vos os encontréis durmiendo plácida a inocentemente con vuestra esposa cuando eso ocurra.

El silencio que siguió a sus palabras fue interrumpido por un ahogado rumor de carcajadas procedente del sótano, acompañado de los dulces acordes de una fídula.

—No me parece un final honorable —suspiró Robert mientras desenfundaba su espadón para apoyarlo sobre sus rodillas. El fuego de la chimenea arrancaba reflejos azules y anaranjados a su larga hoja—. Esta espada le estaba destinada.

—Es un violador y un asesino. Cometió dos veces traición. No se merece muerte honorable alguna.

Robert lo miró fijamente a los ojos.

—Hace años, asesinó a un ser muy querido. He esperado durante largo tiempo este momento. Su muerte debería ser responsabilidad mía, William.

—No todo es responsabilidad vuestra, capitán. Ese hombre también representa un peligro para Carlos. Si permitís que una tercera persona lo lleve ante la justicia, os prometo que morirá igualmente. Será como un tardío regalo de bodas, si queréis. ¿Qué es lo que más os importa, Robert? ¿La venganza, el orgullo… o vuestra esposa? Me parece que tenéis dos opciones. O confiáis en mí para que maneje el asunto con la debida diligencia mientras vos buscáis a vuestra dama... o afrontáis el riesgo de perderla y os encargáis vos mismo.

–Sabéis que esa elección ya está hecha.

–Entonces tengo otra cosa que deciros. Su Majestad se entrevistará con vuestra amada dentro de una hora.

–¡Y me lo contáis ahora! ¿Por qué no me lo habéis dicho?

–Acabo de hacerlo. Pero os aconsejo que obréis con cautela, si no queréis acabar ladrando órdenes a reclutas borrachos en Tangiers.

Capítulo 31

Hope Nichols, lady Newport, llevaba tres días vagando por Londres desorientada y sin saber qué hacer. Su título parecía servirle de disfraz. Nadie pareció reconocer a aquella oscura condesa de campo, pese a las numerosas miradas de admiración que suscitaba entre los caballeros con los que se cruzaba. Su casa de Pall Mall se hallaba ocupada por un diplomático francés, y cuando se presentó ante el agobiado chambelán de palacio con el mensaje real, el hombre le lanzó una simple mirada y le aseguró que le concertaría una entrevista con el monarca, pero que tardaría unos cuantos días. De modo que tomó habitación en una posada con vistas al parque y allí se instaló a esperar. Aparentemente, pese a la tensión y al trastorno que había ocasionado en su vida, aquella llamada a la corte no debió de haber sido para Carlos más que una ocurrencia, una decisión tomada sobre la marcha. No tenía lugar alguno que pudiera llamar hogar, ni deseo de hablar con Carlos, y lo último que había visto de su marido había sido su espada apuntando al pecho de un muchacho. De ahí que cuando Su Majestad la llamara finalmente, su paciencia estuviera casi agotada y sus nervios a punto de estallar.

El monarca se levantó para saludarla nada más verla entrar en la habitación, con los brazos tendidos y una dulce sonrisa en los labios.

–¡Por Dios, señora! –exclamó ceremoniosamente–. ¿Cómo es posible? ¡Sois más bella de lo que recordaba!

Hope evitó su abrazo, sustituyéndolo por una formal reverencia.

–¿Su Majestad deseaba verme? –permaneció de pie, tensa, rehusando sentarse.

–Estás enfadada conmigo. Sientes que te he dejado en el campo durante demasiado tiempo...

–Me convocasteis en la temporada más ocupada del año, para dejarme luego esperando en una posada.

–No respondiste a mis cartas.

–Porque nada me quedaba que deciros.

–Ven aquí, corazón. Ya te dije que sería una separación temporal. Ahora eres una dama. Te he preparado una suite y...

–No me quedaré. Ya no guardo ningún sentimiento por vos, aparte del honor y del respeto que debo a mi rey.

–Estoy seguro de que podré convencerte de lo contrario, mi dulce...

La puerta se abrió de improviso y un gigante vestido de negro entró a buen paso en la habitación. Lo escoltaba un grupo de guardias que parecían tener problemas en alcanzarlo. El caballero se descubrió e hizo una reverencia.

–Disculpad el retraso, Majestad. Tuve un pequeño problema en el camino.

Hope experimentó una punzada de euforia. ¡Era Robert! ¡Estaba allí!

El rey despachó a los guardias.

–¡Capitán Nichols! ¡Qué agradable sorpresa!

–¿Sorpresa? Estoy confundido, Majestad ¿No nos habéis convocado recientemente a mi esposa y a mí a la corte?

Carlos esbozó una mueca de disgusto.

–Cierto. Aunque al mismo tiempo esperaba que *vos* pudierais encontraros algo... indispuesto para efectuar el viaje. En el futuro, no os sintáis obligado a venir cada vez que llamemos a vuestra esposa. Pienso asignarle determinados deberes para con la reina, con lo que esperaré verla a menudo por aquí.

—Su Majestad es muy amable al preocuparse por mi salud, pero os aseguro que no será necesario. Soy de naturaleza fuerte y cualquier afección que sufra solo será temporal.

—Me alegra sobremanera saberlo, porque casualmente tengo noticias para vos —el rey le pasó un brazo por los hombros con aparente gesto amistoso—. Llevaba queriendo hablaros acerca de un mando en plaza. Ya me mencionasteis con anterioridad que estabais interesado. Estamos cada vez más preocupados por esas malditas incursiones de los holandeses en nuestras rutas comerciales. Vuestro talento y experiencia podrían sernos de gran utilidad, a la par que a vos os proporcionarían algunas oportunidades muy lucrativas.

«Al menos no me mandará a entrenar soldados a Tangiers», pensó Robert.

—De nuevo os agradezco vuestra generosidad, Majestad. Me hacéis un gran honor, pero me duele deciros que no tengo talento alguno como marinero, señor. Estoy feliz de haber servido a Inglaterra como soldado, pero ahora que ya soy un hombre casado, anhelo llevar la humilde y tranquila vida de un pequeño aristócrata rural. Además de que el lugar de un marido está junto a su esposa, particularmente cuando se trata de una dama tan encantadora y de confianza como la mía.

—Estáis pecando de impertinente, señor. Me atrevería a decir que no es a mi persona a quien habéis servido, sino a vos mismo. Y en mi propia mesa —le espetó el rey.

—Con el debido respeto, Majestad, mi esposa no es vianda de vuestra mesa —las desafiantes palabras de Robert parecieron resonar en la habitación.

—¡Desde luego que no! —exclamó Hope, repentinamente harta de la situación—. Pero tampoco soy tuya, Robert. Estoy cansada de que otros decidan sobre mi vida. De que ignoren mis preocupaciones. De que hablen sobre mí como si no estuviera presente. De que den por hecho que sus deseos tengan por fuerza que ser los míos, sin que se molesten en preguntarme al respecto... Soy perfectamente capaz de administrar mi propia vida. No soy esclava de ningún hombre. Soy una mujer inglesa libre, pero atrapada en el arreglo que habéis hecho vosotros dos. Pues bien, caballeros, tengo algo que deciros. El único acuerdo que honraré será el que yo acepte libremente... ¡y que el diablo os lleve a los dos! –se dispuso a abandonar la habitación muy digna, dejando a ambos hombres boquiabiertos por la sorpresa.

–¡Hope! ¡Espera! –gritó Robert–. Necesitamos hablar.

Por toda respuesta, agitó una mano con gesto furioso y continuó caminando.

–¡No hemos terminado de hablar, lady Nichols! Volved de inmediato. No os he dado permiso... –Carlos se interrumpió cuando Hope dobló una esquina y desapareció finalmente de su vista–. Vaya. En cuanto a vos... –se volvió hacia Robert para clavarle un dedo en el pecho–. Alardeáis de que es vuestra, ¿no? Pues encontradla, capitán. Y ni se os pase por la cabeza abandonar Londres sin habérmela traído antes.

El problema era que, dada la rapidez con que había desaparecido, no tenía la menor idea de por dónde empezar a buscarla.

Capítulo 32

Hope caminaba calle abajo rumbo al distrito del teatro, dudando de todo excepto de que había terminado con Carlos. Le había dicho las palabras a la cara. Más allá de la irritación, el recelo y un cierto resentimiento, su vista no le suscitaba sentimiento alguno, ni siquiera de amistad. Él era su rey: eso era todo. Robert, en cambio, era diferente. Su vista hacía que hasta el último nervio de su cuerpo vibrara de vida. Cuando cinco días atrás irrumpió en la habitación del rey como un antiguo conquistador dispuesto a reclamar lo que era suyo, el corazón se le había detenido y había tenido que obligarse a respirar. Había guardado su promesa, después de todo.

Pero lo que ella les había dicho a ambos era cierto. Durante toda su vida, otra gente había intentado dirigirla, controlarla, amoldarla a sus propios propósitos. Había sido reclamada y poseída, comprada y vendida, y aunque su corazón y su espíritu habían permanecido libres, había sido la decisión de los demás lo que había condicionado los principales giros de su vida. Esa vez no iba a dejarse avasallar. Lo que quería, aquello con lo que soñaba, era demasiado importante. La decisión tenía que ser suya.

Robert había abierto una puerta y ella había entrado sin saber que con ello se metía en un vendaval, un remolino. Necesitaba tiempo para absorberlo todo. Tiempo para pensar.

Desafortunadamente, pensar en profundidad y mirar por dónde iba nunca había sido su fuerte, de manera que al doblar la esquina fue a chocar literalmente con una antigua amiga: la pelirroja actriz Peg Hughes.

—¡Vigila por donde vas, aristocrático trasero! Eres más ciega que mi abuela y... ¡por todos los diablos! ¿Hope? Hope Mathews, ¿eres tú? —Peg le dio un abrazo que casi le rompió las costillas, para luego arrastrarla a la Taberna del Rey a comer pasteles de carne y beber cerveza—. ¡Pero si te has convertido en una dama de postín! Todas nos estábamos preguntando dónde te habías metido.

—Me casé, Peg. Y me fui a vivir al campo.

—Perdiste al rey pero ganaste un marido, ¿eh? Es una buena jugada. ¿Es pobre pero joven y guapo, o rico y un viejo sapo?

—Es suficientemente rico y endiabladamente guapo, Peg. Más alto que el rey. Tanto como el príncipe Rupert. La clase de hombre que marea a las chicas.

—¡Bah! —Peg escupió al suelo—. ¿Qué se te ha metido en la cabeza? Una no se casa con tipos así. Una vez que se haya gastado todo tu dinero en el juego, se irá corriendo detrás de las furcias.

—No mi marido. La única furcia a la que quiere soy yo. Al resto las deja en paz.

Ambas estallaron en carcajadas y Peg le pellizcó una mejilla.

—Sí que eres real... Y sigues creyendo en los cuentos de hadas. Dejaste las tablas demasiado pronto. Ya sabrás que ahora hay dos compañías de actores de teatro: los *reyes* y los *duques*. Se alegraran de tenerte de vuelta. La gente siempre vendrá a ver a una de las chicas de Carlos.

—He terminado con él, Peg.

—Pero si te envió fuera y ahora te ha traído... es que *él* no ha terminado contigo.

Charlaron y bebieron vino del Rin durante el resto de la tarde. Hope se dio cuenta de que no había tomado verdadera conciencia de lo sola que se sentía hasta que se encontró con Peg. Echaba de menos a Rose y a Daisy; a la señora Overton incluso. Pero por encima de todo echaba de menos al hombre cuyo contacto le provocaba estremecimientos en todas y cada una de las partes de su cuerpo, cuya cálida voz la consolaba y excitaba a la vez. El hombre que le contaba historias cuando estaba triste, y que le enseñaba a manejar la espada. Su última noche juntos, antes de que él se marchara para Yorkshire, le había dado a conocer placeres desconocidos y...

–¿Hope? –Peg golpeó la mesa con su jarra hasta que consiguió llamar su atención–. Vaya. Otra vez te has quedado alelada. Ciertamente no tienes el aguante con el alcohol que tenía tu madre –acto seguido le puso al tanto de todo lo que se rumoreaba en Londres. La mayor parte de las murmuraciones tenían a sus protagonistas habituales: el rey, sus amigos, y ahora también la reina.

Aburrida, volvió a pensar en Robert. ¿Podía una mujer abandonar a alguien así, sabiendo cuánto lo amaba? ¿Podía una mujer quedarse a su lado, conociendo aquella cosa oscura que lo reclamaba? ¿Sabiendo lo muy peligrosa que era, consciente de que podría tener un peso y una importancia en su vida mayor que ella misma? «¡Pero él volvió!», se recordó, vehemente. «Cumplió su promesa».

–Ahora lo que comenta todo el mundo es que es estéril –continuaba Peg, toda excitada.

–¡Pero si solo lleva casada cinco meses! –protestó Hope.

Hablaron durante un rato más, y Peg la invitó a acercarse el teatro del Duque, que representaba obra esa noche. Hope sabía que sería una buena oportunidad para hacer contactos y saludar a viejos conocidos, pero lo cierto era que se sentía demasiado sola y triste. Su amiga le dio un abrazo y se despidió después de prometerle que la visitaría pronto.

Tomó entonces el barco que viajaba por el río hasta los nuevos jardines de Vauxhall. Para finales de aquella misma semana cerrarían por la temporada, y aquella noche Hope necesitaba sentirse como si estuviera de vuelta en el campo, tanta era su nostalgia.

El barco se meció suavemente para detenerse cerca de la puerta del río. Se oían risas alegres más allá de las escaleras, entre los dulces acordes de la música. Entró en un mundo encantado de tenderos, comerciantes, cortesanos y familias con sus hijos. Todos ellos se mezclaban en una multitud entusiasmada, bailando y flirteando, escuchando a arpistas y violinistas, disfrutando de los pasteles y de la carne en polvo, o cenando elegantemente en mesas de blancos manteles. Hope sonrió mientras se movía entre ellos, decidida a olvidarse de sus preocupaciones por un rato y a dejar que aquella bella y pintoresca fantasía le alegrara la noche.

Estuvo vagando sin rumbo hasta que encontró un tranquilo y discreto rincón al lado de una fuente. Un ruiseñor cantaba dulcemente en una oculta enramada, bajo la colorida bóveda del cielo. Cerca podía distinguir un claro lleno de alegría y de color, con templos romanos, magos y juglares: todo era fantástico y hermoso, y sin embargo ella se sentía tan sola...

De improviso un fuerte brazo le rodeó la cintura y una tosca mano le cubrió la boca, silenciando su grito. Ella se la mordió, haciéndole sangre. Su captor, maldiciendo entre dientes a cada patada y arañazo que recibía, la arrastró a través de unos setos hasta una escondida gruta artificial.

—¡Por el amor de Dios, Hope! Enfunda de una vez tus garras y esconde tus colmillos. Eres peor que tu sanguinaria gatita. ¿Dónde diablos te habías metido? ¡Llevo buscándote durante cuatro malditos días seguidos! Había empezado a temer que te hubiera pasado alguna desgracia.

—¿Robert? —alzó la mirada hacia él, impresionada. Era como si sus propios pensamientos lo hubieran conjurado en el aire.

Él gruñó a modo de respuesta, mientras examinaba a la luz de la luna las heridas que ella acababa de hacerle.

—Me has dejado más cicatrices en una sola noche que en todos mis años como soldado. Me escuecen horriblemente.

—¡No debiste haber aparecido por sorpresa para agarrarme de esa forma! —temblaba de asombro y de miedo, de furia y de entusiasmo, pero no se olvidó de dar las gracias en silencio a quienquiera que hubiera atendido sus plegarias.

Permanecían de pie uno frente a la otra, muy cerca, ambos jadeantes.

—Y tú no debiste haberte alejado para pasear sola por esos senderos, a esta hora de la noche. Es peligroso. Cualquier estúpido habría podido confundirte con una vulgar ramera.

—Quizá haya venido precisamente para eso.

Robert esbozó una mueca de disgusto.

—Entiendo que estés enfadada. Sé que te he decepcionado. Pero tanto tú como yo llevamos demasiado tiempo fingiendo lo que no somos.

—¿Te refieres a pasar por valiente cuando estoy atemorizada? ¿O a ofrecer un aspecto frío cuando tengo roto el corazón? ¿Qué otra opción me queda? Es mi única armadura. ¿Qué es lo que finges tú?

—Yo finjo... —aspiró profundamente—. Finjo todo eso mismo que has dicho.

—Yo te vi, Robert. Vi lo que eres capaz de hacer. ¿Qué es lo que podría asustarte a ti?

—Oh, Hope, tú me asustas. Llevo atemorizado desde el momento en que le dije a Carlos que me casaría contigo. Aquella noche te estuve observando mientras bailabas. Estabas tan extasiada que no me oíste acercarme. Tan pronto como acepté supe que acabaría amándote, y temí lo que pudiera suceder cuando llegaras a conocerme realmente. Por eso intenté evitarlo, pero tú seguías insistiendo. Dios mío, Hope. Yo nunca quise que me vieras así... Debí haberte escuchado. Nunca debí haberme marchado —su voz era apenas un murmullo.

–Pero al final viniste a Londres. Cuando te necesité, estuviste a mi lado.

Alzó una mano para recogerle delicadamente un mechón de cabello detrás de la oreja y al momento siguiente ella se lanzó a sus brazos. Gimió y la estrechó con fuerza contra su pecho, enterrando los dedos en su pelo, acunándole el rostro y cubriéndoselo de febriles besos.

–Quiero que me ames, Robert –susurró contra sus labios.

–Te amo, elfo. Llevaba tanto tiempo frío, solo, que me había acostumbrado a ello. Por eso, cuando entraste en mi vida y me calentaste como si fueras el sol, no supe cómo decírtelo, cómo demostrártelo. Tú me has devuelto la vida y no puedo dejarte marchar. Carlos no podrá tenerte. Nadie más podrá. Eres mía.

Cayó de rodillas, arrastrándola consigo y besándole los senos, los labios, el cuello.

–Imaginé que aparecerías en mi vida, Robert, ya desde que era pequeña. Hasta que lo descubrí hace poco: tú no eres la fantasía de una niña. Pero eres mi hombre. Te anhelé esta noche, y ahora estás aquí...

Forcejearon para desnudarse, ávidos e impacientes, hasta que él la tumbó en el suelo.

–Te he echado tanto de menos... Tu calor, tu sabor, tu piel tan suave... Llevo más de una semana echándote de menos en mi cama –sus manos recorrieron todo su cuerpo, ásperas y demandantes, alzándole las faldas y la ropa. Así hasta que se inclinó para refrescar el pulsante calor que se extendía entre sus muslos con un húmedo, sensual beso.

Hope jadeó y se arqueó contra él, enredando los dedos en su pelo, gimiendo de placer mientras su ágil lengua trazaba perezosos dibujos, levantaba olas de líquido placer a partir de su acalorado centro para diseminarse por todo su cuerpo. Cada parte de su ser lo deseaba. Violentos estremecimientos la recorrían de pies a cabeza mientras le acariciaba el pelo con ternura.

–Quiero sentirte profundamente dentro de mí, Robert. Quiero que me llenes como llenas mi corazón.

Él le besó el vientre y un pezón que demandaba sus caricias a través del corpiño de terciopelo. Hope jadeó y volvió a arquearse mientras él le soltaba los broches y retiraba el lino y el encaje para lamerle los senos. Ella gimoteó y se removió, acercándole la cabeza para que mordisqueara delicadamente sus pezones.

Asaltándola por todas partes con dulces y ardientes besos, Robert fue ascendiendo con lentitud por su cuerpo para reclamar su boca, y empezó a acariciarle seductoramente los labios con los suyos, a tentarla con la lengua. Hope abrió entonces la boca mientras él se embebía de su sabor, con un beso que fue tanto un acto de posesión como una salvaje caricia.

Rodaron abrazados por la hierba hasta que él la montó, brillante su piel desnuda a la plateada luz de la luna. Sus ojos, que resplandecían como estrellas, parecían reflejar y concentrar todo el misterio y la magia de aquella noche.

Hope estiró una mano y plantó la palma sobre su pecho, sintiendo el firme pulso de la vida debajo.

–Tú no eres ningún sueño –susurró–. Pero haces realidad mis sueños.

Robert se cernió sobre ella, empujando su rampante miembro contra su cálido sexo. Cuando entró, con deliberada lentitud, saboreando el momento, lo hizo como alguien que, después de años perdido en el desierto, hubiera encontrado por fin el camino de regreso a casa.

Hope se arqueó contra él, urgiéndolo a que profundizara sus embates, envolviéndolo en un sensual, abrasador abrazo. Nunca el cielo de la noche había brillado con tanta majestad. Nunca ningún lecho había sido más caliente, más suave, más invitador que la hierba que sentía bajo su cuerpo. Nunca antes se había sentido tan abrigada, tan segura. En los brazos de Robert, el mundo latía y reverberaba de color y de vida.

Robert continuaba empujando, imitando con la lengua el mismo urgente ritmo de sus caderas. Ella lo apretó en su interior cuando se vio asaltada por repetidos espasmos de placer, que se sumaron y confundieron con los de él en un feliz y arcano vínculo. Con un suspiro se derrumbaron cada uno sobre el otro, saciados, como formando un solo cuerpo.

—¡Bueno! —dijo Robert en cuanto hubo recuperado el aliento—. Creo que deberíamos hacer esto más a menudo. Cada noche, por ejemplo, ¿no te parece? —inquirió con voz esperanzada.

Arrebujada en sus brazos, le dio un mordisco juguetón en una oreja.

—Cada vez es nueva contigo. Siento cosas que jamás antes había imaginado. Tú me llevas a lugares, Robert, que... no tengo palabras para describirlos.

—¿Me he redimido ante tus ojos, entonces? —le preguntó mientras la peinaba delicadamente con los dedos.

—¿Por ser tan burro? —habría podido decirle más cosas, pero no lo hizo—. Sí. Pero todavía tengo que perdonarte por haberme dado ese último susto.

Robert extendió entonces su destrozada mano para que la viera.

—Mira lo que me has hecho: la tengo hinchada por la herida del mordisco. Rezo para no perder la diestra, con la que manejo la espada.

Hope se quedó sin aliento, horrorizada, y se apresuró a tomársela para cubrírsela de besos.

—Iremos a que te la vea un médico ahora mismo. ¡Lo siento tanto, Robert...! No tenía idea de que eras tú.

—Era broma —recogió su casaca del suelo y la envolvió en ella como si fuera un abrigo—. He sobrevivido a heridas mucho peores. Con el cuidado y atenciones apropiadas de mi esposa, estoy seguro de que curará pronto.

—¿Cómo conseguiste encontrarme?

—No fue fácil. Me acordé de tu fascinación por los jardines y las flores. He estado en Hyde Park, en el parque de

Saint James, en los jardines de Whitehall, en cada maldito jardín que he podido encontrar, preguntando a desconocidos por una belleza élfica de cabello negro como la noche y ojos color violeta. ¿Sabías que hay dos jardines aquí? Uno antiguo y otro nuevo, aunque este es el mejor. Se me han ofrecido rubias, morenas, pelirrojas de todo tipo y descripción, pero a ti nadie te había visto. Ha sido por pura suerte que te he encontrado esta noche. ¿Te estabas escondiendo?

–No. Sí. Necesitaba tiempo para pensar.

–Todo ha terminado. Con Harris, quiero decir.

–¿Lo mataste?

–No. No podía hacerlo sin hacer daño al muchacho. Y tampoco pude después de haberte visto a ti. Odié que me vieras de esa manera, y de repente todo me pareció absurdo y estúpido. No solamente no iba a poder recuperar a Caroline: corría además el riesgo de perderte. Ya no quiero vivir en el pasado, Hope. Quiero tener una vida nueva y un futuro contigo, Hope. Mi vida significaba muy poco hasta que apareciste tú, y supe que si te perdía no volvería a tener otra oportunidad –le tomó la mano y le besó los dedos–. Hope Mathews, nunca antes he estado enamorado. Es probable que cometa muchos errores. Supongo que si aceptas quedarte conmigo, tendrás que ser muy paciente. Oakes, que me conoce bien, dice que no soy bueno con la gente. Pero intentaré corregirme y escuchar: quiero aprender. Y si no llegas a sentirte libre ni feliz conmigo, haré todo lo posible por ayudarte a estar donde quiera que desees estar. Habría debido preguntártelo antes, si ambos hubiéramos disfrutado de libertad suficiente, pero... ¿Querrás casarte conmigo?

Riendo a través de las lágrimas, lo tumbó boca arriba y le tendió la mano.

–Estoy *exactamente* donde deseo estar, tonto. Y quiero ver ese anillo.

Robert se lo deslizó en el dedo y la besó con ternura. Ella le frotó con la nariz la piel sensible de detrás de la oreja.

–¿Qué sabe Oakes de esas cosas? –exclamó ella, recordando su frase anterior–. Bastante menos que tú, supongo. Le gusta la señora Overton y ni siquiera es consciente de ello. Créeme cuando te digo, Robert... –cruzando los brazos sobre su pecho, apoyó la barbilla en las manos– que eres muy, pero que *muy* bueno con las mujeres.

Capítulo 33

Lord y lady Nichols recorrían una majestuosa cámara atiborrada de libros y papeles, curiosidades y relojes.

–¿Así que esta es la habitación real?

–Sí.

Hope se puso roja como la grana, aunque sabía que no necesitaba preocuparse. Robert nunca se sentía intimidado ni dudaba de su propia destreza cuando se trataba de enfrentarse a otros hombres. Lo observó cuando se puso a juguetear con un telescopio: la expresión fascinada que veía en sus ojos le hizo sonreír. Quizá le regalaría uno por Año Nuevo. Se lo imaginaba perfectamente usándolo en la terraza, en las noches de verano sin luna.

Le dolió darse cuenta de que desconocía la fecha de su cumpleaños. Eran tantas las cosas sobre Robert que aún tenía que aprender... Y sin embargo sabía lo más importante. Que cuando lo necesitara, él estaría a su lado.

–¡Mira esto, Hope! –le dijo, de pie frente a un autómata que representaba a un nutria atrapando peces.

Se acercó para apoyarse sobre su hombro, intentando parecer adecuadamente impresionada mientras se preguntaba por qué los estúpidos juguetes de aquella clase parecían convertir a hombres bien crecidos en niños grandes.

–¿No te resulta extraña la manera en que nos conocimos tú y yo?

—¿Te refieres al desfile?

—A eso y otras cosas.

—Bueno, aquella noche en Pall Mall me resultó ciertamente muy extraña, empezando por tu vestíbulo forrado de espejos.

—Pero piensa bien en ello, Robert. Habría sido poco probable que yo fuera alguna vez a Nottingham, o que tú vinieras al teatro.

—¡Ah! Entiendo lo que quieres decir. Te estás preguntando si es posible que el destino conspirara para reunirnos esa segunda vez.

—¡Exacto!

—Bueno —se quedó pensativo—. Si tú te consideras la Cenicienta del cuento, entonces Carlos sería tu hada madrina. Podríamos decir que él te vistió para el baile y te instaló en una bella carroza... aunque perdiste las dos zapatillas, que no una —estallaron ambos en carcajadas.

—¡El cetro real era una varita mágica! —exclamó ella.

—¡Y Castlemaine la malvada madrastra!

—Esperemos que no se disguste y nos convierta a ambos en calabazas....

—¿Por qué no se lo preguntáis vosotros mismos, queridos? Su Majestad está justo detrás de vosotros. Sois un taimado pueblerino, capitán.

La expresión de Hope reflejó una sorpresa casi cómica, mientras que la de Robert fue meramente escrutadora, algo preocupada. Carlos no pudo reprimir una sonrisa.

—Vuestro marido es muy grande, lady Nichols. Al acercarme por detrás, no he podido sino advertirlo. ¿Seguís enfadada conmigo por haberlo escogido a él?

—*Yo* lo he escogido, Carlos —le ofreció la mano, ostentando orgullosa su anillo—. Al final eso es lo único importante.

—¿Y si despojo a tu bello gigante de sus tierras?

—Formamos una pareja de talento, Majestad —intervino Robert—. Yo sigo teniendo mi espada, y mi esposa diseñará jardines.

-¡Jardines, decís! –se carcajeó el rey–. Carlos, llamadme Carlos. ¡Virgen Santa! Tenéis una lengua afilada, capitán Nichols. Venid. Sentaos. Tomaremos algo de vino. A vuestra salud, queridos... por un muy feliz matrimonio.

-¿No estás enfadado? –le preguntó Hope, apeando el trato formal.

Carlos se encogió de hombros.

-No tengo fama de celoso. Mientras otras damas soñaban con joyas, pensiones, favores... tú querías salir a pescar. Deseabas un marido serio, posesivo. Querías enamorarte. Y al parecer también querías trastear con flores y plantas. Si el capitán no hubiera luchado por conservarte como lo ha hecho, habrías estado mejor conmigo, desde luego. He de reconocer que tenía mis esperanzas, pero me alegro de veros tan felices... aunque no negaré que me fastidia un poco.

No mucho después de que se hubieran marchado, un taciturno Carlos Estuardo apuraba de un trago su copa de vino. Reflexionó sobre su situación. Encadenado a una envanecida y rencorosa amante, así como a una esposa llorosa, nostálgica de su patria... y abandonado por una bella damisela. ¿Cómo la llamaba su gigantesco esposo? Ah, sí: elfo. El nombre le cuadraba. Le había prometido que cuidaría de ella.

Hope era ya una dama con título, con un marido que la amaba. No era la recompensa habitual, aunque ella tampoco era una mujer habitual. «La echaré de menos. ¿Con quien saldré a pescar, a navegar? ¿Quién me acompañará a las carreras, y a trasegar brandy y cerveza?», se preguntó.

Amaba a Castlemaine, pese a lo fría y cínica que era. Con Catalina, su esposa, estaba mayormente obligado, aunque todavía tenía que concebir un heredero y faltaba media dote por entregar. Pero era Hope quien más le gustaba. «Su marido es indudablemente un hombre afortunado». Había tomado nota de hacer que su jardinero le enviara un surtido de rosas y algunos árboles para su jardín de invierno.

Uno de sus caballeros se acercó para susurrarle algo a la oreja, y asintió con la cabeza.

—Sí, por supuesto. Hacedles entrar —se levantó de su asiento y abrió los brazos para saludarlos—. ¡William! ¡Elizabeth! ¡Qué agradable sorpresa! Venid a sentaros. Tomaremos un poco de té. Es la bebida favorita de mi esposa, y yo mismo me estoy aficionando.

Se reunieron los tres alrededor de una mesa, junto a la ventana.

—Estoy en deuda contigo, William. Por habernos advertido sobre Harris. Fue apresado junto a otros treinta conspiradores, y resultó seriamente herido cuando intentaba escapar. ¿Veré alguna vez el final de estos ridículos complots? Pero sentaos, por favor, y decidme a qué habéis venido.

—Carlos, hemos venido a despedirnos. Lizzy y yo nos vamos a casa.

—¡No! Todos aquellos de cuya confianza y compañía disfruto se marchan. Este lugar apenas resultará reconocible. Os necesito aquí.

—Volveremos para visitaros a menudo. Y, por supuesto, sois bienvenido a visitarnos cuando queráis en nuestro hogar.

—¿*Et tu*, Elizabeth? ¿Te marcharás después de lo mucho que te ayudé con tu última obra de caridad?

Elizabeth se levantó y rodeó la mesa para besarlo.

—Gracias, Charlie. Una vez más te estoy enormemente agradecida.

El rey se levantó también y le devolvió el beso.

—¿Lo veis, De Veres? —se burló—. Acabo de besar a vuestra esposa. Podría arrebatárosla cuando quisiera.

—Mi esposa os *permite* que la beséis... de la misma manera que lo hace con su cachorro. Yo lo encuentro baboso y un punto desagradable, pero ella no desea herir los sentimientos del pobre animal.

  JUDITH JAMES

Carlos sonrió y le dio a Elizabeth unos cariñosos golpecitos en la barbilla.

—Necesito a mi poeta. Particularmente en estos tiempos tan amargos. Regálanos un poema, Will.

Nuestro Enrique libertador de la esclavitud romana
media docena de mujeres desposó
pero Carlos solo con una resolvió casarse...

—¡Basta! —ordenó Carlos, cansado—. Ya veo cómo termina.

William le hizo una profunda reverencia.

—No llevo tanto tiempo viviendo en el campo como para entonar tan bellos trinos, Majestad. Dejadnos marchar. La alegría de mi tono suena falsa. Soy incapaz de soportar la corte por más tiempo, a no ser que esté borracho. Si me obligáis a quedarme, acabaré hiriéndoos con mis versos. Y os quiero demasiado para disfrutar de una cosa así.

Carlos suspiró.

—Sabía que ocurriría uno de estos días. Idos entonces los dos. Volved con vuestras vacas lecheras y vuestros sembrados de patatas. Han sido demasiadas despedidas por hoy. Se impone una salida al teatro para ahuyentar la tristeza.

El rey se sentó con Buckingham en su palco. Se alzó el telón y estalló un enfervorecido aplauso, salpicado con exclamaciones de deleite, cuando una bella muchacha tocada con un casco dorado con plumas color violeta descendió de lo alto, blandiendo un escudo y una espada de oro. Aterrizó en las tablas sobre sus pies enfundados en altas glebas también doradas. Exceptuando dicho atavío, estaba completamente desnuda. Rompiendo a cantar una tonada, comenzó a deambular por el escenario revelando un trasero respingón.

—¿George? ¿Quién es?

—La última actriz en boga. Se llama Eleanor Gwynn.

Capítulo 34

Bajo una bóveda de hojas suavemente agitadas por la brisa, apoyada la espalda en su tronco, Robert descansaba al pie de un inmenso y majestuoso tejo en el bosque de Sherwood. Hope se arrebujaba plácidamente en su regazo. Con más de un millar de años de edad, uno casi podía sentir su vida y su calor fluyendo por sus ancianas venas. Bastaba cerrar los ojos para imaginarse a los hombres y mujeres normales y corrientes de otra época que habían sido responsables de gestas extraordinarias, tales como desafiar a grandes señores para salvaguardar su libertad.

¿De qué maravillas habría sido testigo aquel monarca de la floresta, testigo inmutable de las fugaces vidas de los hombres? No era un árbol sino dos, con raíces y troncos tan entreverados que, vistos de lejos, se fundían en uno. Algunos nativos de la zona los denominaban «los árboles casados».

Otros decían que Robin y Marian se habían unido bajo su fronda. Robert sonrió y besó la cabeza de su preciosa mujer. A ella le gustaba aquella historia. Por eso habían vuelto a casarse un primero de mayo, exactamente un año después del día en que entró por vez primera en su vida, solo que esa vez en un lugar de su propia elección.

Hope se desperezó mientras le rodeaba la cintura con un

lánguido brazo. Exhaustos después del banquete nupcial, contemplaban felices a los amigos y criados que, junto con el pastor de Derbyshire, se divertían en el distante prado. Los acordes de la flauta y de la fídula, las risas y las canciones llegaban hasta ellos transportadas por la dulce brisa.

—¿Recuerdas, Hope, cuando me dijiste que si me libraba del pasado podría encontrar aquello que estaba destinado a hacer?

—Mmmm, sí. Lo recuerdo.

—Pues ya lo he descubierto. Estaba destinado a amarte.

—Por supuesto que sí, tonto. Soy una mujer muy sabia. Deberías hacerme caso siempre.

Él le hizo cosquillas y ella le propinó un codazo y se removió de nuevo, hasta quedar con la cabeza apoyada en el hueco de su brazo.

—Te amo, Hope Nichols, señora de los prados y bosques, mi propio y dulce elfo.

—Yo te amo a ti, capitán Nichols. Agradezco cada día que saliste de mis sueños para llevarme lejos.

Algo llamó la atención de Hope, un movimiento entre los árboles en lo alto de una verde colina. Vio a una hermosa joven de rasgos dulcemente redondeados y rizos de oro que ondeaban al viento, haciendo volar una colorida cometa. La niña se volvió para mirarla con una radiante sonrisa y la saludó con la mano. El sonido de su risa de felicidad la siguió mientras desaparecía al otro lado.

Epílogo

Las gaviotas chillaban en lo alto y las banderas ondeaban con la fuerte brisa. El crujido de sogas y maderas se imponía al estruendo de las olas. El chico observaba entre las sombras. De improviso, gritos de hombres toscos y rudos, restallar de látigos y apagado tintineo de cadenas y grilletes. Una fila de harapientos prisioneros caminaban penosamente hacia el barco de carga, con destino a Jamaica. Uno de ellos era su padre, a la sazón un simple esclavo. Eso si acaso sobrevivía al viaje. Ningún sentimiento de piedad se removía en su pecho. Se quedó donde estaba, observando, mientras el buque abandonaba el muelle, infladas las velas. Cuando hubo desaparecido, miró al suelo y escupió, para luego levantar la pesada talega que le había entregado el enemigo de su padre, el que a punto había estado de matarlo. Seguía sin saber qué haría con ella, pero sabía bien lo que iba a hacer con el dinero.

NOTA DE LA AUTORA

Algunos lectores habrán descubierto que para el personaje de Hope Mathews me he inspirado libremente en Nell Gwyn, la actriz y vendedora de naranjas que llegó a convertirse en amante estable del rey Carlos II y madre del conde de Burford, posteriormente duque de St. Albans. Hope y Nell compartieron similares aventuras, incluidos tres amantes de nombre Carlos, y según Charles Beauclerk, descendiente directo y biógrafo de Nell, los apodos de La Muchacha Cenicienta y La Ramera Cenicienta. Parece que dichos apodos fueron más bien motes afectuosos, acuñados por los londinenses que se alegraban de ver cómo uno de los suyos había abandonado el arroyo para alcanzar el lecho de un rey. Carlos tenía una debilidad especial por las actrices de Drury Lane, y Nell no fue ni la primera ni la última, pero desde el instante en que se convirtió en amante de Carlos Estuardo ya no volvió a amar a ningún otro hombre. Se conformó, sin embargo, con compartirlo con lady Castlemaine, su esposa y varias otras amantes, y permaneció a su lado hasta su muerte, algo que Hope nunca habría hecho. Los lectores que quieran saber más sobre Nell Gwyn y Carlos disfrutarán sin duda con la biografía de Charles Beauclerk, que incluye historias y documentos privados transmitidos por la familia.

Mucha gente piensa que los cuentos como el de la Cenicienta son invenciones de los hermanos Grimm, pero el relato de la Mamá Oca fue ampliamente conocido en aquella época. Algunos sostienen que fue una figura histórica, la esposa de un monarca del siglo XV, pero hacia el siglo XVII la expresión «un cuento de la Mamá Oca» era de lo más común. Charles Perrault (1628-1703) era un escritor francés cuyos cuentos más conocidos, derivados de antiguos relatos populares, incluían *Le Petit Chaperon Rouge* (Caperucita Roja), *La Belle au Bois Dormant* (La Bella Durmiente), *Le*

Maître Chat ou Le Chat Botté (El Gato con Botas), Cendri-llon ou La Petite Pantoufle de Verre (Cenicienta y el zapato de cristal), con su calabaza, sus zapatillas de cristal y sus madrastras correspondientes.

El May Day y el día de San Valentín eran celebrados con mucha mayor pasión que hoy día. Según Samuel Pepys, el *Valentine* de alguien era la primera persona del sexo opuesto con la que se encontraba ese día. En su diario, se quejaba de haber sido *cazado* por una sirvienta antes de haber podido ver a su mujer, con lo que supuestamente tuvo que hacerle un regalo a cada una. Las festividades del May Day eran procaces, tumultuosas e inequívocamente paganas. Fueron prohibidas durante el gobierno de Cromwell para regresar de manera triunfal con la Restauración. Por lo general incluían a los tradicionales danzarines Morris (que siguen presentes en los actuales desfiles y fiestas del May Day) y la elección de un Rey y una Reina de Mayo. También formaba parte del programa el baile alrededor del palo de mayo, con los *jack-in-the-green*, hombres pintados de verde y cargados con tantas hojas y guirnaldas y que parecían árboles andantes. Los diferentes gremios y cofradías solían competir por ver quién organizaba las celebraciones más aparatosas. Todos esos elementos siguen formando parte de las festividades del May Day hasta hoy.

La Restauración y el final de la guerra civil no acabaron con todas las divisiones que había en la Inglaterra de aquel tiempo. El rey era sospechoso de ser católico, su hermano Jacobo era practicante, y fueron muchos los complots que se urdieron para destronarlos a ambos. La imprudente y mal planeada traición del bosque de Farnley fue uno de los primeros intentos. Desactivada por la labor de los informantes, resultó frustrada y terminó con el arresto y acusación de traición contra veintiséis hombres.

La poesía, la música, la Literatura y el teatro formaban parte integral del siglo XVII inglés. Aquellos que hayan leído *El beso del libertino* estarán familiarizados con la afición de

William a conversar en ocasiones en verso, y los primeros versos citados en este libro pertenecen a John Wilmot, conde de Rochester, figura que sirve de inspiración al personaje. Ninguno de los poemas recogidos en *La cortesana del rey* es mío. Algunos pertenecen, como ya se ha dicho, a Wilmot. Otros incluyen la traducción por el mismo de originales de Ovidio, y el poema de Robin Hood procede de *Robin Hood: una colección de todos los antiguos poemas, canciones y baladas, ya desaparecidos, relativos a aquella famosa revuelta inglesa*, publicado por primera vez en 1795.

Todavía hoy, en el bosque de Sherwood, se puede visitar el Gran Roble, donde según la leyenda se refugiaban Robin Hood y sus hombres.

El interés de Hope por la jardinería no era una cosa extraña en aquel tiempo. Los ingleses amaban sus jardines, y durante el siglo XVII se produjo una verdadera explosión de plantas exóticas procedentes de rincones de todo el mundo. John Rose, el jardinero del rey Carlos, está considerado como el primer introductor de la piña en Inglaterra. Fueron sin embargo los Tradescant, padre e hijo (1570-1662), botánicos, exploradores, aventureros, horticultores y diseñadores de jardines, los que introdujeron numerosas plantas y flores exóticas que arraigaron hasta hoy, como la magnolia, la yuca, el áster o la enredadera de Virginia.

Me gustaría dar las gracias a mi editor, John Oberholtzer, a quien obvié en los agradecimientos iniciales, pero cuya contribución, perspicacia y penetrante mirada resultaron de tremendo valor. También me gustaría dar las gracias a mis lectores y lectoras. Vuestro ánimo y amables palabras significan para mí más de lo que podéis imaginar. Espero que hayáis disfrutado de *La cortesana del rey*. Después de haberla leído, sospecho que tendréis una idea bastante aproximada de lo que vendrá a continuación.

Con mis mejores deseos,
Judith James